Paixão ao entardecer

O ARQUEIRO

Geraldo Jordão Pereira (1938-2008) começou sua carreira aos 17 anos, quando foi trabalhar com seu pai, o célebre editor José Olympio, publicando obras marcantes como *O menino do dedo verde*, de Maurice Druon, e *Minha vida*, de Charles Chaplin.

Em 1976, fundou a Editora Salamandra com o propósito de formar uma nova geração de leitores e acabou criando um dos catálogos infantis mais premiados do Brasil. Em 1992, fugindo de sua linha editorial, lançou *Muitas vidas, muitos mestres*, de Brian Weiss, livro que deu origem à Editora Sextante.

Fã de histórias de suspense, Geraldo descobriu *O Código Da Vinci* antes mesmo de ele ser lançado nos Estados Unidos. A aposta em ficção, que não era o foco da Sextante, foi certeira: o título se transformou em um dos maiores fenômenos editoriais de todos os tempos.

Mas não foi só aos livros que se dedicou. Com seu desejo de ajudar o próximo, Geraldo desenvolveu diversos projetos sociais que se tornaram sua grande paixão.

Com a missão de publicar histórias empolgantes, tornar os livros cada vez mais acessíveis e despertar o amor pela leitura, a Editora Arqueiro é uma homenagem a esta figura extraordinária, capaz de enxergar mais além, mirar nas coisas verdadeiramente importantes e não perder o idealismo e a esperança diante dos desafios e contratempos da vida.

Lisa Kleypas
Paixão ao entardecer

~ Os Hathaways 5 ~

ARQUEIRO

Título original: *Love in the Afternoon*
Copyright © 2010 por Lisa Kleypas
Copyright da tradução © 2015 por Editora Arqueiro Ltda.

Todos os direitos reservados. Nenhuma parte deste livro pode ser
utilizada ou reproduzida sob quaisquer meios existentes
sem autorização por escrito dos editores.

tradução: Ana Rodrigues

preparo de originais: Juliana Romeiro

revisão: Cristhiane Ruiz e Hermínia Totti

diagramação: Valéria Teixeira

capa: Miriam Lerner

imagem de capa: Michael Trevillion/Trevillion Images

imagem de quarta capa: indigolotos/Shutterstock

impressão e acabamento: Lis Gráfica e Editora Ltda.

CIP-BRASIL. CATALOGAÇÃO NA PUBLICAÇÃO
SINDICATO NACIONAL DOS EDITORES DE LIVROS, RJ

K72p	Kleypas, Lisa.
	Paixão ao entardecer/Lisa Kleypas; tradução de
	Ana Rodrigues. São Paulo: Arqueiro, 2015.
	272 p.; 16 x 23 cm
	Tradução de: Love in the afternoon
	ISBN 978-85-8041-355-7
	1. Ficção americana. I. Rodrigues, Ana. II. Título.
	CDD 813
14-17423	CDU 821.111(73)-3

Todos os direitos reservados, no Brasil, por
Editora Arqueiro Ltda.
Rua Artur de Azevedo, 1.767 – Conj. 177 – Pinheiros
05404-014 – São Paulo – SP
Tel.: (11) 2894-4987
E-mail: atendimento@editoraarqueiro.com.br
www.editoraarqueiro.com.br

*Para Eloisa, minha amiga brilhante e absolutamente
fabulosa. Se me permitem parafrasear E.B. White:
"Não é sempre que aparece alguém que seja um amigo sincero
e um bom escritor." Eloisa é as duas coisas.
Com amor, sempre,
L.K.*

PRÓLOGO

Capitão Christopher Phelan
1º Batalhão da Brigada de Rifles
Cabo Mapan
Crimeia

Junho de 1855

Caríssimo Christopher,
Não posso mais escrever para você.
Não sou quem acha que sou.
Não tinha a intenção de enviar cartas de amor, mas foi isso que elas se tornaram. No caminho até você, as palavras se transformaram nas batidas do meu coração gravadas em papel.
Volte, por favor, volte para casa e descubra quem sou.
(sem assinatura)

CAPÍTULO 1

Hampshire, Inglaterra
Oito meses antes

Tudo começou com uma carta.

Para ser mais exato, com a menção a um cão.

– E o cachorro? – perguntou Beatrix Hathaway. – De quem é?

A amiga dela, Prudence, beldade suprema do condado de Hampshire, ergueu os olhos da carta que recebera de seu pretendente, o capitão Christopher Phelan.

Embora não fosse apropriado que um cavalheiro se correspondesse com uma moça solteira, eles haviam conseguido organizar a troca de cartas usando a cunhada de Phelan como intermediária.

Prudence fez uma careta zombeteira para a amiga.

– Sinceramente, Bea, você parece muito mais preocupada com um cachorro do que jamais esteve em relação ao capitão Phelan.

– O capitão Phelan não precisa da minha preocupação – disse Beatrix num tom prático. – Ele já conta com a atenção de todas as senhoritas casadouras de Hampshire. Além do mais, foi ele quem escolheu ir para a guerra, e estou certa de que está se divertindo por aí em seu uniforme elegante.

– Não tem nada de elegante – foi o comentário irritado de Prudence. – Na verdade, os uniformes do novo regimento dele são *horríveis*; muito simples, verde-escuros com adornos pretos, e nenhuma fita dourada ou qualquer tipo de aplique. Quando perguntei o motivo de tanta simplicidade, o capitão Phelan disse que era para ajudar os Rifles a se manterem escondidos, o que não faz o menor sentido, já que todos sabem que um soldado britânico é corajoso e orgulhoso demais para se esconder durante a batalha. Mas Christopher, ou melhor, o capitão Phelan, disse que isso tinha a ver com... ah, ele usou uma palavra em francês...

– *Camouflage*? – perguntou Beatrix, intrigada.

– Isso mesmo! Como sabe disso?

– Muitos animais têm meios de se camuflar para não serem vistos. Os camaleões, por exemplo. Ou a coruja, cujo padrão das penas se confunde com o tronco das árvores. Assim...

– Pelo amor de Deus, Beatrix, *não* comece outra preleção sobre animais.

– Eu paro se você me contar sobre o cachorro.

Prudence estendeu a carta à amiga.

– Leia você mesma.

– Mas Pru... – protestou Beatrix, quando as folhas pequenas e elegantes da carta foram enfiadas em suas mãos. – O capitão Phelan pode ter escrito algo pessoal.

– Que sorte a minha se isso fosse verdade! A carta é absolutamente deprimente. Não fala de nada além de batalhas e más notícias.

Embora Christopher Phelan fosse o último homem que Beatrix tivesse a intenção de defender, ela não conseguiu evitar o comentário:

– Ele está lutando na Crimeia, Pru. Creio que não haja muitas coisas agradáveis sobre as quais escrever em tempos de guerra.

– Ora, não tenho interesse algum em países estrangeiros e nunca fingi ter.

Um sorriso relutante se abriu no rosto de Beatrix.

– Pru, tem certeza de que quer ser a esposa de um oficial do Exército?

– Ora, *é claro*... a maior parte dos oficiais de alta patente nunca vai para a guerra. São homens de sociedade, muito elegantes e, se concordam em ficar na reserva, recebendo parte do soldo, não têm quase obrigação nenhuma a cumprir e não ficam com o regimento. Era o caso do capitão Phelan, até ele ser convocado para servir no exterior. – Prudence deu de ombros. – Penso que as guerras sempre acontecem em momentos inconvenientes. Graças aos céus que o capitão Phelan logo retornará a Hampshire.

– É mesmo? Como sabe?

– Meus pais dizem que a guerra vai acabar antes do Natal.

– Também ouvi dizer isso. No entanto me pergunto se não estamos subestimando demais a capacidade dos russos e superestimando a nossa.

– Que falta de patriotismo! – exclamou Prudence, com um brilho malicioso nos olhos.

– Patriotismo não tem nada a ver com o fato de o Departamento de Guerra, em seu afã, não ter feito praticamente nenhum planejamento antes de mandar trinta mil homens para a Crimeia. Não temos conhecimento suficiente do território nem uma estratégia segura para conquistá-lo.

– Como sabe tanto sobre esse assunto?

– Pelo *Times*. Todo dia tem uma reportagem sobre isso. Você não lê jornal?

– Não a seção de política. Meus pais dizem que não é de bom-tom uma moça se interessar por essas coisas.

– Minha família discute política toda noite na hora do jantar, e minhas irmãs e eu participamos da conversa. – Beatrix fez uma pausa proposital, antes de acrescentar com um sorriso travesso: – Até damos nossa *opinião*.

Prudence arregalou os olhos.

– Meu Deus! Ora, eu não deveria ficar surpresa. Todos sabem que a sua família é... diferente.

"Diferente" era um adjetivo muito mais gentil do que os que costumavam ser usados para descrever os Hathaways. A família era composta por cinco irmãos – o mais velho era Leo, seguido por Amelia, Winnifred, Poppy e Beatrix. Após a morte dos pais, os irmãos Hathaways passaram por uma surpreendente mudança de sorte. Embora houvessem nascido sem qualquer título de nobreza, tinham um parentesco distante com um ramo aristocrático da família. Graças a uma série de acontecimentos inesperados, Leo herdara um título de visconde para o qual nem ele nem as irmãs estavam remotamente preparados. A família, então, havia se mudado do pequeno vilarejo de Primrose Place para a propriedade de Ramsay, ao sul do condado de Hampshire.

Depois de seis anos, os Hathaways haviam aprendido apenas o necessário para se adequar à sociedade local. No entanto, nenhum deles passara a pensar como um nobre ou adquirira valores e maneirismos aristocráticos. Os irmãos tinham fortuna, mas isso nem de longe se comparava a ter berço e boas relações. E, enquanto os membros de uma família em circunstâncias semelhantes talvez se esforçassem para melhorar sua situação casando com pessoas de nível social mais alto, os Hathaways, até aquele momento, haviam escolhido casar por amor.

Quanto a Beatrix, havia dúvidas se ela chegaria a se casar. Era uma moça não de todo civilizada que passava a maior parte do tempo ao ar livre, cavalgando ou passeando pelos bosques, pântanos e prados de Hampshire. Preferia a companhia dos animais à das pessoas e tinha o hábito de recolher criaturas órfãs e feridas que necessitavam de cuidados. As que não conseguiam sobreviver sozinhas na natureza eram mantidas como animais de estimação, sob a proteção de Beatrix. Ao ar livre, ela se sentia feliz e realizada. Dentro de casa, a vida não era tão perfeita.

Beatrix se via dominada por uma sensação irritante de insatisfação, uma ansiedade cada vez mais frequente. O problema era que nunca conhecera um homem que parecesse certo para ela. Sem dúvida não seria um dos espécimes pálidos e excessivamente educados das salas de visitas que ela frequentava em Londres. E embora os rapazes mais vigorosos do campo fossem atraentes, nenhum deles tinha o *algo mais* inexplicável por que a jovem ansiava. Ela sonhava com alguém cuja determinação se comparasse à dela. Queria ser amada com paixão... ser desafiada... surpreendida.

Beatrix olhou para a carta dobrada em suas mãos.

Não que desgostasse de Christopher Phelan, mas reconhecia que ele era o oposto dela. Sofisticado e bem-nascido, Phelan conseguia transitar com facilidade no ambiente civilizado que parecia tão estranho a Beatrix. Era o segundo filho de uma próspera família local. O avô materno era conde, e a família do pai se destacava pela expressiva fortuna em navios.

Embora os Phelans não estivessem na linha de sucessão para nenhum título de nobreza, o filho mais velho da família, John, herdaria a propriedade de Riverton, em Warwickshire, após a morte do conde. John era um homem sério e ponderado, devotado à esposa, Audrey.

Mas seu irmão mais novo, Christopher, era completamente diferente. Como costumava acontecer com frequência com os segundos filhos, aos 22 anos ele comprara uma patente de oficial do Exército. Começara como *cornet*, primeira patente de oficial do regimento de cavalaria. Era o posto perfeito para um sujeito de aparência tão exuberante, já que sua principal responsabilidade era carregar a bandeira com as cores da cavalaria durante as paradas militares e os treinos. Christopher também era muito popular entre as damas de Londres, aonde costumava ir com frequência, sem a devida licença, para passar o tempo dançando, bebendo, jogando, comprando roupas elegantes e se permitindo escandalosos casos de amor.

Beatrix encontrara Christopher Phelan em duas ocasiões. A primeira fora num baile local, e ela o considerara o homem mais arrogante de Hampshire. Depois, num piquenique, a jovem se vira obrigada a rever sua opinião: Christopher Phelan era, na verdade, o homem mais arrogante do mundo.

– Aquela garota Hathaway é uma criatura estranha. – Beatrix o ouvira dizer a um amigo.

– Eu a considero encantadora e original – protestara o outro. – E sabe conversar sobre cavalos muito melhor do que qualquer outra mulher que já conheci.

– Com certeza – foi a réplica seca de Phelan. – Ela é mais adequada aos estábulos do que aos salões.

Dali em diante, Beatrix o evitara sempre que possível. Não que se importasse com a comparação velada a um cavalo, já que se tratava de um animal encantador, de espírito nobre e generoso. E ela sabia que, embora não fosse uma grande beldade, tinha lá seus encantos. Mais de um homem já fizera comentários favoráveis a seus cabelos castanhos e olhos azuis.

No entanto, esses atrativos moderados não eram nada se comparados ao esplendor dourado de Christopher Phelan. O rapaz era louro como Lancelote. Ou Gabriel. Talvez como Lúcifer, se fosse mesmo verdade que este já fora o mais belo anjo do paraíso. Phelan era alto, tinha olhos cinzentos como a prata e cabelos da cor do trigo no inverno quando tocado pelo sol. Exibia um físico vigoroso, com ombros retos e fortes e quadris estreitos. Mesmo movendo-se com uma graça indolente, havia uma força inegável nele, uma característica egoísta, predadora.

Recentemente, Phelan fora um dos poucos selecionados de vários regimentos para ingressar na Brigada de Rifles. Os "Rifles", como eles se autointitulavam, eram uma categoria incomum de soldados, treinados para ter iniciativa. Eram encorajados a assumir posições à frente de suas próprias linhas de combate e a mirar em oficiais e cavalos que costumavam estar além da linha de fogo. Graças ao seu talento singular como atirador, Phelan fora promovido a capitão da Brigada de Rifles.

Beatrix achara divertido pensar que a honraria provavelmente não agradara nada a Phelan. Sobretudo porque ele fora obrigado a trocar o lindo uniforme do regimento dos hussardos, com o casaco negro e abundantes adornos dourados, por outro bem mais simples, verde-escuro.

– Pode ler – disse Prudence, sentada diante da penteadeira. – Preciso retocar o penteado antes de sairmos para a nossa caminhada.

– Seu cabelo está lindo – retrucou Beatrix, incapaz de encontrar algum defeito nas tranças louras da amiga, presas num penteado elaborado. – E é só uma caminhada até a cidade. Ninguém lá vai perceber, ou se importar, se o seu penteado não estiver perfeito.

– *Eu* vou me importar. Nunca se sabe quem podemos encontrar.

Habituada aos cuidados incessantes da amiga com a própria aparência, Beatrix sorriu e balançou a cabeça.

– Tudo bem. Se você tem certeza de que não se importa de eu ver a carta do capitão Phelan, vou ler apenas a parte sobre o cachorro.

– Vai dormir muito antes de chegar ao cachorro – comentou Prudence, enfiando um grampo na trança com habilidade.

Beatrix correu os olhos pelas linhas rabiscadas no papel. As palavras pareciam apertadas, como molas tensionando letras prestes a pular da página.

Cara Prudence,

Estou sentado nesta barraca empoeirada, tentando pensar em algo eloquente para escrever. Mas encontro-me num beco sem saída. Você merece lindas palavras, mas tudo o que me resta são estas: penso em você constantemente. Imagino esta carta em suas mãos e o aroma do perfume em seu pulso. Quero silêncio e ar puro, e uma cama com um travesseiro branco e macio...

Beatrix sentiu as sobrancelhas se erguerem, e uma rápida onda de calor se espalhou por sua pele, sob a gola alta do vestido que usava. Ela fez uma pausa e voltou-se para Prudence.

– Você achou isso entediante? – perguntou num tom contido, o rubor espalhando-se por seu rosto como vinho derramado sobre a toalha de mesa.

– O começo é a única parte boa – respondeu Prudence. – Continue.

... Dois dias atrás, em nossa marcha pela costa, em direção a Sebastopol, enfrentamos os russos no rio Alma. Disseram-me que foi uma vitória do nosso lado. Não me pareceu. Perdemos pelo menos dois terços dos oficiais do regimento e um quarto dos que não eram oficiais. Ontem, cavamos sepulturas. Fizeram a última contagem dos mortos e atualizaram a lista de baixas. São 360 britânicos mortos até agora... e o número continua a aumentar, à medida que mais soldados sucumbem aos ferimentos.

Um dos que caíram, o capitão Brighton, trouxe um terrier de pelo duro, chamado Albert, que com certeza é o cão mais malcriado que já existiu. Depois que Brighton foi enterrado, o animal se sentou ao lado da sepultura e ganiu horas a fio, tentando morder qualquer um que se aproximasse. Cometi o erro de oferecer a ele um pedaço de biscoito e agora a criatura ignorante me segue por toda parte. Neste momento o cachorro está sentado na minha barraca, me encarando com olhos ensandecidos. Raramente para de ganir e, sempre que chego perto, tenta cravar os dentes no meu braço. Tenho vontade de dar um tiro nele, mas estou cansado de matar.

Famílias estão de luto pelas vidas que tirei. Filhos, irmãos, pais. Já consegui um lugar no inferno pelas coisas que fiz, e a guerra mal começou. Estou mudando, e não é para melhor. O homem que conheceu se foi para sempre e temo que você não vá gostar nem um pouco daquele que ficou em seu lugar.

O cheiro da morte, Pru... está por toda parte.

O campo de batalha está cheio de corpos mutilados, de roupas, de solados de botas. Imagine uma explosão capaz de arrancar as solas dos seus sapatos. Dizem que, depois de uma batalha, as flores silvestres são mais abundantes na estação seguinte – o solo está tão revolvido e arrebentado que as novas sementes têm mais espaço para criar raízes. Quero me lamentar e sofrer, mas não há espaço para isso. Nem tempo. Tenho que deixar meus sentimentos de lado, em um canto qualquer.

Ainda há um lugar tranquilo no mundo? Por favor, escreva para mim. Conte-me um pouco sobre os seus bordados ou fale de sua música favorita. Está chovendo em Stony Cross? As folhas já começaram a mudar de cor?

Seu,

Christopher Phelan

Quando Beatrix terminou de ler, se deu conta de uma sensação peculiar, uma compaixão surpreendente comprimindo seu coração.

Não parecia possível que uma carta como aquela pudesse ter vindo do arrogante Christopher Phelan. Ela não esperava por isso. Havia uma vulnerabilidade nas palavras dele, uma ânsia contida que a comovera.

– Você tem que escrever para ele, Pru – disse Beatrix, dobrando as folhas com mais cuidado do que havia tido ao abri-las.

– Não farei isso. Ele se sentiria encorajado a continuar se lamentando. Ficarei em silêncio, e assim talvez o capitão Phelan se anime a escrever sobre coisas mais alegres na próxima vez.

Beatrix franziu a testa.

– Como você sabe, não sou exatamente uma fã do capitão Phelan, mas essa carta... ele merece a sua simpatia, Pru. Escreva-lhe apenas algumas linhas. Umas poucas palavras de conforto. Não demoraria nada. E quanto ao cachorro, tenho alguns conselhos...

– Não vou escrever nada sobre o maldito cachorro. – Prudence deixou escapar um suspiro de impaciência. – Escreva você para ele.

– *Eu?* O capitão Phelan não quer receber notícias minhas. Ele me acha estranha.

– Nem imagino por quê... Só porque você levou Medusa ao piquenique...

– Ela é um ouriço muito bem-comportado – retrucou Beatrix, na defensiva.

– O cavalheiro que teve a mão espetada pareceu não pensar assim.

– Isso só aconteceu porque ele tentou pegá-la do jeito errado. Quando se pega um ouriço...

– Não precisa me explicar, nunca vou segurar um bicho desses. Quanto ao capitão Phelan... se ficou tão sensibilizada com a carta, responda a ele e assine em meu nome.

– Ele não irá perceber que a letra é diferente?

– Não, porque ainda não escrevi para ele.

– Mas o capitão Phelan não é meu pretendente – protestou Beatrix. – Não sei nada sobre ele.

– Na verdade, você sabe tanto quanto eu. Conhece a família dele e é muito próxima de sua cunhada. E eu também não diria que o capitão Phelan seja meu pretendente. Ao menos não o único. Com certeza não prometerei me casar com ele até que volte da guerra com todos os membros no lugar. Não quero ter que empurrar meu marido para cima e para baixo numa cadeira de rodas pelo resto da vida.

– Pru, você tem a profundidade de uma poça d'água.

Prudence sorriu.

– Ao menos sou honesta.

Beatrix encarou-a com uma expressão desconfiada.

– Está mesmo delegando a uma amiga a tarefa de escrever uma carta de amor em seu nome?

Prudence acenou com a mão, num gesto displicente.

– Não uma carta de amor. Não há amor algum na carta que o capitão Phelan me enviou. Escreva apenas palavras alegres e encorajadoras.

Beatrix guardou a carta no bolso do vestido que usava para caminhar. Enquanto isso, dizia a si mesma que as coisas nunca terminam bem quando se pratica uma ação moralmente questionável, mesmo que pelas razões certas. Por outro lado... não conseguia afastar da mente a imagem que evocara de um soldado exausto rabiscando uma carta apressada na privacidade de sua barraca, as mãos cheias de bolhas por cavar sepulturas para os companheiros. E um cão tristonho ganindo num canto.

Beatrix se sentia inteiramente inadequada para a tarefa de escrever para o capitão Phelan. E suspeitava que Prudence pensava da mesma forma.

Tentou imaginar como seria para Christopher deixar sua vida elegante para trás e se descobrir num mundo em que a morte o ameaçava dia após dia. Minuto a minuto. Era impossível imaginar um homem belo e mimado como Christopher Phelan enfrentando perigos e privações. Fome. Solidão.

Beatrix encarou a amiga com uma expressão pensativa, os olhares de ambas se encontrando no espelho.

– Qual *é* a sua música preferida, Pru?

– Na verdade, não tenho uma. Diga a sua música preferida a ele.

– Não deveríamos discutir essa questão com Audrey? – perguntou Beatrix, referindo-se à cunhada de Phelan.

– Claro que não. Audrey tem um problema com honestidade. Ela não mandaria a carta se soubesse que não fui eu que escrevi.

Beatrix deixou escapar um som que podia ser tanto uma gargalhada quanto um gemido.

– Eu não chamaria isso de um *problema* com honestidade. Ah, Pru, por favor, mude de ideia e escreva para ele! Seria tão mais fácil...

Mas Prudence, quando pressionada a fazer alguma coisa, normalmente se tornava intransigente, e aquela situação não era uma exceção.

– Mais fácil para todo mundo, menos para mim – respondeu com sarcasmo. – Estou certa de que não saberia responder a uma carta como essa. Ele provavelmente até já esqueceu que a enviou. – Prudence voltou a atenção para o espelho e aplicou um toque de bálsamo de pétalas de rosa nos lábios.

Como era bonita, com o rosto em formato de coração, as sobrancelhas finas e delicadamente arqueadas encimando os olhos verdes e redondos... Mas o espelho refletia muito pouco da pessoa que havia por trás daquelas feições. Era impossível imaginar o que ela de fato sentia por Christopher Phelan. Havia apenas uma certeza: era melhor escrever de volta, por mais inepta que fosse a resposta, do que não mandar carta alguma. Porque às vezes o silêncio é capaz de ferir alguém tão gravemente quanto uma bala.

Na privacidade de seu quarto na Ramsay House, Beatrix sentou-se diante da escrivaninha e mergulhou a pena na tinta azul-escura. Num dos cantos da mesa, um gato cinza de três pernas, chamado Lucky, observava-a com atenção. Medusa, o ouriço-fêmea de Beatrix, estava do outro lado do móvel. Lucky, uma criatura naturalmente sensata, nunca incomodava o pequeno ouriço.

Depois de checar o remetente na carta de Phelan, Beatrix escreveu:

Capitão Christopher Phelan
1º Batalhão da Brigada de Rifles
Acampamento da 2ª Divisão, Crimeia

17 de outubro de 1854

Ela fez uma pausa e esticou a mão para acariciar com a ponta dos dedos a pata dianteira que restara de Lucky.

– Como Pru começaria uma carta? – Beatrix se perguntou em voz alta. – Ela o chamaria de caro? De caríssimo? – E franziu o nariz diante da ideia.

Escrever cartas com certeza não era um dos principais talentos de Beatrix. Embora viesse de uma família bastante eloquente, sempre valorizara mais o instinto e a ação do que as palavras. Na verdade, Beatrix conseguia saber muito mais sobre uma pessoa durante uma curta caminhada ao ar livre do que se permanecesse sentada por horas conversando com ela.

Depois de ponderar várias possibilidades de assuntos que alguém poderia abordar com um completo estranho, enquanto se fazia passar por outra pessoa, Beatrix finalmente desistiu.

– Que seja, vou escrever do jeito que me agradar. Ele provavelmente vai estar exausto demais por causa da batalha para perceber que a carta não tem o estilo de Pru.

Lucky acomodou o queixo sobre a pata e semicerrou os olhos, deixando escapar um ronronar que lembrou um suspiro.

Beatrix começou a escrever.

Caro Christopher,

Tenho lido os artigos sobre a batalha de Alma. De acordo com o que escreveu o Sr. Russel, do Times, a sua e mais duas outras Brigadas de Rifles se adiantaram à Guarda Coldstream e abateram vários oficiais, desorganizando assim a formação inimiga. O Sr. Russel também destacou em seu texto, admirado, que os Rifles jamais recuam ou sequer abaixam a cabeça quando estão sob fogo cruzado.

Apesar de compartilhar da admiração do Sr. Russel, caro capitão, gostaria de deixar claro que, em minha opinião, não seria demérito algum à sua coragem se abaixasse a cabeça quando estivesse sob a mira de tiros. Abaixe-se, afaste-se para o lado, esquive-se ou, de preferência, esconda-se atrás de uma rocha. Prometo que não o admirarei menos por isso.

Albert está com você? Ainda morde? De acordo com minha amiga Beatrix (a que leva ouriços a piqueniques), o cão está agitado demais e assustado. Como, em seu íntimo, cachorros são lobos e precisam de um líder, você deve estabelecer uma relação de domínio sobre ele. Sempre que o animal tentar mordê-lo, segure o focinho dele, aperte de leve e diga "não" com uma voz firme.

Minha música preferida é "Over the Hills and Far Away". Choveu em Hampshire ontem, uma chuva leve de outono que mal conseguiu derrubar algumas folhas. As dálias não estão mais florindo e a geada fez murchar os crisântemos, mas o ar está com um perfume divino, de folhas antigas, troncos úmidos e maçãs maduras. Já percebeu que cada mês tem seu próprio aroma? Para mim, maio e outubro são os de melhor perfume.

Você perguntou se há algum lugar tranquilo no mundo e lamento dizer que esse lugar não é Stony Cross. Há poucos dias, o jumento do Sr. Mawdsley escapou da baia, desceu correndo pela estrada e, de algum modo, acabou conseguindo entrar em um pasto fechado. A égua premiada do Sr. Caird estava pastando inocentemente quando o sedutor mal-educado a atacou. Agora, parece que a égua está prenha e há uma contenda entre Caird, que exige compensação financeira pelo ocorrido, e Mawdsley, que insiste que se a cerca do pasto estivesse em melhor estado o encontro clandestino não teria ocorrido. Pior ainda, ele sugeriu que a égua é uma sirigaita que não tentou preservar sua virtude com o empenho necessário.

Acha mesmo que tem um lugar no inferno?... Não acredito em inferno, ao menos não na vida após a morte. Acho que o inferno é criado pelo homem, aqui mesmo na Terra.

Você disse que o cavalheiro que conheci não é mais o mesmo. Como eu gostaria de lhe oferecer mais conforto do que apenas lhe dizer que, não importa quão mudado esteja, você será bem-vindo ao retornar. Faça o que for preciso. Se isto lhe ajudar a enfrentar o que tem pela frente, coloque suas emoções de lado por enquanto e tranque a porta. Talvez, um dia, possamos abrir juntos essa porta para as suas emoções.

Com carinho,
Prudence

Beatrix jamais enganara alguém de propósito. E teria se sentido muito mais confortável se pudesse ter escrito para Phelan como ela mesma. Mas ainda se lembrava dos comentários pejorativos que ele certa vez fizera a seu respeito. O capitão Phelan não iria querer uma correspondência da "estranha Beatrix Hathaway". Ele pedira uma carta à linda Prudence Mercer dos cabelos dourados. E, afinal, receber uma resposta escrita com base em uma mentira não era melhor do que não receber nada? Um homem na situação de Christopher precisava de todas as palavras de encorajamento que alguém pudesse oferecer.

Precisava saber que alguém se importava.

E, por algum motivo, depois de ler o que Christopher Phelan escrevera, Beatrix descobriu que realmente se importava.

CAPÍTULO 2

A lua da colheita trouxe um tempo seco e claro e os colonos e trabalhadores tiveram a safra mais abundante de que se lembravam. Como todos na propriedade, Beatrix estava ocupada com a colheita e com a festa comemorativa da fartura. Os gramados da Ramsay House foram palco de uma refeição substanciosa ao ar livre e de um baile. O evento contou com a presença de mais de mil convidados, entre eles arrendatários de terras, empregados e moradores da cidade.

Para a decepção de Beatrix, Audrey Phelan não pudera comparecer às festividades, pois seu marido, John, fora tomado de uma tosse persistente. Audrey ficara em casa para cuidar dele.

"O médico nos deixou alguns remédios que já fizeram com que John melhorasse bastante", escrevera Audrey, "mas também alertou que é muito importante que ele fique de cama para que se recupere por completo."

Perto do fim de novembro, Beatrix caminhou até a casa dos Phelans, pegando uma estrada que atravessava um bosque cheio de carvalhos retorcidos e faias de copas largas. As árvores de troncos escuros pareciam mergulhadas em açúcar. Conforme abria caminho por entre as camadas de nuvens, a luz do sol projetava reflexos brilhantes sobre a geada branca. As solas de seus sapatos resistentes quebravam a mistura congelada de musgo e folhas secas que cobria o solo.

A jovem se aproximou da casa, uma construção ampla, coberta de hera, que assentava em meio a dez acres de floresta e já fora um pavilhão real de caça. Quando chegou à encantadora trilha pavimentada que levava à casa, deu a volta pela lateral e seguiu em direção à fachada da frente.

– Beatrix.

Ela ouviu a voz tranquila e se virou para ver Audrey Phelan sentada sozinha num banco de pedra.

– Ah, olá! – cumprimentou, animada. – Não a vejo há dias, por isso pensei em... – Então se calou ao chegar mais perto da amiga.

Audrey estava usando um vestido simples do dia a dia, o tecido cinza se confundindo com o bosque atrás dela. E estava tão silenciosa e quieta que Beatrix não a notara.

As duas eram amigas havia três anos, desde que Audrey se casara com John e se mudara para Stony Cross. Há um certo tipo de amigo que só se visita quando não se tem problema algum – essa era Prudence. Mas há outro tipo de amigo que se visita em momentos de dificuldade ou necessidade – essa era Audrey.

Beatrix franziu a testa ao ver que a amiga não mostrava a cor saudável que lhe era característica e que seus olhos e seu nariz estavam vermelhos e inchados.

– Não está usando uma capa, ou um xale – comentou Beatrix, preocupada.

– Estou bem – murmurou Audrey, mas seus ombros tremiam.

Ela balançou a cabeça e fez um gesto de recusa quando Beatrix começou a despir a pesada capa de lã que usava e passou-a ao redor de seu corpo esguio.

– Não, Bea, não...

– Estou quente por causa da caminhada – insistiu Beatrix.

Ela se sentou ao lado da amiga, no banco de pedra gelado. Um momento se passou sem que nenhuma das duas dissesse nada, e o único som era da respiração entrecortada de Audrey. Algo estava muito errado. Beatrix se obrigou a esperar, com paciência forçada, sentindo o coração apertado.

– Audrey – disse por fim –, aconteceu alguma coisa com o capitão Phelan?

Audrey encarou a amiga com um olhar confuso, como se estivesse tentando decifrar uma língua estrangeira.

– Capitão Phelan – repetiu baixinho e balançou de leve a cabeça. – Não. Até onde sabemos, Christopher está bem. Na verdade, ontem mesmo chegou um maço de cartas dele. Uma delas é para Prudence.

Beatrix quase desmaiou de alívio.

– Levarei a carta para ela, se você quiser – ofereceu-se, tentando parecer discreta.

– Sim, seria de grande ajuda. – Audrey torcia os dedos no colo, entrelaçando-os e desentrelaçando-os.

Beatrix estendeu a mão lentamente e pousou-a sobre a da amiga.

– A tosse do seu marido piorou?

– O médico esteve aqui há pouco. – Audrey respirou fundo e continuou em um tom perplexo: – John está com tuberculose.

Beatrix apertou a mão da amiga com mais força.

As duas ficaram em silêncio, enquanto um vento frio sacudia as árvores.

Era difícil aceitar a enormidade daquela injustiça. John Phelan era um homem decente, sempre o primeiro a aparecer quando sabia que alguém precisava de ajuda. Ele pagara pelo tratamento médico da esposa de um dos aldeões porque o casal não tinha como arcar com as despesas, colocara o piano da casa à disposição para que as crianças da propriedade tivessem aulas e investira na reconstrução de uma loja que vendia tortas em Stony Cross e que fora quase completamente destruída por um incêndio. John fizera tudo isso com total discrição, parecia quase envergonhado ao ser pego praticando uma boa ação. Por que alguém como ele tinha que sofrer um golpe desses?

– Não é uma sentença de morte – Beatrix falou por fim. – Algumas pessoas sobrevivem à doença.

– Uma em cinco – concordou Audrey, num tom de voz desanimado.

– Seu marido é jovem e forte. E *alguém* tem que ser o um de cinco. Será John.

Audrey assentiu, mas não respondeu.

Ambas sabiam que tuberculose era uma doença particularmente virulenta, que devastava os pulmões, causava uma drástica perda de peso e muita fadiga. E o pior de tudo era a tosse característica, que se tornava cada vez mais persistente, com sangue, até os pulmões ficarem cheios demais para o enfermo conseguir respirar.

– Meu cunhado, Cam, sabe muito sobre ervas e medicamentos – disse Beatrix. – A avó dele era uma curandeira de sua tribo.

– Um curandeiro cigano? – perguntou Audrey num tom desconfiado.

– Você tem que tentar de tudo – insistiu Beatrix. – Até os curandeiros ciganos. Eles vivem na natureza e sabem tudo sobre seu poder de cura. Vou pedir a Cam que prepare um tônico para os pulmões do Sr. Phelan, e...

– John provavelmente não vai tomar – disse Audrey. – E a mãe dele vai se opor. Os Phelans são muito convencionais. Se o remédio não vier num frasco saído da valise de um médico, ou não for comprado no boticário, eles não vão concordar.

– Vou trazer algo preparado por Cam assim mesmo.

Audrey inclinou a cabeça para o lado até apoiá-la suavemente no ombro de Beatrix.

– É uma boa amiga, Bea. Vou precisar de você nos próximos meses.

– Para o que quiser – respondeu Beatrix com simplicidade.

Outra brisa soprou ao redor delas, e o frio entrou pelas mangas do vestido de Beatrix. Audrey procurou se recuperar da névoa de infelicidade que a dominava, levantou-se e devolveu a capa à amiga.

– Vamos entrar. Vou buscar a carta para você entregar a Pru.

A casa era quente e aconchegante, com cômodos amplos, teto de madeira e janelas envidraçadas que deixavam as cores claras do inverno entrar. Parecia que todas as lareiras estavam acesas, e o calor era agradavelmente distribuído pelos cômodos bem-arrumados. Tudo ali era suave, de bom gosto, e a mobília majestosa já chegara a uma idade confortavelmente venerável.

Uma criada de aparência dócil apareceu para pegar a capa de Beatrix.

– Onde está sua sogra? – perguntou ela, seguindo Audrey na direção da escada.

– Foi repousar no quarto. A notícia foi particularmente difícil para ela. – Audrey fez uma breve pausa. – John sempre foi seu favorito.

Beatrix sabia bem disso, assim como quase todos em Stony Cross. A Sra. Phelan adorava os dois filhos, os únicos que haviam lhe restado depois de ter perdido outros dois meninos na infância e uma menina natimorta. Mas fora em John que a velha senhora investira todo o seu orgulho e ambição. Infelizmente nenhuma mulher jamais seria boa o bastante aos olhos da mãe de John. Audrey fora obrigada a suportar muitas críticas durante os três anos do seu casamento, principalmente por não ter conseguido conceber um filho.

Beatrix e Audrey subiram a escada, passando por fileiras de retratos de família em pesadas molduras douradas. A maior parte das fotos era dos Beauchamps, o lado aristocrático da família. Era impossível não perceber, ao longo de todas as gerações representadas ali, que os Beauchamps eram extraordinariamente belos, com nariz afilado, olhos brilhantes e cabelos cheios.

Quando chegaram ao topo da escada, ouviram uma tosse abafada que vinha de um quarto no fim do corredor. Beatrix se encolheu.

– Bea, se incomodaria de esperar um instante? – perguntou Audrey, angustiada. – Preciso ver John... está na hora do remédio dele.

– Sim, é claro.

– O quarto de Christopher, onde ele fica quando vem visitar, é bem ali. Deixei a carta sobre a cômoda.

– Vou pegá-la.

Audrey foi ver o marido, e Beatrix entrou cautelosamente no quarto de Christopher, não sem antes espiar do batente da porta.

O cômodo estava na penumbra. Beatrix abriu uma das pesadas cortinas, deixando a luz do sol iluminar o chão acarpetado num triângulo ensolarado. A carta estava sobre a cômoda. Beatrix pegou-a ansiosamente, os dedos coçando para romper o lacre.

23

Mas a correspondência estava endereçada a Prudence, ela repreendeu a si mesma.

Com um suspiro de impaciência, Beatrix guardou o envelope lacrado no bolso do vestido e se demorou um pouco mais diante da cômoda, observando os artigos de higiene arrumados com elegância sobre uma bandeja de madeira.

Um pincel de barbear com punho de prata... uma navalha dobrável... um pote para sabão vazio... uma caixa de porcelana com tampa de prata. Incapaz de resistir à tentação, Beatrix levantou a tampa e espiou o que havia lá dentro. Encontrou três pares de abotoaduras – duas de prata e uma de ouro –, uma corrente de relógio e um botão de bronze. Tornou a fechar a caixa, pegou o pincel de barbear e tocou o rosto com ele. As cerdas eram sedosas e macias. O movimento das fibras suaves fez com que um aroma agradável se desprendesse do pincel. Um perfume intenso de espuma de barbear.

Beatrix levou o pincel até mais perto do nariz e inalou o aroma... intenso, másculo... cedro, lavanda, folhas de louro. Imaginou Christopher espalhando a espuma pelo rosto, esticando a boca para um dos lados, fazendo todas aquelas contorções faciais masculinas que já vira o pai e o irmão fazerem quando se barbeavam.

– Beatrix?

Sentindo-se culpada, pôs o pincel de lado e saiu para o corredor.

– Encontrei a carta – disse Beatrix. – E abri as cortinas... Vou fechá-las novamente e...

– Ah, não se preocupe com isso, deixe a luz entrar. Detesto cômodos escuros. – O sorriso no rosto de Audrey era tenso. – John tomou o remédio – acrescentou. – Faz com que fique sonolento. Enquanto ele descansa, vou conversar com a cozinheira. John acha que talvez consiga comer um pouco de morcela branca.

As duas desceram a escada juntas.

– Obrigada por levar a carta para Prudence – disse Audrey.

– É muito gentil da sua parte intermediar a correspondência entre eles.

– Ah, não é problema algum. Concordei pelo bem de Christopher. E admito que fico surpresa por Prudence gastar o tempo dela escrevendo para ele.

– Por que diz isso?

– Acho que ela não se importa nem um pouco com Christopher. Na verdade, alertei-o sobre Prudence antes de ele partir. Mas Christopher estava tão encantado pela aparência dela e por sua animação que conseguiu se convencer de que havia alguma coisa genuína entre os dois.

– Pensei que você gostasse de Prudence.

– Eu gosto. Ou pelo menos... estou tentando gostar. Por sua causa. – Audrey deu um sorriso irônico ao ver a expressão da amiga. – Resolvi ser mais como você, Bea.

– Como *eu*? Ah, eu não faria isso. Não notou como sou estranha?

O sorriso de Audrey ficou mais largo e, por um momento, ela voltou a parecer a jovem despreocupada que fora antes da doença de John.

– Você aceita as pessoas como elas são. Acho que as vê da mesma forma que vê seus animais... é paciente e observa seus hábitos e desejos, não as julga.

– Julguei seu cunhado com severidade – argumentou Beatrix, sentindo-se culpada.

– Mais pessoas deveriam ser severas com Christopher – comentou Audrey, ainda sorrindo. – Talvez melhorasse o caráter dele.

~

A carta fechada no bolso de Beatrix era um verdadeiro tormento. Ela voltou correndo para casa, selou um cavalo e cavalgou até a casa dos Mercer, uma construção refinada, com pequenas torres, pilares com detalhes intricados na varanda e janelas com vitrais.

Como acabara de acordar, depois de comparecer a um baile na véspera que só terminara às três da manhã, Prudence recebeu Beatrix vestindo uma camisola de veludo, enfeitada com renda branca.

– Ah, Bea, você deveria ter ido ao baile na noite passada! Havia tantos cavalheiros belos e jovens por lá, inclusive um destacamento da cavalaria que será mandado para a Crimeia em dois dias, e eles estavam tão esplêndidos em seus uniformes...

– Acabo de voltar de uma visita a Audrey – disse Beatrix, sem fôlego, entrando na saleta particular e fechando a porta. – O pobre Sr. Phelan está bastante adoentado, e... bem, lhe contarei mais a respeito em um minuto, mas... aqui está uma carta do capitão Phelan!

Prudence sorriu e pegou a carta.

– Obrigada, Bea. Agora, sobre os oficiais que conheci na noite passada... havia um tenente de cabelos escuros que me convidou para dançar, e ele...

– Não vai abrir a carta? – perguntou Beatrix, desalentada ao ver a amiga deixar a correspondência em uma mesa lateral.

Prudence sorriu, intrigada.

– Nossa, você está impaciente hoje. Quer que eu abra a carta neste instante?

– *Sim.*

Beatrix se acomodou em uma poltrona macia, forrada com um tecido florido.

– Mas quero lhe contar sobre o tenente.

– O tenente não me interessa. Quero saber do capitão Phelan.

Prudence deixou escapar uma gargalhada abafada.

– Não a vejo tão empolgada desde que roubou a raposa que lorde Campdon importou da França ano passado.

– Eu não roubei a raposa dele. Resgatei-a. Importar uma raposa para uma caçada... Não considero uma atitude nada esportiva. – Beatrix indicou a carta com um gesto. – Abra!

Prudence rompeu o lacre, deu uma rápida olhada na carta e balançou a cabeça com uma expressão de incredulidade divertida no rosto.

– Agora ele está escrevendo sobre jumentos...

Ela revirou os olhos e entregou a carta a Beatrix.

Senhorita Prudence Mercer
Stony Cross
Hampshire, Inglaterra

7 de novembro de 1854

Cara Prudence,

Apesar dos relatos que descrevem os soldados britânicos como inabaláveis, posso lhe assegurar que, quando estamos sob fogo cruzado, com certeza nos abaixamos, desviamos e corremos em busca de abrigo. Graças ao seu conselho, acrescentei ainda a possibilidade de me jogar para o lado e mergulhar no chão, com excelentes resultados. E para mim a velha fábula acabou desacreditada: há momentos na vida em que definitivamente queremos ser a lebre, não a tartaruga.

Lutamos ao sul, em Balaclava, no dia 25 de outubro. A Brigada Ligeira recebeu ordens de atacar diretamente uma bateria de atiradores russos sem nenhuma razão compreensível. Duzentos homens e quase quatrocentos cavalos foram perdidos em vinte minutos. Houve nova batalha no dia 5 de novembro, em Inkerman.

Fomos resgatar soldados caídos no campo de batalha antes que os russos os alcançassem. Albert saiu comigo sob uma chuva de balas e granadas e ajudou a identificar os feridos, para que pudéssemos tirá-los do alcance dos tiros. Meu amigo mais próximo no regimento foi morto.

Por favor, agradeça a sua amiga Beatrix pelo conselho sobre Albert. Ele está mordendo com menos frequência, e nunca avança em mim, embora tenha tentado morder algumas pessoas que vieram me visitar na barraca.

Maio e outubro são os meses de melhor aroma? Vou defender dezembro: pinheiros, neve, lenha queimando nas lareiras, canela. Quanto a sua música favorita... você está ciente de que "Over the Hills and Far Away" é a música oficial da Brigada de Rifles?

Parece que quase todos aqui foram vítimas de alguma doença, com exceção de mim. Não tenho sintomas de cólera, nem de nenhuma das outras enfermidades que estão varrendo as duas divisões. Sinto que deveria ao menos fingir estar com algum problema digestivo por uma questão de decência.

Em relação à briga por causa do jumento: por mais simpatia que eu tenha por Caird e sua égua virtuosa, sinto-me inclinado a ressaltar que o nascimento de um burro não chega a ser uma má notícia. Os burros têm o passo mais firme que o dos cavalos, costumam ser mais saudáveis e, melhor de tudo, têm orelhas muito expressivas. E não são excessivamente teimosos, desde que sejam bem guiados. Se está estranhando o meu aparente apego a esses animais, talvez eu deva explicar que, quando garoto, tive um burro de estimação chamado Heitor, batizado em homenagem ao personagem da *Ilíada*.

Não vou ousar pedir que espere por mim, Pru, mas lhe peço que me escreva novamente. Li sua última carta vezes sem conta. Por algum motivo, você é mais real para mim agora, a três mil quilômetros de distância, do que jamais foi.

Sempre seu,
Christopher

P.S. Incluo um desenho de Albert.

Enquanto lia, os sentimentos de Beatrix oscilavam entre a preocupação, a emoção e um encantamento que a tirava do sério.

— Deixe-me responder a ele e assinar em seu nome — pediu ela. — Mais uma carta. *Por favor*, Pru. Eu lhe mostrarei o escrito antes de enviá-lo.

Prudence caiu na gargalhada.

— Sinceramente, essa é a coisa mais tola que já vi... Ah, está bem, escreva de novo para ele, se é o que deseja.

Durante a meia hora seguinte, Beatrix se viu envolvida em uma conversa fútil sobre o baile, os convidados e as últimas fofocas de Londres. Ela guardou a carta de Christopher Phelan no bolso... e ficou paralisada ao sentir nas mãos um objeto estranho. Um punho metálico... e as cerdas sedosas de um pincel de barbear. Beatrix ficou pálida ao perceber que havia guardado no bolso, sem querer, o pincel de barbear que estava em cima da cômoda de Christopher.

Tinha um novo problema.

Apesar de tudo, ela conseguiu manter o sorriso no rosto e continuar a conversar calmamente com Prudence, mesmo sentindo-se alvoroçada por dentro.

Às vezes, quando estava muito ansiosa ou preocupada, Beatrix acabava pegando algum pequeno objeto de uma loja, ou da casa de alguém. Vinha fazendo isso desde a morte dos pais. Nem sempre se dava conta de que havia pegado alguma coisa, mas em alguns momentos a compulsão era tão irresistível que ela começava a transpirar e a tremer, até finalmente ceder e pegar o objeto.

Furtar coisas nunca havia sido um problema. Devolvê-las é que muitas vezes se mostrava uma dificuldade. Beatrix e a família sempre conseguiam restituir o que ela havia pegado. Mas, em certas ocasiões, isso exigira medidas extremas – como fazer visitas em horas inapropriadas do dia, ou inventar desculpas estranhas para aparecer na casa de alguém –, o que só servia para solidificar a reputação de excentricidade dos Hathaways.

Por sorte, não seria difícil devolver o pincel de barbear. Beatrix poderia fazer isso a próxima vez que visitasse Audrey.

– Acho que agora preciso me vestir – disse Prudence, por fim.

Beatrix aproveitou a deixa sem hesitar.

– Com certeza. Também preciso voltar para casa, tenho tarefas a cumprir. – Ela sorriu e acrescentou num tom despreocupado: – Uma delas é escrever outra carta.

– Não escreva nada muito estranho – disse Prudence. – Tenho uma reputação a zelar, você sabe.

CAPÍTULO 3

Capitão Christopher Phelan
1º Batalhão da Brigada de Rifles
Acampamento Home Ridge
Inkerman, Crimeia

3 de dezembro de 1854

Caro Christopher,

Esta manhã, li que mais de dois mil de nossos homens foram mortos em uma batalha recente. Disseram que um oficial dos Rifles foi ferido por uma baioneta. Não foi você, não é? Está ferido? Sinto tanto medo por você. E lamento muito a morte do seu amigo.

Estamos arrumando a casa para as festas de fim de ano, pendurando

29

raminhos de visco e de azevinho. Mando junto com a carta um cartão de Natal feito por um artista local. Note a cordinha com uma borla na parte de baixo – se puxá-la, o cavalheiro alegre à esquerda ira sorver sua taça de vinho ("sorver" é uma palavra tão estranha, não acha? Mas é uma das minhas favoritas).

Adoro as músicas natalinas. Adoro a mesmice das festas de fim de ano. Comer pudim de Natal, mesmo não gostando de pudim de Natal. Os rituais nos confortam, não acha?

Albert parece ser um cachorro simpático, talvez não tenha a aparência de um cavalheiro, mas percebe-se que há em seu íntimo um companheiro leal e dedicado.

Preocupo-me que algo possa ter acontecido a você. Espero que esteja a salvo. Acendo uma vela para você, na árvore, toda noite.

Responda-me assim que puder.

Com carinho,

Prudence

P.S. Compartilho de sua afeição por burros. São criaturas muito despretensiosas, que nunca se vangloriam de seus ancestrais. Por esse ponto de vista, seria bom que algumas pessoas fossem mais burras nesse sentido.

Senhorita Prudence Mercer

Stony Cross

Hampshire

1º de fevereiro de 1854

Cara Pru,

Lamento, mas realmente fui o oficial ferido pela baioneta. Como desconfiou? Aconteceu quando estávamos subindo uma montanha para tomar uma bateria de atiradores russos. Mas foi apenas um ferimento leve no ombro, com certeza não valia a pena que eu a avisasse do ocorrido.

Houve uma tempestade no dia 14 de novembro que arrasou com o acampamento e afundou barcos franceses e britânicos no porto. Mais vidas perdidas e, infelizmente, a maior parte dos nossos equipamentos e suprimentos de inverno se foram. Acredito que essa seja o que pode se chamar uma luta difícil. Estou faminto. Na noite passada, sonhei com comida. Costumo sonhar com você, mas lamento dizer que nessa noite você foi eclipsada da minha mente por um cordeiro com molho de hortelã.

Faz um frio terrível. Agora estou dormindo com Albert. Somos uma dupla de companheiros de cama rabugentos, mas estamos dispostos a nos suportar mutuamente no esforço de afastar o frio da morte. Albert se tornou indispensável para o batalhão – ele leva mensagens sob o fogo cruzado e corre mais rápido do que qualquer homem conseguiria. Também é um excelente vigia e batedor.

Listo algumas coisas que aprendi com ele:

1. Qualquer comida é sua por direito até ser engolida por outra pessoa.

2. Tire um cochilo sempre que puder.

3. Não ladre a menos que seja importante.

4. Às vezes, é inevitável caçar o próprio rabo.

Espero que o seu Natal tenha sido esplêndido. Obrigado pelo cartão – ele chegou até mim no dia 24 de dezembro, e foi passado para todos no meu batalhão. A maior parte dos homens nunca tinha visto um cartão de Natal. Antes de ser finalmente devolvido a mim, o cavalheiro de papel preso à corda havia sorvido uma grande quantidade de vinho.

Também gosto da palavra "sorver". Na verdade, sempre gostei de palavras incomuns. Aqui vai uma para você: "ferrar", que significa colocar ferraduras em um cavalo. Ou "nidificar", fazer ninho. A égua do Sr. Caird já deu cria? Talvez eu peça ao meu irmão para fazer uma oferta. Nunca se sabe quando podemos precisar de um bom burro.

Caro Christopher,

Parece tão prosaico mandar uma carta por correio. Gostaria de encontrar um modo mais interessante... eu amarraria um pergaminho à perna de um pássaro, ou lhe mandaria a mensagem em uma garrafa. No entanto, por uma questão de eficiência, terei que me contentar com o Correio Real.

Acabei de ler no Times *que você esteve envolvido em mais atos heroicos. Por que se arrisca tanto? As obrigações rotineiras de um soldado já são perigosas o bastante. Tenha cuidado com sua segurança, Christopher – por mim, se não por você mesmo. Meu pedido é totalmente egoísta... não conseguiria suportar se suas cartas parassem de chegar.*

Estou tão distante, Pru. Estou parado do lado de fora da minha própria vida, olhando-a de longe. No meio de toda essa brutalidade, descobri o prazer simples de cuidar de um cão, de ler uma carta, de olhar para o céu estrelado. Esta noite, quase pensei ter visto uma antiga constelação chamada Argo, batizada em homenagem à nau de Jasão e seu grupo, que saiu em jornada para encontrar o Velocino de Ouro. Supostamente, só é possível ver a constelação de Argo da Austrália, mas ainda assim estou quase certo de que a vi de relance.

Imploro que esqueça o que escrevi antes: quero que espere por mim. Não se case com ninguém antes que eu volte para casa.

Espere por mim.

Caro Christopher,

Março tem o aroma de chuva, terra molhada, penas e hortelã. Toda manhã e toda tarde tomo chá com folhas frescas de hortelã, adoçado com mel. Tenho feito muitas caminhadas ultimamente. Parece que penso melhor ao ar livre.

Na noite passada, o céu estava límpido. Tentei encontrar Argo. Sou péssima em constelações. Nunca consigo avistar nenhuma, com exceção de Órion e seu cinturão. Mas quanto mais eu olhava para o céu, mais ele me lembrava o oceano, e foi então que vi toda uma esquadra de barcos feitos de estrelas. Uma flotilha estava ancorada à Lua, enquanto outras se afastavam. Imaginei que estávamos num desses barcos, navegando sob a luz do luar.

Na verdade, o oceano me deixa nervosa. É vasto demais. Prefiro as florestas ao redor de Stony Cross. São sempre fascinantes e cheias de milagres cotidianos... teias de aranha cintilando com a chuva, novas árvores crescendo a partir de troncos caídos de carvalhos. Gostaria que pudesse vê-los comigo. E, juntos, ouviríamos o vento agitando as folhas sobre nossa cabeça, uma melodia adorável e relaxante... a música das árvores.

Estou sentada aqui, escrevendo para você, com os pés metidos em meias, esticados perto demais da lareira. Já queimei minhas meias uma vez e, em outra, tive que bater com os pés no chão, quando começou a sair fumaça delas. Mesmo depois disso, não consigo me livrar do hábito. Pronto, agora você já pode me encontrar em meio a uma multidão mesmo vendado. Basta seguir o cheiro de meias queimadas.

Mando junto com a carta uma pena de tordo que encontrei durante a minha caminhada, esta manhã. É para lhe dar sorte. Mantenha-a em seu bolso.

Neste exato momento, enquanto escrevo esta carta, tive a mais estranha sensação. Foi como se você estivesse na sala comigo. Como se minha pena houvesse se transformado em uma varinha mágica e eu houvesse invocado a sua presença. Se eu desejar com muita intensidade...

Caríssima Prudence,

A pena de tordo está no meu bolso. Como soube que eu precisava de um talismã para me proteger na batalha? Durante as duas últimas semanas, estive enfiado em uma trincheira, trocando tiros com os russos. Esta não é mais uma guerra de cavalaria, e sim de estratégia e de artilharia. Albert fica na trincheira comigo e só sai para levar mensagens ao longo da linha de fogo.

Durante as tréguas, tento me imaginar em algum outro lugar. Penso em você com os pés esticados perto da lareira, e seu hálito doce por causa do chá com hortelã. Vejo-me caminhando pelas florestas de Stony Cross ao seu lado. Adoraria contemplar alguns dos milagres cotidianos, mas acho que não seria capaz de encontrá-los sem você. Preciso de sua ajuda, Pru. Acho que você talvez seja a minha única chance de me tornar parte do mundo novamente.

Sinto como se tivesse mais lembranças suas do que tenho de fato. Só estive com você algumas poucas vezes. Um baile. Uma conversa. Um beijo. Gostaria de poder reviver esses momentos. Sei que os apreciaria mais. Apreciaria tudo mais. Na noite passada, sonhei com você outra vez. Não conseguia ver seu rosto, mas a sentia perto de mim. Você estava sussurrando.

A última vez que a abracei, não sabia quem você era realmente. Ou quem era eu, para falar a verdade. Nunca olhamos sob a superfície. Talvez tenha sido melhor assim – acho que não conseguiria tê-la deixado se sentisse por você o que sinto agora.

Vou lhe contar pelo que estou lutando. Não é pela Inglaterra, nem pelos aliados, nem por qualquer causa patriótica. Tudo isso é menos importante do que a minha esperança de voltar a estar com você.

Caro Christopher,

Você me fez perceber que palavras são o que há de mais importante no mundo. E nunca foram tão importantes como agora. No momento em que Audrey me entregou sua última carta, meu coração começou a bater mais rápido, e tive que correr para a minha casa secreta, a fim de lê-la com privacidade.

Ainda não havia lhe contado... na última primavera, durante uma caminhada, descobri o lugar mais estranho na floresta – uma torre solitária de tijolos e pedra, toda coberta de hera e musgo. Fica em uma área afastada na propriedade de Stony Cross que pertence a lorde Westcliff. Depois, quando perguntei sobre a torre a Lady Westcliff, ela disse que era costume nos tempos medievais manter uma casa secreta. O lorde da propriedade provavelmente a usava como alcova para a amante. Certa vez, foi ali que um ancestral dos Westcliffs se escondeu de seus empregados sedentos de sangue. Lady Westcliff disse que eu poderia visitar a casa secreta sempre que quisesse, já que ela foi abandonada há muito tempo. Vou lá com frequência. É meu esconderijo, meu refúgio... e agora que você sabe a respeito dela, é sua também.

Acabei de acender uma vela e colocá-la na janela. É uma minúscula estrela-guia, para você seguir de volta para casa.

Caríssima Prudence,

Em meio a todo o barulho, aos homens e à loucura, tento pensar em você na sua casa secreta... minha princesa na torre. E minha estrela-guia na janela.

As coisas que uma pessoa tem que fazer na guerra... Achei que tudo ficaria mais fácil com o passar do tempo. E lamento dizer que estava certo.

Temo pela minha alma. As coisas que fiz, Pru... As coisas que ainda terei de fazer... Se não espero que Deus me perdoe, por que pediria isso a você?

Caro Christopher,

O amor perdoa tudo. Você não precisa nem pedir.

Desde que me escreveu a respeito de Argo, venho lendo sobre as estrelas. Temos toneladas de livros sobre elas, já que este era um assunto de particular interesse do meu pai. Aristóteles ensinou que as estrelas são feitas de uma matéria diferente dos quatro elementos da terra – uma quintessência – que, por acaso, é também a mesma matéria de que é feita a psique humana. E é por isso que o espírito do homem se conecta com as estrelas. Talvez essa não seja uma visão muito científica, mas gosto da ideia de que a luz de uma pequena estrela brilha dentro de cada um de nós.

Meus pensamentos sobre você são como a minha constelação pessoal. Você está distante, meu caríssimo amigo, mas não mais distante do que essas estrelas gravadas em minha alma.

Cara Pru,

Estamos nos preparando para um longo cerco. Não sei quando terei chance de lhe escrever novamente. Esta não é a minha última carta, é apenas a última que escreverei por algum tempo. Não duvide de que voltarei para você algum dia.

Até poder tê-la em meus braços, essas palavras cansadas são o único modo de alcançá-la. Que pífia tradução de amor elas são... Palavras jamais poderiam fazer justiça a você ou capturar o que significa para mim.

Ainda assim... amo você. Juro pela luz das estrelas... não deixarei essa Terra até lhe dizer pessoalmente essas palavras.

Beatrix, que estava sentada sobre um enorme tronco de carvalho caído, nas profundezas da floresta, levantou os olhos do papel. Ela não percebeu que estava chorando até sentir o sopro da brisa contra o rosto molhado. Os músculos de sua face doíam, enquanto ela tentava se recompor.

Christopher lhe escrevera no dia 13 de junho, sem saber que ela mandara uma carta para ele no mesmo dia. Era impossível não encarar aquilo como um sinal.

Beatrix não experimentava uma sensação de perda tão profunda e amarga, um anseio tão angustiado, desde que os pais haviam morrido. Era um tipo diferente de sofrimento, é claro, mas tinha o mesmo sabor de desesperança.

O que eu fiz?

Ela, que sempre levara a própria vida com uma honestidade absoluta, engendrara uma farsa imperdoável. E a verdade só tornaria a situação ainda pior. Se Christopher Phelan algum dia descobrisse que ela escrevera para ele sob um falso pretexto, a desprezaria. E, se nunca descobrisse, Beatrix seria sempre "a garota mais adequada aos estábulos". Nada mais.

"Não duvide de que voltarei para você..."

Aquelas palavras haviam sido escritas para Beatrix, não importava que houvessem sido endereçadas a Prudence.

– Amo você – sussurrou Beatrix, as lágrimas correndo sem parar.

Como aqueles sentimentos haviam penetrado no coração dela? Santo Deus, mal conseguia se lembrar da aparência de Christopher Phelan e, ainda assim, seu coração estava se partindo por causa dele. E, pior de tudo, era possível que as declarações de Christopher houvessem sido fruto apenas dos tempos difíceis de guerra. Aquele Christopher que ela conhecia das cartas... o homem que ela amava... provavelmente desapareceria assim que ele voltasse para casa.

Nada de bom poderia resultar daquela situação. Precisava colocar um ponto final naquilo. Não podia mais fingir ser Prudence. Não era justo com nenhum deles, sobretudo com Christopher.

Beatrix caminhou lentamente de volta para casa. Quando entrou na Ramsay House, encontrou Amelia, que estava saindo com Rye, o filho pequeno.

– Aí está você! – exclamou Amelia. – Gostaria de ir até o estábulo conosco? Rye vai montar o pônei dele.

– Não, obrigada. – Beatrix sentia como se o sorriso que exibia houvesse sido colado em seu rosto.

Todos os membros da família eram rápidos em incluí-la na vida deles. Nesse ponto, eram todos extremamente generosos. E, mesmo assim, ela se sentia relegada, cada vez mais, e de forma inexorável, ao papel de tia solteirona.

Beatrix sentia-se solitária e excêntrica. Uma desajustada, como os animais de que cuidava.

Sua mente deu um salto incoerente, tentando se lembrar de todos os homens que conhecera em bailes, jantares e recepções. Sempre atraíra a atenção masculina. Talvez devesse encorajar um desses homens, simplesmente escolher um candidato adequado para um compromisso e terminar com essa história. Talvez valesse a pena casar com um homem que não amasse, se esse fosse o preço a pagar para ter a própria vida.

Mas isso seria outra forma de infelicidade.

Os dedos dela deslizaram para dentro do bolso do vestido que usava e tocaram a carta de Christopher Phelan. Ao encostar os dedos no pergaminho amassado em que ele escrevera, Beatrix sentiu o coração apertar, numa pontada quente e prazerosa.

– Você tem andado muito quieta ultimamente – disse Amelia, os olhos azuis inquisitivos. – Parece que esteve chorando. Algo a está perturbando, querida?

Beatrix deu de ombros, constrangida.

– Acho que estou melancólica por causa da doença do Sr. Phelan. Audrey disse que ele se encaminha para o pior.

– Ah... – A expressão de Amelia se suavizou por causa da preocupação. – Gostaria que pudéssemos fazer alguma coisa a respeito. Se eu preparasse uma cesta com conhaque de ameixa e um manjar branco, você levaria para eles?

– É claro. Irei até lá esta tarde.

Beatrix se recolheu à privacidade de seu quarto, sentou-se diante da escrivaninha e pegou a carta. Escreveria uma última vez para Christopher, uma mensagem impessoal, com um distanciamento educado. Era melhor do que continuar enganando-o.

Ela destampou o tinteiro com cuidado, mergulhou a pena e começou a escrever.

Caro Christopher,

Por mais que o estime, caro amigo, seria imprudente de nossa parte nos precipitarmos enquanto você ainda está longe. Conte com meus mais sinceros votos pelo seu bem-estar e segurança. No entanto, acho melhor deixar-

mos qualquer menção a sentimentos mais pessoais entre nós para quando você voltar. Na verdade, provavelmente é melhor que encerremos nossa correspondência...

A cada frase, Beatrix encontrava mais dificuldade em fazer os dedos funcionarem. A pena tremia em sua mão, apesar de segurá-la com força, e ela sentiu as lágrimas arderem de novo nos olhos.

– *Bobagem* – disse.

Doía, literalmente, escrever mentiras como aquelas. Beatrix sentia a garganta tão apertada que era difícil respirar.

Decidiu então que, antes de terminar a carta que estava escrevendo, contaria a verdade em outra, a que ansiava mandar para ele, mas que seria destruída.

Respirando com esforço, Beatrix pegou outra folha de papel e começou a escrever apressadamente umas poucas linhas, apenas para seus olhos, esperando, assim, amenizar a dor intensa que lhe apertava o coração.

Caríssimo Christopher,

Não posso mais escrever para você.

Não sou quem acha que sou.

Não tinha a intenção de enviar cartas de amor, mas foi isso que elas se tornaram. No caminho até você, as palavras se transformaram nas batidas do meu coração gravadas em papel.

Volte, por favor, volte para casa e descubra quem sou.

Beatrix não conseguia enxergar direito através das lágrimas. Deixou a folha de lado, voltou para a carta original e terminou-a, expressando seus votos e orações para que ele fizesse um retorno seguro ao lar.

Quanto à carta de amor, ela amassou-a e jogou-a na gaveta. Mais tarde, a queimaria numa cerimônia particular e observaria cada palavra emocionada arder até virar cinzas.

CAPÍTULO 4

No fim daquela tarde, Beatrix caminhou até a casa dos Phelans. Ela carregava uma cesta pesada e bem abastecida, com o conhaque, o manjar branco, um queijo branco redondo e um pequeno "bolo caseiro", seco e sem cobertura, só um pouquinho doce. Não importava se os Phelans precisavam ou não daquelas coisas, e sim o gesto em si.

Amelia aconselhara a irmã a ir até a casa dos Phelans de carruagem, ou de charrete, já que a cesta estava um pouco pesada. No entanto, Beatrix ansiava pelo esforço da caminhada, pois tinha a esperança de que pudesse melhorar seu estado de espírito. Ela andava num ritmo compassado, deixando que o ar fresco do início do verão entrasse em seus pulmões. *Esse é o aroma de junho,* quis escrever para Christopher... *madressilva, feno ainda verde, lençóis molhados pendurados para secar...*

Quando enfim chegou ao destino, Beatrix sentia os braços doloridos por ter carregado a cesta por tanto tempo.

A casa, coberta por uma grossa camada de hera, pareceu-lhe um homem aconchegado a um casaco. Beatrix sentiu arrepios de preocupação quando chegou à porta da frente e bateu. A porta foi aberta por um mordomo de expressão solene, que a fez entrar, tirou a cesta pesada das mãos dela e lhe mostrou a sala de visitas logo adiante.

A casa parecia quente demais, principalmente depois da longa caminhada. Beatrix sentiu um fio de suor escorrer sob as várias anáguas de seu vestido de caminhar, descendo até as botas amarradas nos tornozelos.

Audrey entrou na sala, muito magra e desalinhada, os cabelos se soltando do penteado. Usava um avental todo manchado de sangue.

Quando percebeu o olhar preocupado da amiga, Audrey tentou dar um sorriso abatido.

– Como pode ver, não estou preparada para receber ninguém. Mas você é uma das poucas pessoas com quem não preciso manter as aparências. – Ela percebeu que ainda estava usando o avental, então desamarrou-o e o enrolou como uma pequena trouxa. – Obrigada pela cesta. Disse ao mordomo para servir um copo de conhaque de ameixa e levá-lo à Sra. Phelan. Ela está na cama.

– A Sra. Phelan está doente? – perguntou Beatrix, quando Audrey se sentou ao seu lado.

Audrey negou com um aceno de cabeça.

– Apenas muito abalada.

– E... o seu marido?

– Ele está morrendo – disse Audrey em uma voz inexpressiva. – Não tem mais muito tempo. O médico disse que é uma questão de dias.

Beatrix estendeu a mão para a amiga, desejando protegê-la como fazia com seus animais feridos. Audrey se encolheu e espalmou as mãos, na defensiva.

– Não, não faça isso. Não posso ser tocada. Eu me desfaria em pedaços. Tenho que ser forte por John. Vamos conversar rapidamente. Tenho apenas alguns minutos.

No mesmo instante, Beatrix cruzou as mãos no colo.

– Deixe-me ajudar de alguma forma – falou em voz baixa. – Permita que eu sente ao lado dele enquanto você descansa. Ao menos por uma hora.

Audrey conseguiu dar um sorriso débil.

– Obrigada, querida. Mas não posso deixar que ninguém, além de mim, fique ao lado dele.

– Então devo ir até a mãe dele?

Audrey esfregou os olhos.

– É muita gentileza sua, mas acho que ela não quer companhia. – Ela suspirou. – Se dependesse da Sra. Phelan, ela preferiria morrer a continuar a viver sem John.

– Mas ela ainda tem outro filho.

– A Sra. Phelan não tem afeto por Christopher. Dedicou todo o seu amor a John.

Enquanto Beatrix tentava absorver aquela informação, o relógio na sala tiquetaqueava, como se também desaprovasse aquilo, o pêndulo oscilando tal qual a uma cabeça dizendo não.

– Isso não pode ser verdade – disse Beatrix por fim.

– Com certeza pode – confirmou Audrey, com um sorriso triste. – Algumas pessoas têm um suprimento infinito de amor para dar. Como a sua família. Para outras, no entanto, a fonte é limitada. O amor da Sra. Phelan já se extinguiu, era o bastante apenas para o marido e para John. – Audrey deu de ombros, num gesto cansado. – Não tem importância se ela ama Christopher ou não. Nesse momento, nada parece ter importância.

Beatrix enfiou a mão no bolso e pegou a carta que escrevera.

– Tenho isso para ele – falou. – Para o capitão Phelan. De Pru.

Audrey pegou a carta com uma expressão indecifrável.

– Obrigada. Vou enviá-la junto com uma carta avisando a Christopher sobre o estado de John. Ele vai querer saber. Pobre Christopher... tão distante.

Beatrix se perguntou se talvez não fosse melhor pegar a carta de volta. Aquele provavelmente era o pior momento pare se distanciar dele. Por outro lado, talvez fosse a melhor hora. Uma pequena tristeza anunciada junto com outra muito maior.

Audrey observava as emoções se sucederem no rosto da amiga.

– Pretende contar a ele algum dia? – perguntou com delicadeza.

Beatrix a encarou, confusa.

– Contar o quê?

A pergunta fez com que Audrey desse um suspiro exasperado.

– Não sou tonta, Bea. Neste exato momento, Prudence está em Londres, indo a bailes, recepções e a todos esses eventos tolos e triviais da temporada. Ela não poderia ter escrito esta carta.

Beatrix sentiu o rosto muito vermelho e depois mortalmente pálido.

– Ela deixou a carta comigo antes de partir.

– Por causa da devoção que sente por Christopher? – Audrey retorceu os lábios. – Na última vez em que encontrei Prudence, ela nem sequer se lembrou de perguntar por ele. E por que é sempre você que vem entregar e pegar as cartas? – Ela encarou a amiga com um olhar ao mesmo tempo carinhoso e reprovador. – Pelo que Christopher vem escrevendo nas cartas que manda para nós, é óbvio que está absolutamente encantado por Prudence. Por causa do que *ela* vem lhe escrevendo. E se eu acabar tendo aquela tola como cunhada, Bea, a culpa será sua.

Quando percebeu o tremor no queixo de Beatrix e os olhos úmidos da amiga, Audrey pegou a mão dela e apertou com carinho.

– Conhecendo-a como conheço, não tenho dúvidas de que suas intenções foram boas. Mas duvido que os resultados venham a ser. – Audrey suspirou. – Tenho que voltar para perto de John.

Enquanto seguia com Audrey até o hall de entrada, Beatrix sentia-se angustiada por saber que a amiga logo teria que suportar a morte do marido.

– Audrey – disse com a voz trêmula –, gostaria de poder suportar isso em seu lugar.

Audrey a encarou por um longo momento, o rosto corado de emoção.

– Isso, Beatrix, é o que faz de você uma verdadeira amiga.

Dois dias mais tarde, os Hathaways receberam a notícia de que John Phelan havia falecido na noite anterior. Cheios de compaixão, consideraram qual seria a melhor forma de ajudar as duas mulheres de luto. Normalmente caberia a Leo, o lorde Ramsay, ir até os Phelans e oferecer seus préstimos. No entanto ele estava em Londres, já que o Parlamento ainda se encontrava em sessão. Naquele momento, acontecia um debate acalorado sobre a incompetência e a indiferença que haviam resultado no fato de as tropas enviadas à Crimeia estarem tão terrivelmente sem apoio e mal equipadas.

Ficou decidido então que Merripen, marido de Win, iria até a casa dos Phelans, representando a família. Ninguém esperava que ele fosse ser recebido, já que as duas mulheres sem dúvida estavam muito abatidas pela dor para falar com alguém. No entanto, Merripen deixaria uma carta oferecendo qualquer tipo de assistência de que pudessem precisar.

– Merripen – chamou Beatrix, antes que ele partisse –, poderia transmitir meu afeto a Audrey e perguntar se ela deseja ajuda com os preparativos para o funeral? Pergunte se ela quer companhia.

– É claro – respondeu Merripen, com os olhos cheios de bondade. Como fora criado com os Hathaways desde menino, era como um irmão para todos eles. – Por que não escreve um bilhete para ela? Entregarei aos criados.

– Espere só um minuto.

Beatrix disparou em direção à escada, erguendo as saias para não cair em sua corrida até o quarto.

A jovem foi até a escrivaninha e pegou seus papéis de carta e as penas, então destampou o tinteiro. Sua mão congelou no ar ao ver a carta amassada dentro da gaveta.

Era a carta educada e distante que havia escrito para Christopher Phelan. Não havia sido mandada.

Beatrix sentiu um suor frio escorrer por seu corpo e as pernas ficarem trêmulas, ameaçando não sustentá-la.

– Santo Deus – sussurrou, largando o corpo em uma cadeira próxima que quase desabou.

Ela entregara a carta errada a Audrey. A que não estava assinada e que começava com "Não posso mais escrever para você. Não sou quem acha que sou..."

O coração de Beatrix batia com força no peito, acelerado pelo pânico que a dominava. Tentou acalmar um pouco a mente tumultuada e pensar. A carta já fora postada? Talvez ainda houvesse tempo para pegá-la de volta. Poderia pedir a Audrey... mas não, isso seria o cúmulo do egoísmo e da falta de consideração. O marido de Audrey acabara de falecer. A amiga não merecia ser incomodada com trivialidades num momento daqueles.

Era tarde demais. Beatrix teria que deixar a carta ser postada e aceitar que Christopher Phelan fizesse o que quisesse com aquela estranha mensagem.

"Volte, por favor, volte para casa e descubra quem sou..."

Beatrix gemeu e deitou a cabeça sobre a escrivaninha. O suor fez com que sua testa se colasse à madeira polida. Ela percebeu que Lucky pulara sobre o tampo, e agora enfiava o nariz em seus cabelos e ronronava.

Por favor, querido Deus, pensou Beatrix, desesperada, *não permita que Christopher responda. Deixe que essa história se encerre. Nunca permita que ele descubra que fui eu.*

CAPÍTULO 5

Scutari, Crimeia

— Acho que um hospital talvez seja o pior lugar possível para um homem tentar melhorar – disse Christopher, em tom casual, enquanto levava uma xícara de caldo aos lábios feridos de um rapaz.

O jovem soldado que ele estava alimentando – e que não devia ter mais do que 19 ou 20 anos – deixou escapar um riso débil enquanto tomava o caldo.

Christopher fora levado para as barracas que serviam de hospital, em Scutari, três dias antes. Ele fora ferido durante um ataque a Redan, no interminável cerco a Sebastopol. Num instante estava acompanhando um grupo de sapadores que carregavam uma escada em direção a um abrigo russo, e no minuto seguinte houve uma explosão, e ele sentiu que fora atingido no lado direito do corpo, incluindo a perna direita.

As barracas convertidas em hospital estavam cheias de feridos, de ratos e de insetos. O único lugar onde era possível conseguir água era uma fonte diante da qual os serventes faziam fila para que um filete fétido caísse sem seus baldes. Como a água não podia ser bebida, era usada para lavar o que fosse necessário e para molhar os curativos.

Christopher havia subornado os serventes para que lhe trouxessem um copo de alguma bebida alcoólica bem forte. Então derramara a bebida sobre seus ferimentos, com a esperança de evitar que infeccionassem. A primeira vez que fizera isso, sentira uma ardência como se o fogo queimasse a sua pele, e acabou desmaiando e caindo da cama – espetáculo que provocara gargalhadas nos outros pacientes da enfermaria. Christopher aceitara com bom humor as brincadeiras que se seguiram, pois sabia como um momento de leveza era necessário naquele lugar árido.

Os estilhaços haviam sido removidos do flanco e da perna, mas os ferimentos não estavam cicatrizando como deveriam. Naquela manhã, Christopher descobrira que a pele ao redor deles estava vermelha e rígida. A perspectiva de ficar seriamente doente naquele lugar era assustadora.

Na véspera, apesar dos fortes protestos dos soldados deitados em uma fileira de leitos, os serventes haviam começado a costurar a manta manchada de sangue que envolvia o corpo de um homem, com intenção de levá-lo à pira funerária coletiva, do lado de fora, antes mesmo que ele estivesse de fato morto. Em resposta aos protestos furiosos dos outros pacientes, os serventes retrucaram que o sujeito estava desacordado, que morreria em poucos minutos e que precisavam do leito para outro paciente. Tudo isso era verdade. No entanto, como um dos poucos que ainda conseguiam se levantar do leito, Christopher intercedera e dissera aos serventes que poderiam deixar o homem no chão e ele se sentaria ao lado do moribundo até que este desse seu último suspiro. Christopher passara uma hora sentado sobre a pedra dura, afastando insetos e apoiando a cabeça do homem na perna ferida.

– Acha que fez algum bem para ele? – perguntara um dos serventes, com ironia, quando o pobre homem finalmente falecera e Christopher deixara que o levassem.

– Não para ele – respondera Christopher em voz baixa. – Mas talvez para os outros. – Ele acenara com a cabeça na direção da fileira de catres, de onde os pacientes observavam.

Era importante para aqueles homens acreditar que, se a hora deles chegasse, seriam tratados com um mínimo de humanidade.

O jovem soldado no leito ao lado do de Christopher era incapaz de fazer qualquer coisa por si mesmo, já que perdera um braço e também a outra mão. Como não havia enfermeiras disponíveis, Christopher assumira a tarefa de alimentar o rapaz. Ele se ajoelhara com dificuldade ao lado do leito, e agora erguia a cabeça do jovem e o ajudava a beber uma xícara de caldo.

– Capitão Phelan – chamou a voz ríspida de uma das Irmãs de Caridade.

A atitude severa da mulher e sua expressão hostil a tornavam tão intimidante que alguns soldados haviam sugerido, longe dos ouvidos da mulher, é claro, que se ela fosse despachada para lutar com os russos, a guerra seria ganha em poucas horas.

As sobrancelhas fartas e grisalhas se ergueram quando a freira viu Christopher ao lado do leito do outro paciente.

– Arrumando confusão novamente? – perguntou ela. – Volte para o seu leito, capitão. E não se levante de novo... a menos que sua intenção seja ficar tão doente que seremos forçados a mantê-lo aqui por tempo indeterminado.

Christopher voltou obedientemente para o próprio leito.

A mulher foi até ele e pousou a mão fria sobre sua testa.

– Está com febre – Christopher a ouviu anunciar. – Não se levante desta cama, ou terei que amarrá-lo a ela, capitão. – Ela retirou a mão e colocou alguma coisa sobre o peito dele.

Christopher abriu rapidamente os olhos e viu que a Irmã de Caridade lhe deixara um maço de cartas.

Prudence.

Havia duas cartas no envelope.

Christopher esperou até que a Irmã saísse de seu lado para só então abrir a carta de Prudence. A visão da letra dela o encheu de emoção. Ele a queria, precisava dela com uma intensidade que não conseguia conter.

De algum modo, a meio mundo de distância, se apaixonara por ela. Não importava que mal a conhecesse. Amava o pouco que conhecia dela.

Christopher leu algumas linhas aleatoriamente.

As palavras pareciam se rearrumar como em um jogo de letras infantil. Ele ficou encarando-as até se tornarem coerentes.

"... Não sou quem acha que sou... por favor, volte para casa e descubra quem sou..."

Os lábios de Christopher formaram o nome dela silenciosamente. Ele pousou a mão sobre o peito, segurando a carta contra o coração em disparada.

O que acontecera com Prudence?

O bilhete estranho e impulsivo o perturbou.

– Não sou quem acha que sou. – Christopher se pegou repetindo baixinho.

Não, é claro que ela não era. Ele tampouco. Não era aquela criatura alquebrada e febril num leito de hospital, e Prudence não era a coquete fútil por quem todos a tomavam. A partir das cartas que trocaram, eles haviam descoberto um no outro a promessa de mais.

"... por favor, volte para casa e descubra quem sou..."

As mãos de Christopher pareciam inchadas e rígidas enquanto ele se esforçava para abrir a outra carta, de Audrey. A febre o estava deixando desajeitado. Sua cabeça começara a doer... latejava terrivelmente... Christopher leu as palavras entre golpes de dor.

Caro Christopher,

Não há como lhe contar isso delicadamente. O estado de John piorou. Ele está encarando a perspectiva da morte com a mesma paciência e generosidade que mostrou durante toda a vida. Quando esta carta chegar às suas mãos, com certeza John já terá partido...

A mente de Christopher se fechou contra o restante da carta. Mais tarde ele teria tempo para terminar de ler. Tempo para o luto.

John não deveria ter ficado doente. Ele deveria estar a salvo em Stony Cross, deveria ter filhos com Audrey. John deveria estar em casa quando Christopher voltasse.

Christopher conseguiu se virar de lado, então puxou o cobertor até que ficasse alto o bastante para esconder todo o seu corpo. Ao redor dele, os outros soldados continuavam a passar o tempo... conversando, jogando cartas quando possível. Por sorte, eles deliberadamente não prestavam atenção em Christopher, garantindo-lhe a privacidade de que precisava.

CAPÍTULO 6

Não chegara mais nenhuma correspondência de Christopher Phelan nos dez meses desde que Beatrix escrevera para ele pela última vez. Christopher trocara cartas com Audrey, mas em seu sofrimento pela morte de John, Audrey não estava conseguindo conversar com ninguém, nem mesmo com Beatrix.

Segundo informação de Audrey, Christopher fora ferido, mas se recuperara no hospital e voltara à batalha. Em sua busca constante por alguma menção a ele nos jornais, Beatrix encontrara inúmeros relatos de sua bravura. Durante os longos meses do cerco de Sebastopol, Christopher se tornara o soldado mais condecorado da artilharia. Fora premiado não apenas com a ordem de Bath e com a medalha da campanha da Crimeia, com menções honrosas às batalhas de Alma, Inkerman, Balaclava e Sebastopol, como também recebera o título de Cavaleiro da Legião de Honra pela França e fora agraciado com a medalha da Ordem de Medjidie, dos turcos.

Para tristeza de Beatrix, sua amizade com Prudence havia esfriado desde o dia em que ela dissera à amiga que não poderia mais escrever para Christopher.

– Mas por quê? – protestou Prudence. – Achei que você gostava de se corresponder com ele.

– Deixei de gostar – retrucou Beatrix numa voz sufocada.

A amiga a encarou com uma expressão de incredulidade.

– Não posso acreditar que vai abandoná-lo desse jeito. O que o capitão Phelan vai pensar quando as cartas pararem de chegar?

A pergunta fez o coração de Beatrix se apertar de culpa e saudade. Ela mal confiava em si mesma para falar.

– Não posso continuar a escrever para o capitão Phelan sem contar a verdade a ele. A situação está se tornando pessoal demais. Eu... há sentimentos envolvidos. Entende o que estou tentando lhe dizer?

– Tudo o que entendo é que você está sendo egoísta. Não posso escrever para ele porque Christopher perceberia a diferença entre a sua letra e a minha. O mínimo que você poderia fazer era mantê-lo preso na minha rede até ele voltar.

– O que você quer dele? – perguntou Beatrix com a testa franzida. Não gostara da frase "mantê-lo preso na minha rede...", como se Christopher fosse um peixe morto. Um entre muitos. – Você tem muitos pretendentes.

– Sim, mas o capitão Phelan se tornou um herói de guerra. Pode até ser convidado para jantar com a rainha depois que voltar. E agora que o irmão morreu, vai herdar a propriedade de Riverton. Tudo isso o torna um nobre e um ótimo partido.

Embora Beatrix antes se divertisse com a futilidade de Prudence, Christopher merecia muito mais do que ser avaliado por atributos tão superficiais.

– Já lhe ocorreu que ele estará diferente? – Beatrix perguntou baixinho.

– Bem, talvez ele ainda esteja ferido, mas espero sinceramente que não.

– Estou me referindo ao espírito do capitão Phelan.

– Porque ele esteve na guerra? – Prudence deu de ombros. – Suponho que isso tenha tido algum efeito nele.

– Você acompanhou alguma das notícias sobre ele?

– Tenho andado muito ocupada – retrucou Prudence, na defensiva.

– O capitão Phelan ganhou a medalha da Ordem de Medjidie por ter salvado um oficial turco ferido. Algumas semanas mais tarde, Christopher Phelan rastejou para dentro de um abrigo que havia acabado de ser bombardeado e onde dez soldados franceses haviam sido mortos e cinco atiradores deixados sem condições de continuar. Ele tomou posse da arma que restara e manteve a posição sozinho, contra o inimigo, por oito horas. Em outra ocasião...

– Não preciso ouvir isso – protestou Prudence. – O que está querendo dizer, Bea?

– Que o capitão Phelan talvez volte um homem diferente. E se você de fato se importa com ele, deve tentar entender pelo que está passando. – Beatrix entregou a Prudence um maço de cartas amarrado com uma fita azul fina. – Para começar, poderia ler essas cartas. Eu deveria ter copiado as que escrevi para o capitão Phelan, para que você também pudesse lê-las. Mas infelizmente não pensei nisso.

Prudence aceitou as cartas com relutância.

– Muito bem. Vou lê-las. Mas estou certa de que Christopher não vai querer conversar sobre cartas quando voltar... ele me terá bem aqui, ao seu lado.

– Você deve tentar conhecê-lo melhor – disse Beatrix. – Acho que o quer pelos motivos errados... quando há tantas razões certas para se interessar por ele. O capitão Phelan merece. Não por causa de sua bravura em batalha, ou por todas as medalhas cintilantes... na verdade, essa é a menor parte de quem ele é. – Ela ficou em silêncio por um instante, enquanto se dava conta, melancolicamente, de que dali em diante deveria mesmo evitar as pessoas e voltar a passar seu tempo com os animais. – O capitão Phelan escreveu que, quando você e ele se conheceram, nenhum dos dois olhava muito abaixo da superfície.

– Da superfície do quê?

Beatrix encarou a amiga com uma expressão desolada e concluiu que, para Prudence, a única coisa sob a superfície era mais superfície.

– O capitão Phelan disse que você talvez seja a última chance de ele pertencer ao mundo novamente.

Prudence olhou para Beatrix com estranheza.

– Talvez no fim das contas seja mesmo melhor você parar de escrever para ele. Está parecendo bastante obcecada. Espero que não tenha pensado que Christopher iria... – Ela parou por educação. – Deixe para lá.

– Sei o que você ia dizer – falou Beatrix num tom conformado. – É claro que não tenho ilusões a esse respeito. Não esqueci que, certa vez, ele me comparou a um cavalo.

– Ele não a comparou a um cavalo – observou Prudence. – Disse apenas que você era mais adequada aos estábulos. No entanto, Christopher é um homem sofisticado e jamais seria feliz com uma garota que passa a maior parte do tempo com animais.

– Prefiro a companhia dos animais à de qualquer pessoa que conheço – retrucou Beatrix. No mesmo instante ela se arrependeu da declaração rude, ainda mais quando viu que Prudence encarara aquilo como uma afronta pessoal. – Sinto muito. Não quis dizer...

– Talvez seja melhor você partir, então, e voltar para os seus animais – disse Prudence num tom muito frio. – Se sentirá mais feliz conversando com alguém que não pode lhe responder.

Abatida e envergonhada, Beatrix deixou Mercer House. Mas não antes de Prudence dizer:

– Para o bem de nós duas, Bea, precisa me prometer que jamais irá contar ao capitão Phelan que foi você que escreveu aquelas cartas. Não há motivo para isso. Mesmo se contasse, ele não iria querê-la. Seria apenas um constrangimento e um motivo de ressentimento. Um homem como ele jamais esqueceria um engodo desse tipo.

Desde aquele dia, Beatrix e Prudence só tinham se visto de passagem. E mais nenhuma carta fora escrita.

Beatrix se atormentava imaginando como estaria Christopher, se Albert ainda estaria com ele, se os ferimentos haviam se curado devidamente... mas ela já não tinha mais o direito de lhe fazer perguntas.

Na verdade, nunca tivera.

Para júbilo de toda a Inglaterra, Sebastopol caiu em setembro de 1855, e as negociações de paz começaram em fevereiro do ano seguinte. Cam, cunhado de Beatrix, comentou que, apesar de a Inglaterra ter ganhado, uma vitória numa guerra é sempre conseguida a um custo imensurável, já que ninguém poderia colocar um preço em cada vida perdida ou arruinada. Essa era uma convicção cigana com a qual Beatrix concordava plenamente. No total, mais de 150 mil soldados aliados haviam morrido em decorrência de ferimentos de batalha ou de doenças, assim como mais de cem mil russos.

Quando enfim foi dada a tão esperada ordem para que os regimentos voltassem para casa, Audrey e a Sra. Phelan souberam que a Brigada de Rifles de Christopher chegaria a Dover em meados de abril e seguiria para Londres. A chegada dos Rifles estava sendo ansiosamente aguardada, já que Christopher era considerado um herói nacional. A fotografia dele fora recortada dos jornais e presa nas vitrines das lojas, enquanto relatos de sua bravura eram repetidos vezes sem conta nas tabernas e nos cafés. Os aldeões e moradores da região estavam assinando longos tributos de admiração que seriam entregues a ele, e ao menos três espadas cerimoniais gravadas com o nome de Christopher e decoradas com pedras preciosas haviam sido cunhadas por políticos ansiosos por recompensá-lo pelos serviços prestados à nação.

No entanto, no dia em que os Rifles aportaram em Dover, Christopher esteve misteriosamente ausente das festividades. As multidões no cais aplaudiam a Brigada de Rifles e exigiam a presença de seu famoso atirador, mas, ao que parecia, Christopher preferira evitar os aplausos, as cerimônias e os banquetes... ele nem sequer apareceu no jantar comemorativo oferecido pela rainha e seu consorte.

– O que você acha que aconteceu com o capitão Phelan? – perguntou Amelia, irmã mais velha de Beatrix, depois de três dias em que ele não aparecera em lugar algum. – Pelo que me lembro, ele era um homem sociável, que teria adorado ser o centro de tantas atenções.

– Ele está recebendo ainda mais atenção por sua ausência – comentou Cam.

– O capitão Phelan não quer atenção – Beatrix não conseguiu evitar retrucar. – Está fugindo disso.

Cam ergueu a sobrancelha, parecendo achar divertido.

– Como uma raposa? – perguntou.

– Sim. Raposas são astutas. Mesmo quando parecem estar se distanciando de seu foco de atenção, sempre voltam e finalmente o alcançam. – Beatrix hesitou, o olhar distante voltado para a janela mais próxima, na direção da floresta imersa nas sombras daquela primavera inóspita e relutante... ventos frios demais, chuva demais. – O capitão Phelan quer voltar para casa. Mas ficará escondido até que os cães parem de ladrar para ele.

Ela ficou calada e contemplativa depois disso, enquanto Cam e Amelia continuavam a conversar. Devia ser apenas imaginação... mas Beatrix tinha a curiosa sensação de que Christopher Phelan estava em algum lugar muito próximo.

– Beatrix. – Amelia parou ao lado da irmã na janela e passou o braço gentilmente pelos ombros dela. – Está se sentindo melancólica, querida? Talvez devesse ter ido a Londres para a temporada social, como fez sua amiga Prudence. Você poderia ficar com Leo e Catherine, ou com Poppy e Harry, no hotel...

– Não tenho interesse algum em tomar parte dos eventos sociais da temporada – disse Beatrix. – Já fui quatro vezes e isso já foi o triplo do que deveria.

– Mas você foi muito procurada depois de cada uma dessas temporadas. Os cavalheiros a adoraram. E talvez haja alguém novo dessa vez.

Beatrix ergueu os olhos para o céu, impaciente.

– Nunca há ninguém novo na sociedade de Londres.

– É verdade – disse Amelia, após pensar por um instante. – Ainda assim,

51

acho que você ficaria melhor em Londres do que aqui, no campo. É quieto demais.

Um garoto pequeno, de cabelos escuros, entrou correndo na sala montando um cavalo de pau e soltando um grito de guerra, enquanto brandia uma espada. Era Rye, o filho de 4 anos e meio de Cam e Amelia. Quando o menino passou em disparada, a extremidade do cabo de madeira em que estava montado esbarrou sem querer numa luminária de pé com uma cúpula de vidro azul. Cam agiu rapidamente por reflexo e pegou a luminária antes que ela se espatifasse no chão.

Rye se virou, viu o pai caído e pulou em cima dele, rindo.

Cam começou uma luta de brincadeira com o filho, parando brevemente apenas para informar à esposa:

– Não é tão quieto assim.

– Sinto saudades de Jàdo – reclamou Rye, referindo-se ao primo e companheiro de brincadeiras favorito. – Quando ele vai voltar?

Merripen, Win – a irmã de Amelia – e o filho pequeno deles, Jason, apelidado de Jàdo, tinham partido para a Irlanda havia um mês para visitar a propriedade que Merripen um dia herdaria. Como o avô estava doente, Merripen concordara em ficar na Irlanda por tempo indeterminado, para se familiarizar com a propriedade e com os arrendatários.

– Ainda vai demorar um pouco – informou Cam ao filho, com pena. – Talvez só no Natal.

– Falta muito – reclamou Rye com um suspiro triste.

– Você tem outros primos, querido – comentou Amelia.

– Estão todos em Londres.

– Edward e Emmaline estarão aqui no verão. E, enquanto isso, você tem seu irmãozinho.

– Mas Alex não é nada divertido – disse Rye. – Não sabe falar, nem jogar bola. E ele vaza.

– Pelas duas extremidades – confirmou Cam, os olhos cor de âmbar cintilando brincalhões ao fitar a esposa.

Amelia tentou, sem sucesso, disfarçar uma risada.

– Ele não vai vazar para sempre.

O menino montou no peito do pai e se virou para Beatrix.

– Você brinca comigo, tia?

– Claro. Bola de gude? Varetas?

– *Guerra* – falou o menino, com prazer. – Eu serei a cavalaria, e você será os russos, e vou persegui-la ao redor da sebe.

– Não poderíamos reencenar o Tratado de Paris, em vez disso?

– Não *existe* tratado sem guerra – protestou o menino. – Do que a gente iria falar?

Beatrix sorriu para a irmã.

– Muito lógico.

Rye se levantou de um pulo, pegou a mão de Beatrix e começou a arrastá-la para o lado de fora.

– Venha, tia – pediu com doçura. – Prometo que não vou bater em você com a minha espada como da última vez.

– Não entre no bosque, Rye – gritou Cam, quando o filho já estava saindo. – Um dos colonos disse que um cachorro perdido saiu do meio do bosque de castanheiras esta manhã e quase o atacou. Ele achou que a criatura parecia meio louca.

Beatrix parou e se voltou para Cam.

– Que tipo de cachorro?

– Um vira-lata com um pelo duro como o de um terrier. O colono alega que o cachorro roubou uma de suas galinhas.

– Não se preocupe, papai – disse Rye com convicção. – Estarei seguro com Beatrix. Todos os animais a adoram, mesmo os loucos.

CAPÍTULO 7

Depois de uma hora brincando ao longo da sebe e no pomar, Beatrix levou Rye de volta para casa, para as aulas da tarde.

– Não gosto de ter aulas – disse Rye, suspirando, enquanto se aproximavam das portas francesas na lateral da casa. – Prefiro brincar.

– Sim, mas você precisa aprender matemática.

– Na verdade, não preciso, não. Já sei contar até cem. E tenho certeza de que nunca vou precisar de mais do que cem de coisa nenhuma.

Beatrix sorriu.

– Treine a leitura, então. Assim poderá ler vários livros de aventuras.

– Mas se eu ficar *lendo* sobre aventuras – argumentou Rye –, vou acabar não tendo tempo para *vivê-las* de verdade.

Beatrix balançou a cabeça e riu.

– Eu deveria ter pensado melhor antes de discutir com você, Rye. Você é mais esperto que uma raposa.

O menino subiu a escada e se virou para Beatrix.

– Não vai entrar, tia?

– Ainda não – respondeu ela distraída, o olhar perdido no bosque além da Ramsay House. – Acho que vou dar uma caminhada.

– Quer que eu vá junto?

– Obrigada, Rye, mas nesse momento estou precisando caminhar sozinha.

– Vai procurar o cão – disse o menino, esperto.

Beatrix sorriu.

– Talvez.

Rye a encarou com uma expressão curiosa.

– Tia?

– Sim?

– Você vai se casar algum dia?

– Espero que sim, Rye. Mas primeiro preciso encontrar o cavalheiro certo.

– Se ninguém quiser se casar com você, eu me casarei quando crescer. Mas só se eu for mais alto, porque não quero ficar olhando de baixo para você.

– Obrigada – Beatrix respondeu com seriedade, disfarçando um sorriso. Então se virou e caminhou na direção da floresta.

Era uma caminhada que ela já fizera centenas de vezes. O cenário era familiar, as sombras cortadas por raios de sol que se fragmentavam através dos galhos. As cascas das árvores, cobertas por um musgo verde-pálido, estavam congeladas, a não ser nos pontos escuros, erodidos, em que a madeira se transformara em pó. O solo da floresta estava macio por causa da lama coberta por camadas de folhas secas e amentos caídos dos castanheiros. Os sons eram familiares – o canto dos pássaros, o farfalhar das folhas e os sussurros de um milhão de pequenas criaturas.

No entanto, apesar de toda a sua intimidade com aquele bosque, Beatrix se deu conta de uma sensação diferente. Que lhe dizia para ser cuidadosa. O ar estava carregado com a promessa de... alguma coisa. Conforme seguia adiante, a sensação se intensificou. O coração dela estava se comportando de um modo estranho, a pulsação disparando nos pulsos, no pescoço e até nos joelhos de Beatrix.

Ela percebeu um movimento mais à frente, uma forma deslizando baixo entre as árvores, fazendo os arbustos ondularem. Não era uma forma humana.

Beatrix pegou um galho caído e partiu-o com destreza para que ficasse do tamanho de um cajado.

A criatura ficou imóvel e o silêncio caiu sobre a floresta.

– Venha cá – chamou Beatrix.

Um cão veio caminhando na direção dela, amassando gravetos e folhas. Tinha o latido típico de um terrier. Ele parou a poucos metros de distância de Beatrix, rosnou e mostrou os longos dentes brancos.

A jovem se manteve imóvel e o examinou calmamente. Era um animal esguio, o pelo curto e duro, a não ser pelos tufos engraçados no focinho, nas orelhas e perto dos olhos. E eram olhos tão cintilantes e expressivos... redondos como duas moedas.

Não havia como não reconhecer aquele animal singular. Beatrix já o vira antes.

– Albert? – chamou, encantada.

O cão ergueu as orelhas ao ouvir o nome. Então se agachou e deixou escapar um rosnado que soou ao mesmo tempo zangado e confuso.

– Ele trouxe você... – disse Beatrix, deixando cair o galho que segurava. Os olhos dela ardiam com lágrimas contidas, apesar da pequena gargalhada que deixou escapar. – Estou muito feliz por você ter conseguido passar pela guerra ileso. Venha, Albert, vamos ser amigos.

Ela permaneceu imóvel e deixou o cão se aproximar com cautela. Ele cheirou as saias dela, circundando-a lentamente. Logo Beatrix sentiu o focinho frio encostando na lateral de sua mão. Ela não se adiantou para acariciar o animal, apenas deixou que ele se acostumasse com seu cheiro. Quando viu a mudança na expressão do cão, os músculos do maxilar relaxados e a boca aberta, falou com firmeza:

– Sentado, Albert.

O cão logo aninhou o traseiro no chão e deixou escapar um ganido sussurrado. Beatrix estendeu a mão, acariciou sua cabeça e coçou atrás de suas orelhas. Albert ofegou satisfeito, os olhos semicerrados de prazer.

– Então você fugiu dele, não é? – perguntou ela, alisando os pelos eriçados na cabeça do animal. – Menino levado. Imagino que tenha passado bons momentos perseguindo coelhos e esquilos. E há um boato nada agradável correndo sobre uma galinha desaparecida. Deve ficar longe dos galinheiros, ou não vai se dar muito bem em Stony Cross. Não é melhor eu levá-lo de volta para casa, rapaz? Ele provavelmente está procurando por você. Ele...

E se deteve ao ouvir o som de algo... de alguém... se aproximando pela mata. Albert virou a cabeça e soltou um latido feliz, ao mesmo tempo que saltava na direção da figura que se aproximava.

Beatrix levantou a cabeça devagar. Ela se esforçou para controlar a respiração e tentou acalmar as batidas frenéticas do próprio coração. Sabia que o cão estava saltando alegremente atrás dela, a língua para fora. Albert olhou para ela e em seguida para o dono, como se dissesse: *Olhe o que encontrei!*

Beatrix soltou o ar devagar e levantou os olhos para o homem que parara a cerca de três metros de distância.

Christopher.

Era como se o mundo tivesse parado.

Ela tentou comparar o homem diante de si com o libertino indiferente que fora um dia. Mas parecia impossível que os dois fossem a mesma pessoa. Christopher não era mais um deus que descera do Olimpo... agora era um guerreiro endurecido por uma experiência amarga.

Sua aparência mostrava os tons profundos de uma mistura de ouro e cobre, como se Christopher houvesse se impregnado lentamente de sol. Os cachos louro-escuros tinham dado lugar a um corte rente, prático. O rosto estava impassível, mas havia uma inquietude contida na imobilidade do corpo.

E como parecia triste. Solitário.

Beatrix teve vontade de correr para ele. Queria tocá-lo. O esforço de permanecer parada onde estava fez com que seus músculos começassem a tremer em protesto.

Ela se ouviu falar em uma voz estremecida.

– Seja bem-vindo de volta, capitão Phelan.

Ele permaneceu em silêncio, encarando-a sem parecer reconhecê-la. Santo Deus, aqueles olhos... gelo e fogo, o olhar de Christopher parecia atravessar a consciência dela, queimando.

– Sou Beatrix Hathaway – ela conseguiu dizer. – Minha família...

– Eu me lembro de você.

A voz rouca e aveludada foi como uma carícia deliciosa nos ouvidos de Beatrix. Fascinada, enfeitiçada, ela encarou o rosto de expressão esquiva do homem à sua frente.

Para Christopher Phelan, ela era uma estranha. Mas as lembranças das cartas dele estavam entre os dois, mesmo que Christopher não tivesse consciência disso.

A mão dela acariciou suavemente o pelo grosso de Albert.

– Você não esteve em Londres – comentou Beatrix. – Houve uma grande agitação por sua causa.

– Eu não estava preparado.

Aquelas poucas palavras diziam tanta coisa. É claro que ele não estava pronto. O contraste seria dissonante demais, sair da brutalidade ensopada de sangue de uma guerra direto para a fanfarra das paradas militares, trombetas e pétalas de flores.

– Acredito que nenhum homem são estaria – respondeu ela. – Há um enorme alvoroço. Sua foto está na vitrine de todas as lojas. E estão batizando coisas com seu nome.

– Coisas... – repetiu ele, cauteloso.

– Há um chapéu Phelan.

Christopher ergueu as sobrancelhas.

– Não há, não.

– Há, sim. Redondo na parte de cima. Com a aba estreita. Está sendo vendido em cinza ou preto. Há um exposto na chapelaria em Stony Cross.

Christopher murmurou alguma coisa entredentes, a expressão fechada.

Beatrix brincou carinhosamente com as orelhas de Albert.

– Eu... ouvi falar de Albert. Por Prudence. Que bela atitude tê-lo trazido com você.

– Foi um erro – retrucou Christopher categoricamente. – Ele vem se comportando como louco desde que aportamos em Dover. Até agora já tentou morder duas pessoas, inclusive um de meus criados. E não para de latir. Tive que trancá-lo em um galpão de jardinagem ontem à noite, mas ele conseguiu escapar.

– Ele está assustado – explicou Beatrix. – E acha que, se agir assim, ninguém poderá lhe fazer mal. – Animado, o cão se ergueu nas patas traseiras, enquanto apoiava as dianteiras nela. Beatrix bateu delicadamente com o joelho no peito dele.

– *Aqui* – chamou Christopher, num tom de ameaça velada que fez Beatrix sentir um arrepio subir pela espinha.

O cão correu para o dono, com o rabo entre as pernas. Christopher pegou uma correia de couro do bolso do casaco e amarrou-a ao redor do pescoço do animal. Então virou-se de relance para Beatrix, os olhos subindo das duas manchas de lama nas saias dela até a curva delicada dos seios.

– Peço desculpas – disse ele bruscamente.

– Não foi nada. Não me importo. Mas ele precisa ser ensinado a não pular nas pessoas.

– Albert só esteve entre soldados. Não sabe nada sobre companhias mais educadas.

– Ele pode aprender. Tenho certeza de que será um ótimo cão assim que se acostumar com o novo ambiente. – Beatrix fez uma pausa antes de oferecer. – Eu poderia trabalhar um pouco com ele na próxima vez em que for visitar Audrey. Sou muito boa com cachorros.

Christopher a encarou, pensativo.

– Havia esquecido que você é amiga da minha cunhada.

– Sou. – Beatrix hesitou. – Eu deveria ter dito antes que sinto muito pelo seu...

Ele ergueu a mão para impedir que ela continuasse. E, quando tornou a baixá-la, o punho estava firmemente cerrado.

Beatrix compreendia. A dor pela morte do irmão ainda era aguda demais. Aquele era um território que ele ainda não conseguira atravessar.

– Ainda não conseguiu viver o luto por essa perda, não é mesmo? – perguntou ela com delicadeza. – Acredito que a morte dele não tenha lhe parecido real até você voltar para Stony Cross.

Christopher a encarou com um olhar de advertência.

Beatrix já vira aquela expressão em animais capturados, a animosidade impotente contra qualquer um que se aproximasse. E aprendera a respeitar aquele olhar, a compreender que as criaturas selvagens eram mais perigosas quanto mais frágeis fossem as suas defesas. Ela voltou a atenção para o cão e continuou a acariciar o pelo grosso.

– Como está Prudence? – Beatrix ouviu Christopher perguntar. Doeu ouvir o tom ansioso e ardente na voz dele.

– Muito bem, acho. Ela está em Londres para a temporada social. – Beatrix hesitou antes de acrescentar: – Ainda somos amigas, mas talvez não tão próximas como já fomos.

– Por quê?

O olhar dele estava alerta agora. Obviamente qualquer menção a Prudence prendia sua atenção.

Por sua causa, pensou Beatrix, mas conseguiu dar um sorriso débil.

– Parece que temos interesses diferentes.

Estou interessada em você, e ela está interessada na sua herança.

– Vocês realmente não parecem ser da mesma cepa.

Ao notar o sarcasmo na voz de Christopher, Beatrix inclinou a cabeça e o encarou com curiosidade.

– Não entendo o que quer dizer.

Ele hesitou.

– Só quis dizer que a Srta. Mercer é convencional. E você... não. – O tom dele tinha um toque muito leve, mas inequívoco, de condescendência.

Subitamente todos os sentimentos de compaixão e ternura que sentia até ali desapareceram. Beatrix percebeu que em um aspecto Christopher Phelan não mudara: ele continuava a não gostar dela.

– Eu jamais iria querer ser uma pessoa convencional – disse Beatrix. – Elas costumam ser tediosas e superficiais.

Ao que pareceu, ele encarou a declaração como um sutil ataque a Prudence.

– Quando comparadas a pessoas que levam pragas de jardim a piqueniques? Ninguém poderia mesmo acusá-la de ser tediosa, Srta. Hathaway.

Beatrix sentiu o sangue fugir de seu rosto. Ele a insultara. A consciência disso fez com que ela se sentisse entorpecida.

– Pode me insultar – retrucou Beatrix, levemente surpresa de ainda conseguir falar. – Mas deixe meu ouriço em paz.

Ela girou o corpo e se afastou a passos largos. Albert ganiu e começou a segui-la, o que forçou Christopher a chamar o cão de volta.

Beatrix não olhou para trás, apenas continuou a caminhar. Já era ruim o bastante que o homem que amava não a amasse. Mas era muito pior amar um homem que declaradamente não gostava dela.

Era absurdo, mas Beatrix desejou poder escrever para o Christopher *dela* a fim de contar a ele sobre o estranho que acabara de encontrar.

Ele foi tão insolente, ela escreveria. E me tratou como se eu não merecesse um mínimo de respeito. Sem dúvida acha que sou uma selvagem, e louca. E o pior é que provavelmente está certo...

Passou pela mente de Beatrix que era por isso que preferia a companhia dos animais à das pessoas. Os bichos não eram enganadores. Não davam impressões conflitantes de quem realmente eram. E as pessoas jamais se sentiriam tentadas a esperar que um animal mudasse a própria natureza.

Christopher voltou para casa com Albert calmamente ao seu lado. Por alguma razão, o cão parecia melhor depois do encontro com Beatrix Hathaway. Quando o rapaz o encarou com uma expressão severa, Albert levantou os olhos com um sorriso canino e a língua para fora.

– Seu bobo – resmungou Christopher, embora não estivesse bem certo se o insulto era dirigido ao cão ou a si mesmo.

Estava se sentindo perturbado e culpado. Sabia que se comportara como um imbecil com Beatrix Hathaway. Ela tentara ser simpática e ele fora frio e condescendente.

Não tivera a intenção de ofendê-la. Mas estava quase louco de vontade de ver Prudence, de ouvir a voz doce e inocente que salvara sua sanidade. Cada palavra de cada carta que ela lhe mandara ainda ressoava na alma dele.

"Tenho feito muitas caminhadas ultimamente. Parece que penso melhor ao ar livre..."

E quando Christopher saíra com a intenção de encontrar Albert e se vira caminhando pela floresta, uma ideia louca tomara conta de sua mente... a de que *ela* estaria por perto, e o destino os reuniria rápida e simplesmente.

Mas em vez de encontrar a mulher com quem sonhara, por quem ansiara por tanto tempo, de quem mais precisava, acabara esbarrando com Beatrix Hathaway.

Não que não gostasse dela. Beatrix era uma criatura estranha, mas bastante envolvente e bem mais atraente do que ele se lembrava. Na verdade, ela se tornara uma beldade durante a ausência dele, o corpo, antes desajeitado, agora era curvilíneo e gracioso...

Christopher balançou a cabeça com impaciência, tentando retomar o fio de seus pensamentos. Mas a imagem de Beatrix Hathaway permaneceu. Um rosto oval adorável, a boca delicadamente sedutora e os olhos azuis marcantes, de um azul tão rico e profundo que parecia ter toques de púrpura. E aqueles cabelos escuros e sedosos, presos de maneira descontraída no alto da cabeça, com alguns cachos tentadores balançando livres.

Santo Deus, fazia muito tempo desde a última vez que ele tivera uma mulher. Estava cheio de desejo reprimido, além de se sentir solitário e de se ver obrigado a lidar com doses semelhantes de tristeza e raiva. Tinha tantas necessidades não preenchidas... e não sabia por onde começar a resolvê-las. Mas ver Prudence parecia ser um bom começo.

Ele descansaria ali por alguns dias. Quando se sentisse mais como seu antigo eu, iria encontrar Prudence em Londres. Naquele momento, no entanto, estava claro que seu antigo jeito com as palavras o abandonara. E Christopher sabia que, se antes fora um homem tranquilo e charmoso, agora era cauteloso e rígido.

Parte do problema era que não estava conseguindo dormir bem. Qualquer barulhinho, um estalar da madeira da casa, o roçar de um galho contra a janela, bastava para despertá-lo num sobressalto, com o coração acelerado. E isso também acontecia durante o dia. Na véspera mesmo, Audrey deixara cair um livro da pilha que carregava, e Christopher quase dera um salto de susto. Ele buscara instintivamente o rifle antes de se lembrar no instante seguinte que não carregava mais arma alguma. O rifle se tornara tão familiar a ele quanto um de seus membros... e era frequente Christopher senti-lo como uma presença fantasma.

Ele diminuiu os passos. Então parou, se agachou ao lado de Albert e olhou detidamente para o focinho com os tufos de pelos desgrenhados.

– É difícil deixar a guerra para trás, não é? – murmurou, dando tapinhas no cachorro com uma brutalidade afetuosa. Albert ofegou e se jogou na direção dele, tentando lamber o rosto do dono. – Pobre camarada, você não tem ideia do que está acontecendo, não é? Pelo que sabe, mais bombas podem começar a explodir sobre nossas cabeças a qualquer momento.

Albert deitou de costas e projetou a barriga para cima, implorando por carinho. Christopher o atendeu, e então se levantou.

– Vamos voltar – disse ao cão. – Vou deixá-lo entrar em casa de novo... mas que Deus o ajude se você morder alguém!

Infelizmente, assim que entraram na casa com as paredes externas cobertas pela hera, Albert explodiu na mesma hostilidade que mostrara antes. Irritado, Christopher arrastou o cão para a sala de visitas, onde a mãe e Audrey estavam tomando chá.

Albert latiu para as duas mulheres. E rosnou para uma criada apavorada. Latiu também para uma mosca na parede. E até para o bule de chá.

– *Quieto* – ordenou Christopher, puxando o cão enlouquecido para um canapé. Ele amarrou uma das extremidades da correia que estava presa ao pescoço de Albert numa das pernas do pequeno sofá. – *Sentado*, Albert. Sentado.

O cão se acomodou desajeitadamente no chão e rosnou.

Audrey colocou um sorriso falso no rosto e perguntou, em uma paródia da etiqueta da hora do chá.

– Devo servi-lo?

– Obrigado – retrucou Christopher secamente, e se juntou a elas na mesa de chá.

O rosto da mãe dele estava franzido, e a voz saiu tensa:

– Ele está sujando o tapete de lama. Precisa *mesmo* impor essa criatura a nós, Christopher?

– Sim, preciso. Ele tem que se acostumar a ficar dentro de casa.

– *Eu* não vou me acostumar a ele – respondeu a mãe. – Entendo que o cachorro o tenha ajudado durante a guerra, mas com certeza você não precisa mais dele.

– Açúcar? Leite? – perguntou Audrey, os olhos castanhos suaves agora sem a sombra de um sorriso enquanto olhava de Christopher para a mãe dele.

– Apenas açúcar.

Christopher a observou colocar um cubo de açúcar dentro da xícara de chá com o auxílio de uma pequena colher. Ele pegou a xícara e se concentrou no líquido fumegante, enquanto se esforçava para não ceder a uma onda de raiva generalizada. Isso também era um problema novo, as reações totalmente desproporcionais às circunstâncias.

Quando já se acalmara o suficiente para retomar a palavra, Christopher disse:

– Albert fez mais do que me ajudar. Quando eu passava dias seguidos numa trincheira lamacenta, ele tomava conta de mim para que eu pudesse dormir sem medo de ser pego de surpresa. Albert levou mensagens para cima e para baixo nas linhas de batalha, para que não cometêssemos erros ao executar as ordens que nos eram dadas. Ele também nos alertava quando sentia que o inimigo estava se aproximando, muito antes que nossos olhos ou ouvidos pudessem detectar alguém. – Christopher fez uma pausa e olhou de relance para o rosto tenso e infeliz da mãe. – Devo minha vida a esse cão e minha lealdade também. E por mais feio e malcomportado que ele seja, eu o amo. – Ele se virou para Albert.

O cão bateu com a cauda no chão, entusiasmado.

Audrey parecia hesitante. A mãe de Christopher, furiosa.

Ele tomou o chá no silêncio que se seguiu. Partia o coração de Christopher ver as mudanças que as duas mulheres haviam sofrido. Estavam ambas magras e pálidas. O cabelo da mãe encanecera por completo. Não havia dúvida de que a doença prolongada de John cobrara um preço alto das duas antes da morte dele, e quase um ano de luto terminara o serviço.

Não pela primeira vez, Christopher pensou que era uma pena que a etiqueta do luto impusesse tamanha solidão às pessoas, quando provavelmente elas teriam se beneficiado de companhia e de distrações agradáveis.

A mãe dele pousou a xícara de chá ainda pela metade e começou a se levantar. Christopher foi ajudá-la com a cadeira.

– Não consigo saborear meu chá com esse monstro me encarando – reclamou ela. – A qualquer momento ele pode pular no meu pescoço.

– A coleira dele está presa ao móvel, mãe – disse Audrey.

– Isso não importa. É uma criatura agressiva e eu o deteste. – Ela saiu da sala pisando firme, a cabeça erguida em uma postura indignada.

Livre da necessidade de manter as boas maneiras, Audrey descansou o cotovelo sobre a mesa e apoiou o queixo na mão.

– Seu tio e sua tia a convidaram para ficar com eles em Hertfordshire – disse Audrey. – Encorajei-a a aceitar a oferta. Ela precisa mudar de ares.

– A casa está muito escura – disse Christopher. – Por que todas as persianas estão fechadas e as cortinas também?

– A luz fere os olhos dela.

– O diabo que fere. – Christopher encarou a cunhada com a testa levemente franzida. – Ela deve mesmo aceitar o convite – continuou ele. – Está enfiada tempo demais neste mausoléu. E você também.

Audrey suspirou.

– Já faz quase um ano. Logo estarei liberada do luto fechado e poderei passar ao meio-luto.

– O que é exatamente meio-luto? – perguntou Christopher, que tinha apenas uma vaga noção dos rituais impostos às mulheres.

– Significa que posso parar de usar véu – explicou Audrey sem grande entusiasmo. – Posso usar vestidos cinzentos e cor de lavanda, e também enfeites sem brilho. E posso frequentar um número limitado de eventos sociais, desde que não pareça estar me divertindo.

Christopher bufou, irritado.

– Quem inventa essas regras?

– Não sei. Mas que Deus nos ajude, porque, se não as seguimos, temos que encarar a ira da sociedade. – Audrey fez uma pausa. – Sua mãe disse que não vai entrar no meio-luto. Pretende usar negro pelo resto da vida.

Christopher assentiu. Não estava surpreso. A devoção da mãe ao irmão só aumentara depois da morte dele.

– Toda vez que mamãe olha para mim fica claro que acha que era eu o filho que ela deveria ter perdido.

Audrey abriu a boca para argumentar, mas logo voltou a fechá-la.

– Dificilmente poderia ser culpa sua ter voltado vivo da guerra – comentou ela um pouco depois. – Estou feliz por você estar aqui. E acredito que em algum lugar do coração de sua mãe, ela também esteja. Mas a Sra. Phelan vem ficando meio desequilibrada desde o ano que passou. Não acredito que esteja sempre consciente do que diz ou faz. Acho que ficar algum tempo longe de Hampshire lhe fará bem. – Ela fez uma pausa. – Também vou embora, Christopher. Quero visitar minha família, em Londres. E não seria apropriado ficarmos os dois sozinhos nesta casa, sem um acompanhante.

– Eu a acompanharei até Londres em alguns dias, se quiser. Já havia planejado ir até lá para ver Prudence Mercer.

Audrey franziu a testa.

– Ah...

Christopher lhe dirigiu um olhar inquisitivo.

– Percebo que sua opinião sobre ela não mudou.

– Ah, mudou, sim. Piorou.

Ele não conseguiu evitar ficar na defensiva.

– Por quê?

– Ao longo dos últimos dois anos, Prudence conquistou a reputação de ser uma coquete desavergonhada. A ambição dela em casar com um homem de recursos, de preferência um nobre, é conhecida por todos. Espero que não tenha ilusões de que ela sentiu sua falta enquanto você estava fora.

– Eu dificilmente esperaria que ela permanecesse reclusa enquanto eu estava fora.

– Que ótimo, porque ela de fato não ficou. Na verdade, ao que parece, você sumiu por completo dos pensamentos dela. – Audrey fez uma pausa antes de acrescentar com amargura. – No entanto, logo depois que John faleceu, quando você se tornou o novo herdeiro de Riverton, Prudence passou a demonstrar um interesse renovado por você.

Christopher não deixou transparecer quanto se sentia confuso com essa informação indesejada. O que Audrey dizia não lembrava em nada a mulher com quem ele se correspondera. Obviamente Prudence estava sendo vítima de rumores maldosos – e diante da beleza e do encanto dela, isso era bastante previsível.

No entanto, Christopher não tinha a menor vontade de começar uma discussão com a cunhada. Com a esperança de distraí-la do assunto Prudence Mercer, ele disse:

– Encontrei por acaso uma de suas amigas, hoje, durante uma caminhada.

– Quem?

– A Srta. Hathaway.

– Beatrix? – Audrey o encarou atentamente. – Espero que você tenha sido educado com ela.

– Não exatamente... – admitiu ele.

– O que disse a ela?

Christopher tinha a xícara de chá diante do rosto e uma expressão fechada.

– Insultei o ouriço dela – murmurou.

Audrey pareceu irritada.

– Ah, meu bom Deus. – Ela começou a mexer o chá com tamanha violência que ameaçava quebrar a xícara de porcelana. – E pensar que você já foi conhecido por sua maneira elegante de se expressar. Que instinto perverso o leva a ofender repetidamente uma das mulheres mais gentis que já conheci?

– Eu não a ofendi *repetidamente*. Só fiz isso hoje.

Audrey torceu os lábios em uma expressão de escárnio.

– Como sua memória é bem curta quando lhe convém. Toda Stony Cross sabe que você disse certa vez que ela era mais adequada aos estábulos.

– Eu jamais diria isso a uma mulher, por mais excêntrica que ela pudesse parecer. *Ser.*

– Beatrix ouviu você dizer isso a um de seus amigos, durante o baile da colheita em Stony Cross Manor.

– E ela contou para todo mundo?

– Não, ela cometeu o erro de confidenciar o que ouviu a Prudence, que então contou a todo mundo. Prudence é uma fofoqueira incorrigível.

– Obviamente você não gosta nem um pouco de Prudence – Christopher começou a dizer –, mas se...

– Tentei ao máximo gostar dela. Pensei que, se afastássemos as camadas mais superficiais de sua personalidade, seria possível conhecer a verdadeira Prudence. Mas não há nada abaixo dessas camadas. E duvido que algum dia possa vir a ter.

– E você acha Beatrix Hathaway superior a ela?

– Em tudo, com exceção, talvez, da beleza.

– Aí você se engana – disse Christopher. – A Srta. Hathaway *é* uma beldade.

Audrey ergueu as sobrancelhas.

– Acha mesmo? – perguntou, levando a xícara aos lábios.

– É óbvio. Não importa o que eu pense de seu caráter, a Srta. Hathaway é uma mulher muito atraente.

– Ah, não sei... – Audrey concentrou toda a atenção no chá, acrescentando um minúsculo torrão de açúcar. – Ela é um tanto alta...

– Tem a altura e o feitio de corpo ideais.

– E os cabelos castanhos são tão comuns...

– Não são do tom de castanho mais frequente, são escuros como a zibelina. E aqueles olhos...

– Azuis – disse Audrey, com um gesto indiferente da mão.

– O azul mais puro e mais profundo que já vi. Nenhum artista conseguiria capturar... – Christopher se interrompeu de súbito. – Não importa. Estou me afastando do ponto.

– Qual *é* o seu ponto? – perguntou ela com doçura.

– Não tem importância para mim se a Srta. Hathaway é ou não uma beldade. Ela é esquisita, assim como toda a sua família, e não tenho interesse algum em me relacionar com nenhum deles. Ao mesmo tempo, não dou a mínima para se Prudence Mercer é ou não uma beldade, estou interessado no modo como a mente dela funciona. Aquela mente encantadora, original e absolutamente atraente.

– Entendo. O modo de pensar de Beatrix é esquisito, e o de Prudence é original e atraente.

– Isso mesmo.

Audrey balançou a cabeça devagar.

– Gostaria de lhe contar algo. Mas as coisas se tornarão mais óbvias com o passar do tempo. E você não acreditaria se eu lhe dissesse agora, ou ao menos não iria querer acreditar. É uma dessas situações em que a pessoa precisa descobrir a verdade por si mesma.

– Audrey, de que diabo está falando?

A cunhada cruzou os braços e o encarou com firmeza. E ainda havia um estranho sorrisinho curvando levemente seus lábios.

– Se você for mesmo um cavalheiro – disse ela por fim –, irá procurar Beatrix amanhã e se desculpar por ter ferido seus sentimentos. Faça isso durante uma de suas caminhadas com Albert. Beatrix ficará feliz em ver o *cão*, mesmo que não fique satisfeita em ver você.

CAPÍTULO 8

Na tarde seguinte, Christopher caminhou até a Ramsay House. Não porque realmente quisesse fazer isso. No entanto, não tinha planos para aquele dia e, a menos que estivesse disposto a enfrentar os olhares acusatórios da mãe, ou pior, o estoicismo silencioso de Audrey, tinha que ir a algum lugar. Os cômodos silenciosos, as lembranças guardadas em cada canto, em cada sombra da casa eram mais do que ele conseguiria suportar.

Ainda precisava perguntar a Audrey como haviam sido os últimos dias de vida de John... quais foram suas últimas palavras.

Beatrix Hathaway estivera certa ao imaginar que a morte de John não se tornara real para Christopher até ele voltar para casa.

Enquanto seguiam pela floresta, Albert corria de lá para cá, procurando comida entre os gravetos. Christopher sentia-se irritado e inquieto enquanto antecipava sua acolhida – ou a falta dela – quando chegasse a Ramsay House. Com certeza Beatrix contara à família sobre o comportamento nada cavalheiresco dele. E eles estariam furiosos por isso, com toda a razão. Era sabido por todos como a família Hathaway era unida, um grupo fechado, extremamente protetores uns dos outros. E tinham mesmo que ser assim, já que abrigavam um par de cunhados ciganos, para não mencionar a ausência de sangue nobre e de criação refinada dos próprios membros originais da família.

Apenas o título de nobreza, carregado por Leo, lorde Ramsay, permitia qualquer mínima aspiração social. Para sorte da família, eles haviam sido recebidos por lorde Westcliff, um dos nobres mais poderosos e respeitados do reino. Essa ligação garantira aos Hathaways a entrada em certos círculos que, de outro modo, os excluiria. No entanto, o que irritava a nobreza local era o fato de os Hathaways não parecerem se importar nem um pouco se seriam aceitos ou não nesses círculos.

Conforme se aproximava da Ramsay House, Christopher se perguntou que diabo estava fazendo, aparecendo na casa dos Hathaways sem avisar. Aquele provavelmente não era um dia próprio para visitas, e menos ainda um horário adequado. Mas ele duvidava que fossem perceber.

A propriedade Ramsay era pequena, mas produtiva, com três mil acres de terra cultivável e duzentos prósperos arrendatários. Além do mais, a propriedade incluía uma enorme floresta que garantia uma lucrativa extração anual de madeira. Christopher agora conseguia distinguir a encantadora e distinta silhueta dos telhados da casa principal, uma mansarda, ladeada por fileiras de cumeeiras altas e pontudas, bordas e faixas em estilo jacobino e um minúsculo terraço georgiano acrescentado à esquerda. O efeito da mistura de estilos arquitetônicos não era incomum. Muitas casas antigas acrescentavam anexos nas mais variadas tendências. Mas como ali morava a família Hathaway, a casa só parecia realçar a estranheza deles.

Christopher prendeu a correia de couro ao redor do pescoço de Albert e chegou à entrada da casa, com uma ponta de apreensão.

Se tivesse sorte, ninguém estaria disponível para recebê-lo.

Depois de amarrar a correia que prendia Albert a uma coluna estreita na varanda, Christopher bateu à porta e esperou, tenso.

Ele recuou quando ela foi aberta de um rompante por uma governanta de aparência frenética.

– Peço perdão, senhor, mas estamos no meio de... – A mulher fez uma pausa ao ouvir o som de porcelana se espatifando em algum lugar dentro da casa. – Santo Deus – gemeu ela e gesticulou para a sala de visitas, na frente. – Espere aí se quiser, e...

– Eu a peguei! – gritou uma voz masculina. E então: – Maldição, não, não peguei. Ela está indo para as escadas.

– *Não* deixe que ela suba as escadas! – gritou uma mulher. Um bebê chorava estridentemente. – Ah, essa maldita criatura acordou o bebê. Onde estão as criadas?

– Escondidas, imagino.

Christopher hesitou no hall de entrada, assustando-se ao ouvir um som semelhante a um balido. Ele perguntou à governanta, confuso:

– Eles mantêm animais da fazenda aqui dentro?

– Não, é claro que não – respondeu ela, ríspida, tentando empurrá-lo para dentro da sala de visitas. – Isso é... o bebê chorando. Sim. Um bebê.

– Não parece um bebê.

Christopher ouviu Albert latir na varanda. Um gato de três pernas veio correndo pelo corredor, seguido por um ouriço todo eriçado que se deslocava com muito mais rapidez do que era de esperar. A governanta disparou atrás deles.

– Pandora, volte aqui! – chamou uma voz diferente, agora era a voz de Beatrix Hathaway.

Os sentidos de Christopher se agitaram ao reconhecê-la. Ele estremeceu, inquieto diante da comoção que dominava a casa, seus reflexos instando-o a tomar algum tipo de atitude, embora não soubesse muito bem o que estava acontecendo.

Uma enorme cabra branca apareceu saltando e girando pelo corredor.

E então Beatrix Hathaway surgiu, fazendo uma curva, apressada.

– Você deveria ter tentado detê-la – exclamou. Quando levantou os olhos para Christopher, sua expressão se fechou. – Ah. É você.

– Srta. Hathaway... – ele começou a dizer.

– Segure isso.

Alguma coisa quente e serpenteante foi enfiada entre as mãos de Christopher, e Beatrix disparou atrás da cabra.

Estupefato, Christopher baixou os olhos para a criatura em suas mãos. Era um cabritinho, o corpo cor de creme, a cabeça marrom. Ele se esforçou para não deixar o animal cair quando olhou de relance para a figura de Beatrix, que se afastava, e percebeu que ela estava usando calções e botas.

Christopher já vira mulheres vestidas e despidas nos mais variados estágios imagináveis. Mas nunca vira uma usando as roupas de um cavalariço.

– Devo estar sonhando – disse ele para o filhote que se agitava em suas mãos. – Um sonho estranho sobre Beatrix Hathaway e cabras...

– Peguei! – gritou uma voz masculina. – Beatrix, eu lhe disse que o cercado deveria ser mais alto.

– Ela não pulou por cima do cercado – protestou Beatrix. – Ela o comeu e passou *através* dele.

– Quem a deixou entrar na casa?

– Ninguém. Ela conseguiu abrir uma das portas laterais.

Seguiu-se uma conversa que Christopher não conseguiu ouvir.

Enquanto ele esperava, um menino de cabelos escuros, com cerca de 4 ou 5 anos, fez uma entrada de tirar o fôlego pela porta principal. Ele carregava uma espada de madeira e amarrara um lenço na cabeça, o que lhe dava a aparência de um pirata em miniatura.

– Eles pegaram a cabra? – o menino perguntou a Christopher sem preâmbulos.

– Acredito que sim.

– Ah, com mil trovões. Perdi toda a diversão. – O garoto suspirou. E levantou os olhos para Christopher. – Quem é você?

– Sou o capitão Phelan.

A expressão nos olhos do menino ficou mais alerta, interessada.

– Onde está seu uniforme?

– Não o estou usando agora que a guerra acabou.

– Você veio ver o meu pai?

– Não... vim falar com a Srta. Hathaway.

– Você é um dos pretendentes dela?

Christopher balançou a cabeça com determinação, negando.

– Deve ser, sim – disse o menino com uma expressão sábia. – Só não sabe ainda.

Christopher sentiu que um sorriso, o primeiro sorriso sincero em muito tempo, lhe curvava os lábios.

– A Srta. Hathaway tem muitos pretendentes?

– Ah, sim. Mas nenhum deles quer se casar com ela.

– E você tem alguma ideia de por quê?

– Eles não querem ser alvejados – respondeu o menino, dando de ombros.

– Como? – Christopher ergueu as sobrancelhas, espantado.

– Antes de se casar, você tem que ser alvejado por uma flecha e se apaixonar – explicou o garoto. Ele fez uma pausa, pensativo. – Mas acho que o resto da história não machuca tanto quanto o começo.

Christopher não conseguiu disfarçar um sorriso. Naquele momento, Beatrix voltou pelo corredor, arrastando a cabra por uma corda.

Ela encarou Christopher com uma expressão contida.

O sorriso desapareceu do rosto dele, que se pegou preso àqueles olhos azuis. Eram impressionantes... diretos, lúcidos... os olhos de um anjo desgarrado. Ao encará-los, tinha-se a sensação de que não importava o que ela contemplasse desse mundo de pecados, jamais seria maculada. Beatrix fazia com que Christopher se lembrasse de que as coisas que vira e fizera não podiam ser apagadas de sua consciência, como se limpa uma nódoa da prata.

Aos poucos, Beatrix afastou os olhos dos dele.

– Rye – disse ela, estendendo a corda para o menino. – Leve Pandora para o estábulo, está bem? E o cabritinho também.

Beatrix esticou a mão e tirou o filhote dos braços de Christopher. O toque das mãos dela contra a frente de sua camisa provocou uma reação tensa, um peso agradável em seu abdome.

– Sim, titia.

O menino saiu pela porta da frente, dando um jeito de segurar a cabra ao mesmo tempo que continuava a empunhar a espada.

Christopher ficou encarando Beatrix, tentando não parecer boquiaberto. E falhando por completo. Ela podia muito bem estar parada ali apenas de roupa de baixo. Na verdade, teria sido preferível, porque ao menos não teria parecido tão estranhamente erótico. Christopher conseguia distinguir a curva feminina dos quadris e das coxas de Beatrix cobertos pela peça de roupa masculina. E ela não parecia nem um pouco constrangida. Que desconcertante... que tipo de mulher era aquela?

Christopher se esforçou para controlar a reação que Beatrix lhe provocava, uma mistura de aborrecimento, fascínio e irritação. Com os cabelos ameaçando se soltar dos grampos, o rosto corado pelo esforço, ela era a epítome de uma mulher saudável e radiante.

– Por que está aqui? – perguntou Beatrix.

– Vim me desculpar – respondeu Christopher. – Fui... descortês, ontem.

– Não. Você foi rude.

– Tem razão. Lamento sinceramente. – Diante da falta de reação dela, Christopher se viu lutando para encontrar as palavras certas. Ele, que costumava ser tão loquaz com as mulheres. – Passei tempo demais na companhia de homens rudes. Desde que deixei a Crimeia, percebo que estou reagindo de um modo irritado sem nenhuma causa aparente. Eu... dou importância demais às palavras para ser tão descuidado com elas.

Talvez fosse apenas sua imaginação, mas Christopher achou que a expressão dela se suavizou um pouco.

– Não precisa se desculpar por não gostar de mim – disse Beatrix. – Apenas por ter sido descortês.

– Rude – corrigiu Christopher. – E não é verdade.

– O que não é verdade? – perguntou ela com a testa franzida.

– Que não gosto de você. Isto é... não a conheço bem o bastante para gostar ou não de você.

– Estou absolutamente convencida, capitão – continuou Beatrix –, de que quanto mais souber a meu respeito menos irá gostar de mim. Portanto, vamos poupar o nosso tempo e assumir que não gostamos um do outro. Então não teremos que nos preocupar com o meio do caminho.

Ela era tão franca e prática sobre tudo aquilo que Christopher não pôde evitar achar divertido.

– Lamento, mas não posso atendê-la.

– Por que não?

– Porque agora mesmo, quando acabou de falar, me descobri começando a gostar de você.

– Vai se recuperar – disse ela.

O tom decidido fez com que Christopher tivesse vontade de rir.

– Na verdade, a situação só está piorando – comentou ele. – Agora estou plenamente convencido de que gosto de você.

Beatrix o encarou com uma expressão que misturava paciência e ceticismo.

– E quanto ao meu ouriço? Gosta dela também?

Christopher pensou um pouco.

– Afeto por roedores não acontece de forma apressada.

– Medusa não é um roedor. É um erinaceídeo.

– Por que a levou ao piquenique? – Christopher não resistiu à tentação de perguntar.

– Porque achei que a companhia dela seria preferível à das pessoas que encontraria lá. – Um leve sorriso surgiu nos cantos dos lábios dela. – E eu estava certa. – Beatrix fez uma pausa. – Íamos tomar chá – disse. – Vai se juntar a nós?

Christopher começou a balançar a cabeça, negando, antes mesmo que ela terminasse de convidar. Sabia que lhe fariam perguntas e que teria que encontrar respostas cuidadosas, e a mera ideia de uma longa conversa já o estava deixando ansioso e exaurido.

– Obrigado, mas não. Eu...

– É a condição para que eu lhe perdoe – argumentou Beatrix. Aqueles olhos azul-escuros, cintilando com um brilho provocador, o encaravam abertamente.

Surpreso e achando a situação divertida, Christopher se perguntava como uma jovem simples, com pouco mais de 20 anos, tinha a ousadia de lhe dar ordens.

No entanto, aquela estava se tornando uma tarde estranhamente agradável. Por que não ficar? Ele não era esperado em lugar algum mesmo. E não importava como seria o chá ali, com certeza seria preferível a voltar para os cômodos escuros e sombrios da casa dele.

– Nesse caso... – Christopher se interrompeu, chocado, ao ver Beatrix se inclinar em sua direção.

– Ah, maldição. – Ela estava olhando detidamente para as lapelas do casaco de tweed dele. – Você está coberto de pelo de cabra. – Beatrix começou a esfregar o tecido com vigor.

Christopher levou alguns segundos para se lembrar de como se respirava.

– Srta. Hathaway...

Em seus esforços para limpar o casaco dele de qualquer vestígio de pelo de cabra, Beatrix estava próxima demais. E Christopher a queria ainda mais perto. Como seria passar os braços ao redor dela e pressionar o rosto contra aquela massa de cabelos escuros e brilhantes?

– Não se mexa – disse Beatrix, enquanto continuava a bater com a mão na frente do casaco dele. – Estou quase acabando de limpar.

– Não, eu não... isso não é...

Christopher perdeu o controle. Ele segurou os pulsos delicados de Beatrix e afastou-os do casaco. Deus... a sensação da pele dela... tão lisa... o pulsar precioso das veias contra as pontas dos dedos dele. Um tremor sutil percorreu o corpo dela. Christopher sentiu vontade de seguir a trilha daquele tremor com as mãos, de acariciar as curvas flexíveis do corpo de Beatrix. Queria aquele corpo envolvendo o dele, as pernas dela, os braços, os cabelos.

Mas apesar dos atrativos inegáveis da jovem, Christopher jamais cortejaria uma mulher como Beatrix Hathaway, mesmo se já não estivesse apaixonado por Prudence. O que realmente queria, o que precisava de verdade, era um retorno à normalidade. Ao tipo de vida que lhe devolveria a paz que perdera.

Lentamente, Beatrix soltou os braços dos dedos que a prendiam. Ela o encarou, o olhar intenso e cauteloso.

Ambos se assustaram ao ouvir o som de passos se aproximando.

– Boa tarde – disse uma agradável voz feminina.

Era a mais velha das irmãs Hathaways, Amelia. Era mais baixa e mais voluptuosa do que a irmã caçula. Amelia tinha um ar caloroso e maternal, como se estivesse pronta a oferecer simpatia e conforto em um piscar de olhos.

– Sra. Rohan – murmurou Christopher, inclinando-se em uma saudação.

– Senhor... – retrucou ela, com uma expressão alegre, mas curiosa. Embora os dois já houvessem se encontrado antes, Amelia claramente não o reconhecera.

– Esse é o capitão Phelan, Amelia – disse Beatrix.

Os olhos azuis se arregalaram.

– Que surpresa agradável! – exclamou ela, estendendo a mão para Christopher.

– O capitão Phelan e eu não nos gostamos – Beatrix disse à irmã. – Na verdade, somos inimigos jurados.

Christopher voltou o olhar rapidamente na direção dela.

– Quando nos tornamos inimigos jurados?

Beatrix o ignorou e voltou a falar com a irmã:

– Mesmo assim, ele ficará para o chá.

– Que maravilha – disse Amelia, sem se alterar. – Por que são inimigos, querida?

– Eu o encontrei ontem, quando saí para caminhar – explicou Beatrix. – Ele chamou Medusa de praga de jardim e me recriminou por levá-la a um piquenique.

Amelia sorriu para Christopher.

– Medusa já foi chamada de coisas bem piores por aqui, incluindo "almofada de alfinetes doente" e "cacto de pata".

– Nunca entendi por que as pessoas têm uma implicância tão irracional com os ouriços – reclamou Beatrix.

– Eles abrem buracos no jardim – explicou Amelia – e não são exatamente o que se chamaria de fofinhos. O capitão Phelan tem razão querida... você deveria ter levado o seu gato ao piquenique, em vez do ouriço.

– Não seja tola. Gatos não gostam tanto de piqueniques quanto ouriços.

A conversa seguiu em uma velocidade tão acelerada que Christopher teve pouca oportunidade de interromper as duas irmãs. Mas acabou conseguindo uma brecha.

– Já me desculpei com a Srta. Hathaway por minhas observações – disse ele a Amelia, constrangido.

E ganhou um olhar de aprovação em resposta.

– Que fantástico! Um homem que não tem medo de pedir desculpas. Mas, sinceramente, desculpas são um desperdício em nossa família... costumamos nos sentir lisonjeados por coisas que deveriam nos ofender e vice-versa. Venha, capitão, está entre amigos.

Christopher se viu entrando em uma casa iluminada, alegre, cheia de janelas e pilhas de livros por toda parte.

– Beatrix – Amelia chamou por sobre o ombro enquanto elas seguiam pelo corredor. – Talvez você devesse reconsiderar sua vestimenta. O pobre capitão Phelan pode achar um pouco chocante.

– Mas ele já me viu assim – retrucou Beatrix atrás de Christopher. – E já o choquei. Então, por que me trocar? Capitão, você se sentiria mais confortável se eu despisse meus calções?

– Não – respondeu ele, apressado.

– Ótimo, vou continuar com eles, então. Na verdade, não vejo por que as mulheres não deveriam se vestir assim o tempo todo. Nos permite andar livremente e até saltar. Como seria possível correr atrás de uma cabra usando saias?

– É uma ideia que as costureiras deveriam considerar – comentou Amelia. – Embora minha preocupação seja mais com correr atrás de crianças em vez de cabras.

Eles entraram em um cômodo onde se destacava uma fileira semicircular de janelas altas, dando para um jardim. Era um lugar confortável, com mobília aconchegante e almofadas bordadas. Uma criada estava ocupada distribuindo pratos de porcelana sobre a mesa de chá. Christopher não pôde evitar comparar aquela cena aconchegante com o chá pomposo e artificial que tivera na véspera, na imaculada e formal sala de visitas dos Phelans.

– Por favor, coloque outro lugar à mesa, Tillie – pediu Amelia. – Temos um convidado.

– Sim, senhora. – A criada parecia seriamente preocupada. – A cabra já foi?

– Já, está longe – retrucou Amelia, tranquilizando-a. – Pode trazer a bandeja de chá quando estiver pronta. – Ela virou-se para Christopher com uma expressão divertida. – Essa cabra só nos traz problemas. E a maldita criatura nem mesmo é agradável de se ver. Cabras parecem apenas ovelhas malvestidas.

– Isso é uma grande injustiça – disse Beatrix. – As cabras têm muito mais personalidade e inteligência do que as ovelhas, que não fazem nada além de seguir para onde as mandam ir. Encontrei muitas delas em Londres.

– Ovelhas? – Christopher perguntou sem entender.

– Minha irmã está falando figurativamente, capitão Phelan – explicou Amelia.

– Bem, também encontrei algumas ovelhas de verdade em Londres – retrucou Beatrix. – Mas, sim, estava me referindo principalmente às pessoas. Todas lhe contam as mesmas fofocas, o que é tedioso. E seguem as modas em voga e as opiniões mais populares, não importa quão tolas sejam. E ninguém jamais improvisa na companhia delas. Logo entram na fila e começam a balir.

Uma gargalhada ressoou da porta quando Cam Rohan entrou na sala.

– Obviamente os Hathaways não são ovelhas. Porque tentei organizar este rebanho por anos, sem nenhum sucesso.

Pelo que Christopher se lembrava de Rohan, ele trabalhara em um clube de jogo de Londres por algum tempo, então fizera fortuna em investimentos industriais. Embora sua devoção à esposa e à família fosse bastante reconhecida em Stony Cross, Rohan dificilmente se encaixaria na imagem de um patriarca sério e respeitável. Com seus cabelos escuros e longos, os exóticos olhos cor de âmbar e o diamante cintilando na orelha, sua herança cigana era óbvia.

Rohan se aproximou de Christopher, inclinou-se em uma saudação e surpreendeu o convidado com um olhar simpático e direto.

– Capitão Phelan. É bom vê-lo. Estávamos torcendo para que voltasse para casa a salvo.

– Obrigado. Espero não estar impondo a minha presença.

– De forma alguma. Com lorde Ramsay e a esposa ainda em Londres, e meu irmão Merripen e sua esposa em visita à Irlanda, a casa anda tranquila demais ultimamente. – Rohan fez uma pausa e um brilho divertido se acendeu em seus olhos. – Apesar das cabras fujonas.

As damas estavam sentadas, os guardanapos e as pequenas tigelas para lavar as mãos haviam sido acrescentados à mesa, seguidos por uma suntuosa bandeja de chá muito farta. Enquanto Amelia servia o chá, Christopher percebeu que ela acrescentava algumas folhas verdes prensadas à xícara de Beatrix.

Percebendo o interesse dele, Amelia explicou:

– Minha irmã prefere seu chá com hortelã. Gostaria de acrescentar um pouco ao seu também, capitão?

– Não, obrigado. Eu... – A voz de Christopher falhou quando ele viu Beatrix acrescentar uma colher de mel à xícara.

"Toda manhã e toda tarde tomo chá com folhas frescas de hortelã, adoçado com mel..."

A lembrança de Prudence despertou o anseio já familiar e Christopher se forçou a desviar o pensamento. Obrigou-se a permanecer concentrado no momento em que vivia, naquelas pessoas.

No silêncio que se seguiu, o capitão ouviu Albert latindo lá fora. Impaciente e angustiado, ele se perguntou se o maldito cachorro em algum momento ficaria quieto.

– Ele quer proteger você – comentou Beatrix. – Deve estar se perguntando para onde levei o dono dele.

Christopher deixou escapar um suspiro tenso.

– Talvez seja melhor eu não ficar. Ele vai latir por horas.

– Bobagem. Albert precisa aprender a se adaptar aos seus planos. Vou trazê-lo para dentro.

Os modos autoritários de Beatrix irritaram Christopher, por mais que soubesse que ela estava certa.

– Ele pode estragar alguma coisa – disse ele, levantando-se.

– Não vai ser pior do que a cabra – respondeu Beatrix, parando diante dele.

Rohan também se levantou, por educação, e ficou observando os dois.

– Srta. Hathaway... – Christopher continuou a objetar, mas se calou quando Beatrix estendeu a mão e pousou-a em seu peito. As pontas dos dedos dela descansaram sobre o coração dele pelo espaço de tempo de uma batida.

– Deixe-me tentar – pediu ela com delicadeza.

Christopher recuou um passo, sem fôlego. Seu corpo respondera ao toque dela com uma rapidez desconcertante. Uma dama jamais coloca a mão em qualquer parte do torso de um homem a menos que as circunstâncias fossem tão extremas que... bem, ele nem conseguia imaginar o que poderia justificar um gesto daquele. Talvez se o casaco dele estivesse pegando fogo, e ela estivesse tentando apagar. A não ser por isso, ele não conseguia pensar em nenhum motivo justificável.

Mas se ele fosse acusar a quebra de etiqueta, o mero ato de corrigir uma dama era tão errado quanto a atitude dela. Perturbado e excitado, Christopher apenas assentiu com um aceno de cabeça.

Os homens voltaram a se sentar depois que Beatrix deixou a sala.

– Perdoe-nos, capitão Phelan – murmurou Amelia. – Posso perceber que minha irmã o assusta. Na verdade, tentamos aprender boas maneiras, mas somos filisteus, todos nós. E aproveitando que Beatrix não pode nos ouvir, gostaria de lhe assegurar que ela não costuma se vestir sempre de modo tão estranho. No entanto, de vez em quando, Beatrix se dispõe a executar alguma tarefa que torna desaconselhável o uso de saias longas. Devolver um ninho ao seu lugar, por exemplo, ou treinar um cavalo, por aí vai.

– Uma solução mais convencional – ponderou Christopher cautelosamente – seria proibir que ela fizesse qualquer atividade que tornasse necessário o uso de roupas masculinas.

Rohan sorriu.

– Uma de minhas regras particulares para lidar com os Hathaways – comentou ele – é jamais proibi-los de nada. Porque isso seria uma garantia de que continuariam a fazer o proibido.

– Santo Deus, não somos assim tão ruins – protestou Amelia.

Rohan lançou um olhar significativo à esposa e o sorriso permaneceu em seu rosto.

– Os Hathaways precisam de liberdade – disse ele a Christopher. – Beatrix em particular. Uma vida comum, contida dentro de salões e salas de visitas, seria uma prisão para ela. Minha cunhada se relaciona com o mundo de um modo muito mais vital e ligado à natureza do que qualquer outra *gadji* que já conheci. – Vendo que Christopher não compreendera, ele acrescentou. – Essa é a palavra que os ciganos usam para as mulheres de sua estirpe.

– E por causa de Beatrix – acrescentou Amelia – possuímos um jardim zoológico com criaturas que mais ninguém quer. Uma cabra com a mandíbula proeminente, um gato de três pernas, um ouriço corpulento, um burro que não consegue se equilibrar direito e por aí vai.

– Um burro? – Christopher encarou Amelia, mas antes que pudesse perguntar mais a respeito, Beatrix retornou à sala trazendo Albert preso à tira de couro.

Christopher se levantou e foi até o cão, mas Beatrix balançou a cabeça, negando-se a entregá-lo.

– Obrigada, capitão, mas ele já está sob controle.

Albert balançou alucinadamente a cauda ao ver Christopher e se jogou na direção do dono com um latido.

– *Não* – repreendeu Beatrix, puxando-o de volta e pousando a mão brevemente sobre seu focinho. – Seu dono está a salvo. Não precisa fazer nenhuma confusão. Venha. – Ela pegou uma almofada do canapé baixo e colocou-a em um canto.

Christopher observou enquanto Beatrix levava o cão até a almofada e soltava a tira de couro do pescoço dele. Albert ganiu e se recusou a deitar, mas permaneceu obedientemente no canto.

– Fique – ordenou ela.

Para a surpresa de Christopher, Albert não se moveu. Um cão que não se incomodava de correr entre o fogo cruzado em uma guerra estava completamente subjugado por Beatrix Hathaway.

– Acho que ele vai se comportar – disse Beatrix, voltando para a mesa. – Mas seria melhor se não prestássemos atenção nele. – Ela se sentou, pousou um guardanapo no colo e pegou a xícara de chá. Então sorriu ao ver a expressão no rosto de Christopher. – Fique tranquilo, capitão – disse Beatrix gentilmente. – Quanto mais relaxado parecer, mais calmo Albert ficará.

Na hora que se seguiu, Christopher bebeu várias xícaras de chá quente e doce e deixou que a conversa tranquila e animada fluísse ao seu redor. Aos poucos, uma série de nós frios e apertados que pareciam machucar seu peito começaram a afrouxar. Um prato cheio de sanduíches e tortinhas de frutas foi colocado diante dele. De vez em quando, Christopher relanceava o olhar na direção de Albert, que estava acomodado no canto, o queixo apoiado nas patas.

Os Hathaways eram uma experiência nova para o capitão. Eram inteligentes, divertidos, a conversa animada dando guinadas repentinas nas mais inesperadas direções. E ficou claro para ele que as irmãs eram inteligentes demais para a sociedade educada do lugar. O único assunto sobre o qual não se estenderam foi a Crimeia, e Christopher ficou grato por isso. Eles pareciam compreender que a guerra era a última coisa que ele desejava discutir. Por essa razão, entre várias outras, ele gostou dos Hathaways.

Mas Beatrix era um problema.

Christopher não sabia o que pensar dela. Estava perplexo e irritado por causa do modo tão familiar como ela falava com ele. E a imagem da moça usando aqueles calções, as pernas cruzadas como as de um homem, era desconcertante. Ela era estranha. Rebelde e indomada.

Quando terminaram o chá, Christopher agradeceu a todos pela tarde agradável.

– Espero que nos visite novamente em breve – disse Amelia.

– Sim – respondeu Christopher, sem de fato pretender fazer aquilo. Ele estava convencido de que os Hathaways, embora agradáveis, deveriam ser ingeridos em pequenas doses, bem espaçadas.

– Eu o acompanharei até os limites da floresta – avisou Beatrix, indo pegar Albert.

Christopher controlou uma onda de exasperação.

– Não é necessário, Srta. Hathaway.

– Ah, eu sei que não – disse ela. – Mas quero ir.

Christopher cerrou o maxilar. Então esticou a mão para pegar a correia que prendia Albert.

– Pode deixar que eu o levo – disse ela, mantendo a correia nas mãos.

Consciente da expressão divertida nos olhos de Rohan, Christopher reprimiu uma resposta irritada e seguiu Beatrix para fora da casa.

~

Amelia foi até as janelas da sala de visitas e observou as duas figuras distantes que atravessavam o pomar em direção à floresta. As macieiras, congeladas, com apenas uns poucos brotos verdes e botões de flores brancos, logo as esconderam de vista.

Amelia ficara confusa com o modo como a irmã se comportara com o soldado de expressão dura, implicando e brincando com ele, quase como se estivesse tentando lembrá-lo de alguma coisa que ele esquecera.

Cam veio se juntar à esposa na janela, ficou parado atrás dela. Amelia recostou o corpo contra o dele, sentindo-se mais tranquila com a presença forte e segura do marido. Uma das mãos dele deslizou pela frente do corpo dela. Amelia estremeceu de prazer ao sentir o toque casualmente sensual.

– Pobre homem – murmurou ela, lembrando-se dos olhos assombrados de Phelan. – A princípio nem o reconheci. Pergunto-me se ele imagina o quanto mudou...

Os lábios de Cam brincaram levemente sobre a fronte da esposa antes que ele respondesse.

– Imagino que ele só esteja percebendo isso agora, que está em casa.

– Era um homem tão encantador antes... Agora parece austero demais. E o modo como seu olhar fica perdido às vezes, como se estivesse olhando diretamente através de alguém...

– Phelan passou dois anos enterrando amigos – retrucou Cam baixinho. – E tomou parte no tipo de combate fechado que torna um homem duro como uma rocha. – Ele fez uma pausa, pensativo. – Parte disso não se consegue deixar para trás. Os rostos dos homens que um soldado mata permanecem para sempre em sua mente.

Amelia sabia que o marido estava lembrando um episódio em particular do próprio passado, por isso se virou e abraçou-o com força.

– Os ciganos não acreditam em guerras – disse Cam com o rosto aninhado nos cabelos da esposa. – Conflitos, discussões, brigas, sim. Mas não acreditamos em tirar a vida de um homem contra quem não tempos nenhum ressentimento em particular. Essa é uma das muitas razões pelas quais eu não daria um bom soldado.

– Mas são essas mesmas razões que fazem de você um marido *muito* bom.

Os braços de Cam a apertaram com mais força e ele sussurrou alguma coisa em seu dialeto. Embora Amelia não entendesse as palavras, o som rouco e baixo delas lhe provocou um arrepio de prazer.

Ela se aconchegou mais ao marido. Com o rosto apoiado no peito dele, refletiu em voz alta:

– É óbvio que Beatrix está fascinada pelo capitão Phelan.

– Ela sempre se sente atraída por criaturas feridas.

– E essas são sempre as mais perigosas.

A mão de Cam se moveu em uma carícia tranquilizadora nas costas da esposa.

– Vamos ficar de olho nela, *monisha*.

Beatrix acompanhou o passo de Christopher com facilidade, enquanto os dois seguiam para a floresta. Incomodava-o ver outra pessoa segurando a guia de Albert. A determinação da jovem era como uma pedra no sapato dele. Ainda assim, quando ela estava por perto, era impossível sentir-se apartado do ambiente ao redor. Beatrix tinha o dom de mantê-lo ancorado ao presente.

Ele não conseguia parar de observar o modo como as pernas e os quadris dela se moviam naqueles calções. O que a família estava pensando, permitindo que ela se vestisse daquele modo? Mesmo só entre eles, era inaceitável. Um sorriso sem o menor humor curvou os lábios de Christopher quando ele chegou à conclusão de que ao menos uma coisa tinha em comum com Beatrix Hathaway: nenhum dos dois estava em sintonia com o resto do mundo.

A diferença era que ele desejava estar.

Fora tão fácil, antes da guerra. Sempre soubera a coisa certa a dizer ou fazer. Agora a perspectiva de voltar a conviver na sociedade refinada parecia um jogo cujas regras ele havia esquecido.

– Você vai vender logo a sua patente no Exército? – perguntou Beatrix. Christopher assentiu.

– Estou partindo para Londres em poucos dias, para acertar tudo.

– Ah... – O tom de Beatrix foi claramente desanimado quando ela completou. – Imagino que vá procurar Prudence.

Christopher deixou escapar um som neutro, que não revelava nada. Dentro do bolso do casaco estava o bilhete curto e amassado, que sempre carregava consigo.

Não sou quem acha que sou...
Volte, por favor, volte para casa e descubra quem sou.

Sim. Ele a encontraria e descobriria por que ela escrevera aquelas palavras assombradas. Então se casaria com ela.

– Agora que seu irmão se foi – disse Beatrix –, você terá que aprender a dirigir a propriedade de Riverton.

– Entre outras coisas – comentou ele muito sério.

– Riverton abrange uma grande parte da floresta de Arden.

– Sei disso – retrucou Christopher com gentileza exagerada.

Ela não pareceu perceber o toque de sarcasmo na resposta.

– Alguns proprietários de terra estão extraindo madeira em excesso, para abastecer os negócios locais. Espero que não pretenda fazer isso.

Christopher permaneceu em silêncio, torcendo para que a conversa tomasse outro rumo.

– Você *quer* herdar Riverton? – perguntou Beatrix, pegando-o de surpresa.

– Não importa se quero ou não. Sou o próximo na linha de sucessão e farei o que for exigido.

– Importa, sim – retrucou Beatrix. – Foi por isso que perguntei.

Já sem paciência, Christopher respondeu:

– A resposta é não, não quero. Sempre se supôs que a propriedade seria de John. Sinto-me como um maldito impostor tentando ocupar o lugar dele.

Com qualquer outra pessoa, um rompante tão veemente teria posto fim à conversa. Mas Beatrix insistiu:

– O que você teria feito se ele ainda estivesse vivo? Ainda assim venderia sua patente, não é?

– Sim, já cansei do Exército.

– E então, o que faria?

– Não sei.

– Quais são as suas aptidões? Seus talentos?

Os passos deles diminuíram conforme iam se aproximando da floresta. Os talentos dele... era forte para a bebida, era bom na sinuca e nas cartas, sabia seduzir uma mulher. Era um ótimo atirador e um excelente cavaleiro.

Então Christopher pensou na coisa que fizera na vida que mais fora valorizada, que o enchera de elogios e medalhas.

– Tenho um talento – falou, pegando a correia de Albert das mãos de Beatrix. Então voltou os olhos arregalados para ela. – Sou bom em matar.

E sem outra palavra, Christopher deixou-a parada na beira da floresta.

CAPÍTULO 9

Na semana após o retorno de Christopher a Hampshire, a falta de harmonia entre ele e a mãe se tornou tão evidente que os dois estavam tendo dificuldade em permanecer no mesmo cômodo por mais de alguns minutos. A pobre Audrey fazia o melhor que podia para servir de apaziguadora, mas não tinha muito sucesso na empreitada.

A Sra. Phelan pegara a mania de reclamar sem parar. Não conseguia passar por um cômodo sem fazer algum comentário desagradável, como uma daminha de honra espalhando pétalas de rosas em um casamento. Seus nervos estavam extremamente sensíveis, obrigando-a a permanecer deitada, em silêncio, num quarto escuro já no meio do dia, todos os dias. Uma coleção de dores e achaques não permitia que ela supervisionasse os afazeres domésticos e, como resultado, nada nunca estava como gostaria.

Durante o período de descanso diário da Sra. Phelan, ela reagia ao barulho do bater de louças na cozinha como se estivesse sendo atingida por facas invisíveis. O murmúrio de vozes ou o som de passos nos andares superiores eram uma agonia. Todos na casa se comportavam como se pisassem em ovos, com medo de perturbá-la.

– Vi homens que haviam acabado de perder braços ou pernas e que reclamavam menos do que minha mãe – disse Christopher a Audrey, que sorriu melancólica.

– Ultimamente ela se tornou obcecada com rituais de luto... – disse ela, pensativa. – Quase como se isso de certo modo fosse manter John junto dela. Estou feliz por seu tio estar vindo buscá-la amanhã. Esse padrão de comportamento que sua mãe estabeleceu precisa ser interrompido.

A Sra. Phelan ia ao jazigo da família, no cemitério da igreja de Stony Cross, pelo menos quatro manhãs por semana e passava uma hora diante do túmulo do filho. Como não queria ir desacompanhada, normalmente solicitava a companhia de Audrey. Na véspera, no entanto, insistira em que Christopher fosse com ela. Ele esperara por uma hora, num silêncio carrancudo, enquanto ela se ajoelhava ao lado do túmulo de John e deixava as lágrimas escorrerem.

Quando ela enfim indicou que queria se levantar, e Christopher se adiantou para ajudá-la, a Sra. Phelan quis que ele se ajoelhasse e rezasse, como ela fizera.

Ele não fora capaz de fazer aquilo, nem mesmo para satisfazer o desejo da mãe.

– Lamento a morte de John à minha própria maneira – Christopher dissera a ela. – No momento da minha escolha, não da sua.

– Isso não é decente – retrucara a Sra. Phelan, inflamada –, essa falta de respeito com ele. Seu irmão merece o luto, ou ao menos uma demonstração de luto, por parte do homem que lucrou tanto com a morte dele.

Christopher a encarara incrédulo.

– Eu *lucrei*? – repetira em voz baixa. – Você sabe que nunca dei a mínima para a ideia de herdar Riverton. E estaria disposto a dar tudo o que tenho, se isso trouxesse John de volta. Se pudesse sacrificar a minha vida para salvar a dele, eu o faria.

– Como eu queria que isso fosse possível – respondera ela com acidez, e os dois voltaram para casa em silêncio.

E durante todo o tempo, Christopher se perguntara quantas horas a mãe passara sentada diante do túmulo de John, desejando que um filho estivesse no lugar do outro.

John fora o filho perfeito, responsável e confiável. Christopher, por sua vez, sempre fora o mais indomado, menos refinado, mais sensual, descuidado e impetuoso. Como o pai, William. Todas as vezes que William se envolvera em algum tipo de escândalo em Londres, frequentemente incluindo a esposa de outro homem, a Sra. Phelan se tornara cada vez mais fria e distante com Christopher, como se ele fosse o representante de seu marido infiel. Quando William Phelan morrera, em consequência de uma queda de cavalo, fora sussurrado por toda Londres que a única surpresa fora ele não ter levado um tiro de algum marido ultrajado ou do pai de uma das mulheres que seduzira.

Christopher tinha 12 anos na época. Na ausência do pai, ele aos poucos ocupara o papel do libertino de vida dissoluta. Parecia ser o que todos esperavam. A verdade era que aproveitara os prazeres da cidade, não importava quão efêmeros e vazios fossem. Ser um oficial do Exército fora a ocupação perfeita... Christopher gostara de todos os aspectos envolvidos. Até ser mandado para a guerra, pensou ele, com um sorriso triste.

O capitão fora muito mais eficaz no combate do que ele mesmo ou qualquer outra pessoa teria esperado. E quanto mais sucesso tivera levando a morte aos outros, mais morto se sentira por dentro.

Mas havia Prudence. Aquela era a única parte decente que restara dele, a parte que a amava. A simples ideia de encontrá-la o deixava agitado.

Christopher ainda tinha dificuldade para dormir e costumava acordar subitamente no meio de um pesadelo. Também havia momentos durante o dia em que se sobressaltava ao ouvir um barulho qualquer e se descobria buscando o rifle que não estava mais ao seu lado. Mas tinha certeza de que tudo isso melhoraria com o tempo.

Tinha que melhorar.

CAPÍTULO 10

Obviamente, no que dizia respeito a Christopher Phelan, não havia razão para ter esperanças. Beatrix fazia questão de se lembrar sempre disso. Ele queria Prudence. A linda e convencional Prudence, de cabelos dourados.

Era a primeira vez na vida que Beatrix desejava ser outra pessoa.

"Acho que você talvez seja a minha única chance de me tornar parte do mundo novamente..."

Talvez Prudence, afinal de contas, fosse mais adequada para ajudar Christopher. Ela se sentia à vontade na sociedade de um modo que Beatrix jamais se sentiria. Muito bem. Se era o melhor para ele, Beatrix não conseguia culpá-lo por isso. O homem já suportara dor e adversidade bastantes... ela não queria ser a causa de mais dificuldades.

O único problema... era que não conseguia parar de pensar em Christopher. Era como uma doença. Era impossível continuar tocando a vida como sempre fizera. Estava constantemente à beira das lágrimas. Sentia-se febril, cansada e sem apetite. Na verdade, estava tão abatida que Amelia insistira em preparar um tônico de folhas de azedinha para ela.

– Não está parecendo você mesma – comentara Amelia. – Costuma estar sempre tão animada.

– Por que eu ficaria animada se não tenho razão alguma para isso? – perguntara Beatrix, emburrada.

– E há uma razão para se sentir infeliz?

Beatrix ansiara por confiar sua angústia à irmã, mas permanecera em silêncio. Não havia nada que Amelia pudesse fazer. Além do mais, as coisas não melhorariam mesmo se ela contasse para cem, para mil pessoas. Estava se consumindo por um homem que não podia ter, e não queria que lhe dissessem quanto isso era absurdo. Também não queria parar de se consumir. A força desesperada de seu anseio era a única frágil ligação que mantinha com Christopher.

Beatrix estava tão obcecada por ele que chegara a considerar a possibilidade de ir para Londres pelo restante da temporada social. Ela poderia visitar Audrey, e também poderia ver Christopher. Só que também seria obrigada a vê-lo com Prudence... dançando, flertando, cortejando-a... e Beatrix tinha certeza de que não conseguiria suportar aquilo.

Não, ficaria em Hampshire, o lugar a que pertencia.

Audrey dissera que aquela era uma decisão sábia.

– Ele mudou, Bea, e não foi para melhor. Assim que Christopher voltou da Crimeia, me senti muito tentada a contar a ele a verdade sobre as cartas. Que fora você que se correspondera com ele, e não Prudence. Mas agora fico feliz por não ter feito isso. Não gostaria de ter encorajado qualquer ligação entre você e Christopher. Ele não está sendo ele mesmo. Bebe mais do que deveria, se sobressalta facilmente... Às vezes parece ver ou ouvir algo que não existe. E sei que não está conseguindo dormir direito... eu o escuto andando pela casa à noite. Mas quando tento conversar com ele, Christopher descarta minhas perguntas como se eu estivesse sendo tola. E, às vezes, uma simples pergunta, sobretudo uma que tenha a ver com a guerra, provoca uma fúria que ele tem dificuldade de controlar. Fico imaginando...

– O quê? – perguntou Beatrix em um sussurro, louca de preocupação.

Audrey a encarou.

– Fico imaginando se Prudence conseguirá lidar com ele. Christopher está tão determinado a tê-la... mas ele não é mais o homem que foi. E Prudence não terá a sensibilidade necessária para perceber isso. Pergunto-me até se ele não será um perigo para ela.

Assombrada pelas palavras agourentas de Audrey, Beatrix caminhou até a casa dos Phelans com uma missão em mente. Embora não houvesse nada que pudesse fazer por Christopher, podia ajudar muito com Albert. Um cão agressivo era sempre um perigo, e ele acabaria privado do amor e da atenção de que precisava. Cães eram animais basicamente sociais, portanto Albert *precisava* ser ensinado a conviver com outras criaturas.

A governanta dos Phelans, Sra. Clocker, cumprimentou-a na porta e disse que Audrey não estava em casa, mas que devia voltar logo de uma visita à cidade.

– Quer esperar por ela, Srta. Hathaway?

– Na verdade, gostaria de falar com o capitão Phelan sobre um assunto particular. – Beatrix deu um sorrisinho ao perceber o olhar desconfiado da governanta. – Quero me oferecer para tomar conta de Albert enquanto o capitão Phelan estiver em Londres.

A governanta arregalou os olhos.

– O patrão havia planejado deixar aquela criatura aqui, para que os criados tomassem conta. – A mulher se inclinou para a frente e sussurrou: – Ele é um cão do inferno, senhorita. Nem o próprio diabo teria um animal assim.

Beatrix sorriu com simpatia.

– Espero poder ajudá-lo a se comportar melhor. Se o capitão Phelan permitir, levarei Albert comigo hoje e liberarei vocês da responsabilidade de lidar com ele.

A Sra. Clocker parecia definitivamente deslumbrada.

– Ah, isso seria *tão* gentil da sua parte, Srta. Hathaway! Informarei ao capitão Phelan agora mesmo. – Ela saiu apressada, como se tivesse medo de que Beatrix partisse.

Quando a figura alta de Christopher apareceu na sala de visitas, Beatrix imediatamente sentiu todo o corpo ruborizar. *Pare já com isso, Beatrix Hathaway*, disse a si mesma com dureza. *Se insistir em ser estúpida assim, terá que ir para casa e beber uma garrafa inteira de tônico de azedinha.*

– Srta. Hathaway – cumprimentou Christopher, inclinando-se em uma saudação meticulosamente educada.

As sombras escuras sob os olhos dele, denunciando a falta de sono, o tornavam ainda mais atraente, se é que isso era possível, emprestando uma textura mais humana aos contornos rígidos do rosto de Christopher.

Beatrix conseguiu se forçar a dar um sorriso descontraído.

– Bom dia, capitão Phelan.

– Já é de tarde.

– Ah, é mesmo? – Ela olhou por sobre o ombro para o relógio em cima do console da lareira. Era meio-dia e meia. – Boa tarde, então.

Ele ergueu uma das sobrancelhas.

– Posso ajudá-la em alguma coisa?

– Será o contrário, espero. Gostaria de ficar com Albert, na Ramsay House, enquanto você estiver em Londres.

Ele estreitou os olhos.

– Por quê?

– Quero muito ajudar seu cão a se ajustar à nova vida. Albert receberia o melhor tratamento, e eu trabalharia com ele, o treinaria... – Ela se calou quando viu a expressão hostil no rosto dele. Não ocorrera a Beatrix que Christopher pudesse recusar a oferta.

– Obrigado, Srta. Hathaway, mas acho que será melhor para Albert permanecer aqui, com os criados.

– Você... não acredita que eu possa ajudar Albert? – perguntou ela.

– O cão é muito excitável. Precisa de paz absoluta, de tranquilidade. Não quero ofendê-la, mas a atmosfera na Ramsay House é tumultuada demais para ele.

Beatrix franziu a testa.

– Perdoe-me, capitão, mas está redondamente enganado. Minha casa é o tipo de ambiente de que Albert precisa. Entenda, da perspectiva de um cachorro...

– Não preciso de seus conselhos.

– Precisa, sim – disse Beatrix num impulso. – Como pode ter tanta certeza de que está com a razão? Poderia ao menos ouvir por um momento... ouso dizer que sei mais sobre cães do que você.

Christopher encarou-a com a expressão dura de um homem que não estava acostumado a ter suas decisões questionadas.

– Não duvido disso. Mas sei mais sobre esse cão em particular.

– Sim, mas...

– Está na hora de partir, Srta. Hathaway.

Beatrix se sentiu dominada por uma onda amarga de decepção.

– O que acha que seus criados farão com ele durante sua ausência? – perguntou ela, e continuou a falar, apressada, antes que Christopher pudesse responder: – Eles o manterão preso num galpão, ou trancado em algum cômodo, porque têm medo dele. E isso vai tornar Albert ainda mais agressivo. Ele vai ficar zangado, ansioso e solitário. Albert não sabe o que se espera dele. Precisa de atenção e cuidados constantes. Sou a única pessoa que tem tempo e vontade de garantir isso a ele.

– Aquele cachorro tem sido meu companheiro há dois anos – retrucou Christopher, irritado. – A última coisa à qual eu o sujeitaria seria aquele caos que você chama de casa. Ele não precisa de confusão. Não precisa de barulho e baderna...

Christopher foi interrompido por uma explosão de latidos ferozes, acompanhado pelo barulho ensurdecedor de metal caindo. Albert passara em disparada pelo hall de entrada e acabara esbarrando com uma criada que carregava uma bandeja de talheres de prata recém-polidos.

Beatrix viu de relance o brilho de garfos e colheres espalhados, pouco antes de ser jogada com força no chão da sala de visitas. O impacto da queda a deixou sem ar.

Surpresa, ela se viu presa ao tapete pelo corpo pesado de um homem.

Confusa, tentou entender a situação. Christopher pulara sobre ela. Os braços dele estavam ao redor da cabeça dela... ele agira instintivamente para protegê-la com o próprio corpo. Os dois ficaram deitados juntos, em uma confusão de braços, pernas, roupas desarrumadas e respirações ofegantes.

Christopher ergueu a cabeça e lançou um olhar cauteloso ao redor. Por um instante, a ferocidade indisfarçada do rosto dele assustou Beatrix. Era *essa*, ela pensou, a expressão dele em batalha. Fora aquela expressão que os inimigos tinham visto quando Christopher os abatera.

Albert veio correndo na direção deles, latindo furiosamente.

– *Não* – disse Beatrix em um tom de voz baixo. Então estendeu o braço e apontou para o cão. – Sentado.

Os latidos do cão se transformaram em um rosnado baixo, e ele abaixou o corpo lentamente até sentar. Seu olhar não se afastava do dono.

Beatrix voltou a atenção para Christopher. Ele estava ofegante, com dificuldade para respirar, esforçando-se para recuperar o autocontrole.

– Christopher – disse ela com cautela, mas ele pareceu não ouvir. Naquele momento, as palavras de Beatrix não estavam conseguindo alcançá-lo.

Ela passou os braços ao redor dele, um pelos ombros, o outro pela cintura. Christopher era um homem grande, em ótima forma, e o corpo imponente tremia. Uma sensação de intensa ternura dominou Beatrix e ela deixou os dedos acariciarem os músculos tensos da nuca dele.

Albert gania baixinho, observando os dois.

Por cima do ombro de Christopher, Beatrix viu a criada parada na porta, sem saber o que fazer, a bandeja de talheres apertada nas mãos.

Embora Beatrix não desse a menor importância para aparências ou possíveis escândalos, estava muito preocupada em proteger Christopher durante um momento vulnerável. Ele não iria querer que ninguém o visse quando não estava no completo domínio de si mesmo.

– Pode ir – Beatrix disse baixinho para a criada.

– Sim, senhorita. – A moça se afastou apressada, grata por ter sido dispensada, e fechou a porta ao sair.

Beatrix voltou a atenção para Christopher, que não parecia ter percebido o breve diálogo. Com muito cuidado, ela puxou a cabeça dele para baixo e virou o próprio rosto, tocando a face nos cabelos brilhantes e cor de âmbar do capitão. E esperou, deixando que ele sentisse o ritmo compassado da respiração dela.

O perfume dele era fresco, lembrava verão, sol quente, açafrão. Beatrix fechou os olhos enquanto sentia o corpo másculo pressionado contra o dela com intrigante firmeza, os joelhos de Christopher afundando na massa confusa de suas saias.

Um minuto se passou, então outro. Pelo resto da vida, Beatrix se lembraria de ficar deitada sozinha com ele, num retalho de chão iluminado pela luz do sol que entrava pela janela... o peso delicioso do corpo de Christopher sobre o dela, o calor íntimo do hálito dele contra o seu pescoço. Beatrix viveria aquele momento para sempre, se fosse possível. *Amo você*, pensou. *Sou louca, desesperada, eternamente apaixonada por você.*

Christopher ergueu a cabeça e a fitou de cima com uma expressão perplexa nos olhos cinzentos.

– Beatrix. – O sussurro entrecortado mexeu com os nervos dela. As mãos dele seguravam-lhe a cabeça, os dedos longos acariciando delicadamente os cachos escuros e desalinhados. – Machuquei você?

Beatrix sentiu um frio na barriga. Ela balançou a cabeça, incapaz de falar. Ah, o modo como ele olhava para ela, como *realmente* olhava para ela... aquele era o Christopher dos sonhos de Beatrix. Aquele era o homem que escrevera para ela. Tão cuidadoso, tão real e estonteante... que a fazia ter vontade de chorar.

– Pensei... – Christopher quebrou o silêncio e passou o polegar sobre o rosto quente de Beatrix.

– Eu sei – sussurrou ela, os nervos gritando sob o toque dele.

– Não tive a intenção de fazer isso.

– Eu sei.

Ele baixou os olhos para os lábios entreabertos dela e demorou-se ali, até Beatrix sentir que seus lábios estavam sendo acariciados. Cada respiração fazia o corpo dela se elevar contra o dele, em uma fricção provocante de membros firmes e tecidos limpos e quentes.

Beatrix estava atônita diante das mudanças sutis que percebia no rosto dele, o rubor, o brilho prateado nos olhos. Possibilidades surgindo na quietude, como raios de sol penetrando pela abóbada verde da floresta.

Imaginou se ele iria beijá-la.

E um único pensamento gritava em sua mente.

Por favor.

CAPÍTULO 11

Christopher enrijeceu o corpo para tentar conter o tremor dos músculos. As batidas de seu coração ecoavam em seus ouvidos. Ele se esforçava para compreender como perdera tão completamente o controle da situação. Um barulho o assustara e ele reagira sem pensar. Não tivera consciência de nada até se descobrir sobre Beatrix, tentando protegê-la, tentando proteger a ambos... e quando a pulsação em seus ouvidos cedera, Christopher entendeu o que havia feito.

Derrubara uma mulher indefesa no chão. Pulara sobre ela como um lunático. *Deus do céu*. Sentia-se desorientado e louco. Poderia ter machucado Beatrix.

Precisava ajudá-la a se levantar, pedir desculpas. Em vez disso, viu seus dedos descendo para o pescoço dela, acariciando a pequenina veia que pulsava ali. Diabo, o que estava fazendo?

Já havia um longo tempo desde que uma mulher o abraçara. A sensação era tão boa que ele ainda não conseguia se obrigar a se afastar dela. O corpo de Beatrix sustentava o dele com uma força flexível tão feminina... E aqueles dedos esguios e delicados continuavam a acariciar a nuca dele. Christopher nunca vira olhos tão azuis, límpidos e escuros ao mesmo tempo.

Ele tentou se lembrar das razões por que não deveria querê-la. Tentou até invocar a imagem de Prudence, mas foi impossível. Então fechou os olhos e sentiu o hálito de Beatrix acariciar seu queixo. Ele a sentia por toda parte, em todo o seu corpo, o perfume dela invadindo seu nariz, descendo por sua garganta, o calor do corpo feminino envolvendo-o.

Era como se todos os meses e anos de carência houvessem levado àquele exato instante, àquela forma feminina esguia presa sob o corpo dele. Christopher estava seriamente preocupado com o que poderia vir a fazer com ela. Sabia que deveria rolar para o lado, colocar alguma distância entre eles, mas tudo o que conseguia fazer era se perder nas sensações que Beatrix lhe provocava, no movimento sedutor dos seios que subiam e desciam, da consciência das pernas dela sob as camadas de saias. A carícia dos dedos de Beatrix em sua nuca estava provocando arrepios de prazer, ao mesmo tempo que deixava seu corpo quente de desejo.

Num gesto desesperado, ele segurou as mãos dela e prendeu-as acima da cabeça.

Melhor assim.

E pior.

O olhar de Beatrix o provocava, convidava-o a se aproximar mais. Christopher conseguia sentir a força da personalidade dela, radiante e quente, e todo o corpo dele reagia a essa força. Fascinado, percebeu o rubor tomar conta da pele de Beatrix. Sentia vontade de seguir o rastro de cor com os dedos e com a boca.

Em vez disso, balançou a cabeça, tentando clarear as ideias.

– Desculpe-me – falou e respirou fundo. – Me desculpe – repetiu. Uma risada sem humor escapou de sua garganta. – Estou sempre me desculpando com você.

Beatrix relaxou os pulsos presos pelas mãos dele.

– Não foi culpa sua.

Christopher se perguntou como diabo ela conseguia se manter tão composta. A não ser pelo rubor no rosto, Beatrix não demonstrava qualquer sinal de desconforto. Ele teve uma súbita e irritante impressão de estar sendo manipulado.

– Joguei você no chão.

– Não foi intencional.

Os esforços dela para fazê-lo se sentir melhor estavam tendo o efeito oposto.

– A intenção não importa quando você é derrubado no chão por alguém com o dobro do seu tamanho.

– A intenção sempre importa – retrucou Beatrix. – E estou acostumada a ser derrubada.

Christopher soltou as mãos dela.

– Isso costuma lhe acontecer com frequência? – perguntou ele com ironia.

– Ah, sim. Cães, crianças... todos pulam em cima de mim.

Christopher conseguia entender perfeitamente. Pular em cima dela fora a coisa mais agradável que ele fizera em anos.

– Como não sou nem um cão, nem uma criança – disse Christopher –, não tenho desculpas.

– A criada deixou cair uma bandeja. Sua reação foi perfeitamente compreensível.

– Foi? – Christopher perguntou com um toque de amargura na voz, e rolou para o lado, saindo de cima dela. – Pois eu não entendi.

– É claro que foi – reafirmou Beatrix enquanto ele a ajudava a se levantar. – Por um longo tempo, você se condicionou a se jogar no chão para se proteger cada vez que uma bomba ou uma granada explodia, ou sempre que uma bala era disparada. Só porque voltou para casa não significa que esses reflexos possam ser facilmente descartados.

Christopher não pôde evitar um pensamento... Prudence o teria perdoado tão depressa ou reagido com tamanho autocontrole?

Sua expressão ficou mais dura quando um novo pensamento lhe ocorreu. Ele teria algum direito de ir até Prudence, quando seu comportamento era tão imprevisível? Não poderia colocá-la em risco. Antes, precisava recuperar o controle sobre si mesmo. Mas como? Seus reflexos eram intensos demais, rápidos demais.

Diante do prolongado silêncio de Christopher, Beatrix foi até Albert e abaixou-se para acariciá-lo. O cão rolou e deitou-se de costas, oferecendo a barriga para ela.

Christopher ajeitou as roupas, e enfiou as mãos nos bolsos da calça.

– Vai reconsiderar sua decisão? – perguntou Beatrix. – Sobre me deixar ficar com Albert?

– Não – retrucou Christopher bruscamente.

– *Não*? – repetiu ela, como se a recusa dele fosse inconcebível.

Christopher a encarou com uma fisionomia fechada.

– Não precisa se preocupar com Albert. Deixei instruções bastante específicas com os criados. Ele será bem cuidado.

O rosto de Beatrix estava tenso de indignação.

– Estou certa de que acredita nisso.

Sentindo-se atingido, ele devolveu, irritado:

– Gostaria de sentir tanto prazer em ouvir suas opiniões quanto você sente em dá-las, Srta. Hathaway.

– Luto por minhas opiniões quando sei que estou certa, capitão Phelan. Enquanto você se agarra às suas apenas porque é teimoso.

Christopher a encarou com uma expressão dura.

– Eu a acompanharei até a porta.

– Não precisa se incomodar. Conheço o caminho. – Beatrix saiu pisando firme em direção à porta, as costas muito retas.

Albert começou a segui-la, até Christopher mandá-lo voltar.

Beatrix fez uma pausa na porta da sala, voltou-se e encarou Christopher com uma expressão curiosamente intensa no olhar.

– Por favor, transmita meu carinho a Audrey. Desejo a vocês dois uma boa viagem a Londres. – Ela hesitou. – Se não se importar, por favor transmita também meus melhores votos a Prudence, quando encontrá-la, e lhe dê também um recado.

– Qual?

– Diga a ela que não quebrarei minha promessa – disse Beatrix em voz baixa.

– Que promessa?

– Ela vai entender.

~

Exatamente três dias depois de Christopher e Audrey partirem para Londres, Beatrix foi até a casa dos Phelans para ter notícias de Albert. Como ela esperava, o cão deixara a casa em polvorosa – latira e uivara sem parar, deixara tapetes e estofamentos em tiras e mordera a mão de um criado.

– E, além de tudo isso – contou a Sra. Clocker, a governanta, a Beatrix –, Albert não quer comer. Suas costelas já estão aparecendo. E o patrão vai ficar furioso se deixarmos alguma coisa acontecer a ele. Nossa, esse é o cachorro mais irritante, a criatura mais detestável que já conheci.

A criada que estava polindo o corrimão não conseguiu resistir e comentou:

– Ele me apavora. Não consigo dormir à noite porque o danado uiva de um jeito capaz de acordar os mortos.

A governanta parecia aflita.

– É isso mesmo que ele faz. No entanto, o patrão disse que não devemos deixar ninguém levar Albert. E por mais que eu deseje me ver livre daquela besta malvada, temo ainda mais a ira do patrão.

– Posso ajudá-lo – Beatrix disse baixinho. – Sei que posso.

– O patrão ou o cão? – perguntou a Sra. Clocker, como se não conseguisse se conter. O tom dela era exausto e desesperado.

– Posso começar com o cão – retrucou Beatrix num sussurro.

As duas trocaram um olhar.

– Gostaria que tivesse a oportunidade – murmurou a Sra. Clocker. –

Essa casa não parece um lugar onde qualquer um possa melhorar. A sensação aqui é de que as coisas minguam até se extinguirem.

Isso, mais do que qualquer outra coisa, fez com que Beatrix tomasse uma decisão.

– Sra. Clocker, eu jamais pediria que desobedecesse às instruções do capitão Phelan. No entanto... se eu escutasse *por acaso* a senhora dizer a uma das criadas onde Albert está preso, a culpa não poderia lhe ser atribuída, certo? E se Albert conseguisse escapar e fugir... e algum desconhecido o levasse e cuidasse dele, mas não lhe contasse imediatamente a respeito, a culpa não seria da senhora, não é?

A Sra. Clocker sorriu para ela.

– A senhorita é terrível, Srta. Hathaway.

Beatrix sorriu.

– É, eu sei.

A governanta virou-se para a criada.

– Nellie – disse ela, clara e distintamente. – Quero lembrá-la de que estamos mantendo Albert preso naquele pequeno galpão azul, perto da horta da cozinha.

– Sim, madame. – A criada nem sequer olhou para Beatrix. – E devo lembrar à *senhora*, madame, que a correia dele está na mesa em forma de meia-lua, no hall de entrada.

– Muito bem, Nellie. Talvez você deva se apressar e dizer aos outros criados e ao jardineiro para não prestarem atenção se alguém fizer uma visita ao galpão azul.

– Sim, madame.

Enquanto a criada saía apressada, a Sra. Clocker olhou com gratidão para Beatrix.

– Já ouvi dizer que você faz milagres com os animais, Srta. Hathaway. E será necessário mesmo um milagre para domar aquele demônio pulguento.

– Não faço milagres – disse Beatrix com um sorriso. – Apenas sou persistente.

– Deus a abençoe, senhorita. Ele é uma criatura bárbara. Se o cão é mesmo o melhor amigo do homem, temo pelo capitão Phelan.

– Eu também – retrucou Beatrix com sinceridade.

Em poucos minutos ela encontrou o galpão azul.

O lugar, construído para abrigar equipamentos leves de jardinagem, estremecia a cada vez que a criatura presa lá dentro se arremessava contra a parede. O som de latidos furiosos se fez ouvir conforme Beatrix se aproximava. Embora ela não tivesse dúvidas da própria habilidade para lidar com Albert, os latidos ferozes, que pareciam quase sobrenaturais, foram o bastante para detê-la por alguns momentos.

– Albert?

Os latidos se tornaram mais apaixonados, interrompidos apenas por ganidos e uivos.

Beatrix se sentou lentamente no chão e apoiou as costas contra a parede do galpão.

– Acalme-se, Albert – disse ela. – Soltarei você assim que se acalmar.

O terrier rosnou e bateu com a pata na porta.

Beatrix já lera vários livros sobre cães, um em particular sobre terriers de pelo duro, e estava convencida de que treinar Albert com técnicas envolvendo domínio ou punição não seriam eficazes. Na verdade, provavelmente fariam com que o comportamento dele piorasse. Terriers, dizia o livro, costumavam tentar ser mais espertos que os humanos. A única solução que restava era recompensá-los pelo bom comportamento com elogios, comida e gentileza.

– É claro que você está infeliz, pobre rapaz. Ele foi embora e seu lugar é ao lado dele. Mas vim pegar você e, enquanto seu dono estiver fora, vamos trabalhar em seu comportamento. Talvez não consigamos transformá-lo num perfeito cão de salão... mas vou ajudá-lo a aprender a conviver com os outros. – Beatrix fez uma pausa antes de acrescentar com um sorriso pensativo: – É claro que eu mesma não consigo me comportar adequadamente na sociedade refinada. Sempre achei que há uma boa dose de falsidade envolvida no refinamento. Pronto, você ficou quieto. – Ela se levantou e abriu a tranca. – Aqui está sua primeira regra, Albert: é muito grosseiro avançar nas pessoas.

Albert pulou em cima dela. Se Beatrix não estivesse apoiada na parede do galpão, teria sido derrubada. Ganindo e balançando o rabo, o cão ficou de pé nas patas traseiras e enfiou o focinho no rosto dela. Ele estava magro, tenso e muito malcheiroso.

– Meu bom rapaz – disse Beatrix, acariciando Albert e coçando seu pelo grosso.

Ela tentou passar a correia ao redor do pescoço dele, mas Albert a impe-

98

diu, deitando-se de costas e sacudindo as patas no ar. Rindo, ela o atendeu e coçou sua barriga.

– Venha para casa comigo, Albert. Acho que vai se dar muito bem com os Hathaways... ao menos depois que eu lhe der um banho.

CAPÍTULO 12

Christopher acompanhou Audrey em segurança até Londres, onde a família dela, os Kelseys, a receberam com enorme carinho. Estavam todos entusiasmados por ter a irmã com eles. Por razões que ninguém conseguira realmente entender, Audrey recusara que qualquer parente fosse ficar com ela em Hampshire, depois da morte de John. Ela insistira em cumprir o período de luto com a Sra. Phelan, sem a companhia de mais ninguém.

– Sua mãe foi a única pessoa que sentiu a morte de John tão intensamente quanto eu – explicara ela a Christopher, durante a jornada de carruagem até Londres. – Havia um certo alívio nisso. Qualquer pessoa da minha família teria tentado fazer com que eu me sentisse melhor e me cercaria de amor e atenção, o que não me teria permitido viver o luto adequadamente. E o sofrimento teria se prolongado ainda mais. Não, foi mesmo a coisa certa a fazer, viver o luto pelo tempo que precisei. Agora está na hora de me recuperar.

– Você é muito boa em organizar seus sentimentos, não é? – perguntara Christopher, seco.

– Acho que sim. Gostaria de poder organizar os seus. No momento eles parecem estar como uma gaveta de gravatas revirada.

– Gravatas, não – retrucara ele. – Talheres, de ponta afiada.

Audrey sorrira.

– Tenho pena das pessoas que se colocam no caminho dos próprios sentimentos. – Ela fizera uma pausa e examinara Christopher com uma preocupação terna. – Como é difícil olhar para você – comentara, surpreendendo-o. – Por causa da semelhança com John. Você é mais belo do que ele, é claro, mas eu preferia o rosto de John. Um maravilhoso rosto comum... nunca me cansava de olhar para ele. O seu é um pouco intimidante para o meu gosto. Você se parece muito mais com um aristocrata do que seu irmão.

O olhar de Christopher ficou mais sombrio quando ele se lembrou de alguns dos homens ao lado dos quais lutara, que haviam tido a sorte de sobreviver aos ferimentos, mas que tinham sofrido algum tipo de desfiguração. Esses homens ficavam imaginando como seriam recebidos quando voltassem para casa, se as esposas ou namoradas deles lhes dariam as costas, horrorizadas com sua aparência arruinada.

– A aparência de uma pessoa não tem importância alguma – dissera ele a Audrey. – O que importa é quem ela é.

– Fico tão feliz por ouvi-lo dizer isso!

Christopher lhe lançara um olhar especulativo.

– O que está pretendendo?

– Nada. É só que... queria lhe perguntar uma coisa. Se outra mulher... vamos supor, Beatrix Hathaway... e Prudence Mercer trocassem de aparência, e tudo o que você estimasse em Prudence fosse transferido para Beatrix... você iria querer Beatrix?

– Santo Deus, não.

– Por que não? – perguntara ela, indignada.

– Porque conheço Beatrix Hathaway, e ela não se parece nada com Pru.

– Você não conhece Beatrix. Não passou quase tempo nenhum com ela.

– Sei que ela é rebelde, cheia de opiniões e muito mais animada do que qualquer pessoa razoável deveria ser. Usa calções masculinos, sobe em árvores e anda por onde quer sem uma acompanhante. Também sei que Beatrix Hathaway enche a Ramsay House de esquilos, ouriços e cabras, e que o homem que tiver a pouca sorte de se casar com ela será levado à ruína por causa das contas do veterinário. Vai se arriscar a contrariar algum desses pontos?

Audrey cruzara os braços e o encarara com uma expressão azeda.

– Sim. Ela não tem um esquilo.

Christopher enfiara a mão dentro do casaco e pegara a carta de Pru, que sempre carregava consigo. Aquele pedaço de papel se tornara seu talismã, um símbolo de por que ele lutara. Uma razão para viver. Ele abaixara a cabeça para o papel dobrado, sem nem precisar abri-lo. As palavras estavam gravadas em seu coração.

"Por favor, volte para casa e descubra quem sou..."

No passado, Christopher se imaginara incapaz de amar. Nenhum de seus casos durara mais do que alguns meses e, embora eles o houvessem deixado satisfeito em um nível físico, nunca haviam passado disso. No fim, nenhuma mulher em particular jamais parecera muito diferente das demais.

Até receber aquelas cartas. As frases o envolviam com uma energia tão inocente, tão adorável, que ele as amara, e amara a mulher que as escrevia no mesmo instante.

Christopher movera o polegar sobre o pergaminho como se ele fosse uma pele viva, sensível.

– Anote o que digo, Audrey... Vou me casar com a mulher que escreveu esta carta.

– Estou anotando – ela assegurara a ele. – Vamos ver se as honrará.

~

A temporada social em Londres duraria até agosto, quando terminavam as atividades no Parlamento e a aristocracia se recolheria às suas propriedades no campo – onde caçariam, atirariam e se entregariam em tempo integral às diversões típicas dos fins de semana. Enquanto estivesse na cidade, Christopher venderia sua patente no Exército e se encontraria com o avô para discutir suas novas responsabilidades como herdeiro de Riverton. Ele também retomaria o contato com velhos amigos e passaria um tempo com alguns homens de seu regimento.

E, mais importante que tudo, encontraria Prudence.

Christopher estava inseguro sobre como se aproximar, depois do modo como ela interrompera a correspondência entre os dois.

Fora culpa dele. Sabia que havia se declarado cedo demais, que havia sido excessivamente impetuoso.

Sem dúvida Prudence fora inteligente em romper a comunicação entre eles. Era uma jovem que fora criada com delicadeza. Para lhe fazer a corte seriamente era necessária uma aproximação paciente e comedida.

Se era isso que Prudence queria dele, seria isso que teria.

Christopher reservou um conjunto de aposentos no Rutledge, um hotel elegante, o preferido da realeza inglesa, dos empresários americanos e dos aristocratas britânicos que não mantinham casa em Londres. O Rutledge era incomparável em conforto e luxo e, sem dúvida, valia o preço exorbitante de se hospedar nele. Quando Christopher estava dando entrada no hotel e conversando com o recepcionista, notou um quadro pendurado sobre o console da lareira, no saguão. Era o retrato de uma mulher de beleza singular, com cabelos cor de mogno e olhos azuis extraordinários.

– É a Sra. Rutledge, senhor – esclareceu o recepcionista, com um toque de orgulho e ternura. – Uma beldade, não é? Não se poderia achar dama mais bondosa e gentil em lugar algum.

Christopher observou o retrato com interesse distraído. E se lembrou de que Amelia Hathaway comentara que uma das irmãs se casara com Harry Rutledge, o proprietário do hotel.

– Então a Sra. Rutledge é uma das irmãs Hathaways, de Hampshire?

– Exatamente, senhor.

Um sorriso irônico se insinuou nos lábios de Christopher. Harry Rutledge, um homem abastado e bem-relacionado, poderia ter a mulher que quisesse. Que loucura o inspirara a se casar com alguém daquela família? Foram os olhos, decidiu ele, examinando mais de perto, fascinado, mesmo contra a vontade. O azul dos Hathaways, os cílios cheios. Exatamente como os de Beatrix.

Já no dia seguinte em que Christopher chegou ao Rutledge, os convites começaram a aparecer. Bailes, recepções, jantares, eventos musicais... até mesmo uma convocação para jantar no palácio de Buckingham, onde o compositor Johann Strauss e sua orquestra tocariam.

Depois de fazer algumas indagações, Christopher aceitou o convite para um baile particular no qual, como lhe fora garantido, a Srta. Prudence Mercer e sua mãe haviam confirmado presença. O baile aconteceu em uma mansão em Mayfair, construída no estilo italiano, em grande escala, com um amplo átrio externo e um salão central cercado por balcões, que se erguia a uma altura de três andares. Repleto de aristocratas, diplomatas estrangeiros e artistas renomados em vários campos, o baile era uma exibição cintilante de riqueza e distinção social.

A atmosfera lotada provocou uma vaga sensação de pânico no peito de Christopher. Ele se esforçou para controlar a ansiedade e se adiantou para trocar amabilidades com os anfitriões. Embora tivesse preferido vestir roupas civis, se viu obrigado a usar o uniforme preto e verde dos Rifles, decorado com dragonas com crescentes de lã. Como sua patente ainda não fora vendida, teria suscitado muitos comentários, muita reprovação, caso houvesse optado por não usar o uniforme. Pior, Christopher também se viu obrigado a usar todas as medalhas que lhe haviam concedido – teria sido deselegante deixar alguma de fora. As medalhas eram concedidas com a intenção de serem distintivos de honra. Para Christopher, representavam acontecimentos que ele ansiava por esquecer.

Havia outros oficiais no baile, com seus respectivos uniformes, vermelhos ou negros, decorados com fios de ouro. A atenção que despertavam, principalmente das mulheres, apenas aumentava o desconforto de Christopher.

Ele procurou por Prudence, mas ela não estava no hall de entrada, nem na sala de visitas. Os minutos passavam dolorosamente enquanto Christopher abria caminho por entre a multidão, parando com frequência quando era reconhecido por alguém e se via forçado a conversar um pouco.

Onde diabo estava Prudence?

"Você já pode me encontrar em meio a uma multidão mesmo vendado. Basta seguir o cheiro de meias queimadas."

A lembrança levou um sorriso aos lábios dele.

Inquieto e ansiando por ela, Christopher entrou no salão de baile. Seu coração batia acelerado.

Ele perdeu o ar quando a viu.

Prudence estava ainda mais linda do que Christopher se lembrava. Usava um vestido rosa com babados de renda, as mãos calçadas em pequenas luvas brancas. Havia acabado uma dança e estava parada conversando com um admirador, a expressão serena.

Christopher teve a impressão de ter viajado um milhão de quilômetros para alcançá-la. A extensão do próprio desejo o surpreendeu. Vê-la, ao mesmo tempo que se lembrava do eco luminoso das palavras dela, trouxe a ele uma sensação que havia muito não experimentava.

Esperança.

Quando Christopher se aproximou, Prudence se virou e levantou o olhar para ele. Os olhos verdes e límpidos se arregalaram, e ela deixou escapar uma risada cheia de prazer e incredulidade.

– Meu querido capitão Phelan.

Prudence estendeu a mão enluvada, e ele se inclinou e fechou os olhos por um instante. A mão dela na dele.

Quanto tempo esperara por aquele momento. Como sonhara com aquilo.

– Vistoso como sempre. – Prudence sorriu para ele. – Na verdade mais do que nunca. Qual é a sensação de ter tantas medalhas presas ao peito?

– De peso – retrucou Christopher, e ela riu.

– Havia perdido a esperança de voltar a vê-lo...

A princípio, Christopher pensou que ela se referia à Crimeia e sentiu uma onda de calor invadir seu corpo.

Mas Prudence continuou:

– ... já que foi imperdoavelmente esquivo em seu retorno à Inglaterra. – Ela curvou os lábios num sorriso provocante. – Mas é claro que sabia que isso só o tornaria mais interessante aos olhos de todos.

– Acredite-me – disse Christopher –, não é meu desejo me tornar mais interessante aos olhos de todos.

– Mas foi o que conseguiu, de qualquer modo. Todo anfitrião e anfitriã de Londres adoraria tê-lo como convidado. – Ela deixou escapar uma risadinha delicada. – E todas as moças querem se casar com você.

Ele teve vontade de abraçá-la. Queria enfiar o rosto nos cabelos dela.

– Posso não ser adequado para casar.

– Até parece. É claro que é. Você é um herói nacional *e* herdeiro de Riverton. Dificilmente um homem poderia ser mais adequado.

Christopher encarou o rosto lindo, de feições delicadas, reparou no brilho dos dentes perolados. Prudence estava falando com ele como sempre falara, de um modo coquete, leve, provocante.

– Herdar Riverton dificilmente pode ser considerado um fato garantido – disse a ela. – Meu avô poderia deixá-la para um de meus primos.

– Depois do modo como você se destacou na Crimeia? Duvido. – Prudence sorriu para ele. – O que o fez enfim aparecer na sociedade?

Christopher respondeu em voz baixa:

– Segui minha estrela-guia.

– Sua... – Prudence hesitou, então sorriu. – Ah, sim. Eu me lembro.

Mas algo na hesitação dela o incomodou.

A urgência alegre e cálida que Christopher sentia começou a ceder.

Obviamente era absurdo da parte dele esperar que Prudence se lembrasse de tudo. Christopher lera as cartas dela milhares de vezes, até cada palavra ficar gravada para sempre em sua alma. Mas ele dificilmente poderia esperar que ela tivesse feito o mesmo. A vida de Prudence havia continuado do mesmo jeito. Enquanto a dele mudara em todos os aspectos.

– Ainda gosta de dançar, capitão? – perguntou ela, abaixando os longos cílios sobre os olhos verdes muito vivos.

– Com você como parceira, sim.

Ele estendeu o braço e Prudence o aceitou sem hesitar.

Eles dançaram. A mulher que Christopher amava estava em seus braços.

Aquela deveria estar sendo a melhor noite da vida dele. Mas em uma questão de minutos, Christopher começou a perceber que o alívio pelo qual tanto ansiara era tão verdadeiro quanto uma ponte feita de fumaça.

Algo estava errado.

Algo não era real.

CAPÍTULO 13

Nas semanas que se seguiram, Christopher se lembrou com frequência do que Audrey dissera sobre Prudence, que não havia nada sob as camadas de ardis. Mas tinha que haver. Ele não imaginara aquelas cartas. *Alguém* as escrevera.

Em um dos dias que se seguiram perguntou a Prudence sobre a última carta que ela escrevera... *"Não sou quem acha que sou..."* quis saber o que significava aquilo e por que ela havia parado de se corresponder com ele.

Prudence ficou muito vermelha e pareceu constrangida, bem diferente de seus costumeiros rubores atraentes. Aquele era o primeiro sinal de alguma emoção verdadeira que Christopher via nela.

– Eu... acho que escrevi aquilo porque... estava envergonhada, você entende.

– Por quê? – perguntou ele com ternura, afastando-se com ela para um canto sombreado de uma varanda. Ele tocou os braços dela com as mãos enluvadas, puxando-a levemente mais para perto. – Adorei tudo o que escreveu. – O anseio por ela deixava o coração de Christopher apertado e acelerava a pulsação dele. – Quando parou... eu teria enlouquecido, se não fosse... por você ter me pedido para descobrir quem você era.

– Ah, sim, foi o que fiz. Acho... que fiquei assustada com o modo como havia me comportado, escrevendo aquelas coisas tão tolas...

Christopher a puxou mais para perto, sendo muito cuidadoso a cada movimento, como se ela fosse muito frágil. Ele pressionou os lábios contra a pele fina e delicada da testa dela.

– Pru... sonhei em abraçá-la assim... todas aquelas noites...

Ela passou os braços ao redor do pescoço dele e inclinou a cabeça para trás com naturalidade. Christopher a beijou, a boca gentil, experimentando. Prudence retribuiu o beijo de imediato, os lábios se abrindo suavemente. Foi um beijo adorável. Mas não o satisfez de forma alguma, não diminuiu em nada a ânsia furiosa do desejo que o consumia. Ao que parecia, os sonhos de beijar Prudence acabaram de algum modo eclipsando a realidade.

Sonhos costumavam fazer isso.

Prudence virou o rosto de lado com uma risadinha embaraçada.

– Você é muito ansioso.

– Perdoe-me.

Christopher soltou-a no mesmo instante. Ela continuou próxima a ele, o aroma floral do perfume que usava preenchendo o ar ao redor deles. Ele manteve as mãos sobre o corpo dela, ao redor dos ombros. Continuava esperando sentir alguma coisa... mas seu coração permanecia envolto em gelo.

Por algum motivo ele pensara... mas era absurdo. Nenhuma mulher na Terra teria conseguido preencher as expectativas dele.

～

Durante toda a temporada social, Christopher procurou Prudence, encontrando-a em bailes e jantares, levando-a junto com a Sra. Mercer para passeios de carruagem, belas caminhadas e exposições em galerias de arte e museus.

Christopher não conseguia encontrar defeitos em Prudence. Ela era linda e encantadora. Não fazia perguntas desagradáveis. Na verdade, raramente fazia qualquer pergunta pessoal. Prudence não demonstrava interesse algum na guerra ou nas batalhas em que ele lutara, apenas nas medalhas que carregava. Christopher se perguntava se ela pensava nas medalhas como algo além de enfeites cintilantes.

Eles tinham o mesmo tipo de conversa neutra e agradável, temperada com algumas fofocas, que Christopher tivera milhares de vezes antes com outras mulheres durante outras temporadas sociais em Londres. E aquilo sempre lhe bastara.

E desejava desesperadamente que fosse o bastante naquele momento.

Ele pensara... torcera... para que Prudence se importasse com ele de algum modo. Mas não havia sinal disso agora, nenhuma ternura, nenhum traço da mulher que escrevera: *"Meus pensamentos sobre você são como minha constelação pessoal."*

E ele a amara com tanto desespero, a Prudence das cartas. Onde ela estava? Por que se escondia dele?

Os sonhos o levavam a florestas escuras, onde ele buscava em meio à sarça e aos arbustos, procurando nos espaços estreitos entre as árvores, enquanto seguia a forma pálida de uma mulher. Ela estava sempre alguns passos adiante, sempre fora de alcance. Christopher acordava ofegante e furioso, as mãos tentando agarrar o vazio.

Durante os dias, ele seguia com seus compromissos de negócio e alguns eventos sociais. Eram tantas salas minúsculas, cheias demais, decoradas em excesso... Tantas conversas sem sentido. Tantos eventos sem consequência. Ele não conseguia entender como já gostara de tudo aquilo antes. E ficou estupefato ao se pegar lembrando momentos na Crimeia com uma sensação muito próxima da nostalgia, na verdade se pegava ansiando pelos breves momentos em que se sentira completamente vivo.

Mesmo em relação ao inimigo, na batalha, ele sentira algum tipo de ligação, nos esforços de ambos os lados para compreender, alcançar e matar um ao outro. Mas com aqueles nobres em suas roupas elegantes, em sua sofisticação rígida, Christopher não sentia mais nenhum prazer ou camaradagem. Ele sabia que estava diferente. E sabia que os outros também percebiam isso.

Christopher percebeu quanto estava desesperado por algo ou alguém familiar quando a perspectiva de visitar o avô lhe pareceu realmente atraente.

Lorde Annandale sempre foi um avô duro e intimidador, que nunca controlou os comentários contundentes. Nenhum dos netos de Annandale, incluindo o primo de Christopher que um dia herdaria o título, jamais conseguia satisfazer as exigências do maldito velho. A não ser John, claro. Christopher propositalmente seguira o outro caminho.

Ele se aproximou do avô, agora, com uma mistura de receio e de compaixão relutante, ciente de que o homem deveria estar devastado pela morte de John.

Quando chegou à casa de Annandale em Londres, luxuosamente decorada, Christopher foi levado até a biblioteca, onde o fogo fora aceso na lareira apesar de estarem no auge do verão.

– Santo Deus, vovô – disse ele, quase se encolhendo diante do calor ao entrar na biblioteca. – Vamos terminar assados como duas galinhas. – Christopher foi até a janela e abriu-a, para deixar entrar um pouco de ar fresco. – Poderia muito bem se aquecer dando um passeio ao ar livre.

O avô o encarou com severidade da cadeira ao lado da lareira.

– O médico me aconselhou a não pegar ar fresco. E eu aconselharia você a negociar sua herança antes de tentar acabar comigo.

– Não há nada a negociar. Deixe o que quiser para mim... ou nada, se preferir.

– Manipulador como sempre – resmungou Annandale. – Você presume que farei o contrário de qualquer coisa que me diga.

Christopher sorriu, despiu o casaco, jogou-o em uma cadeira próxima e se aproximou do avô. Ele se adiantou para apertar a mão do homem, segurando os dedos frágeis e frios entre os seus, quentes.

– Olá. O senhor parece bem.

– Não estou bem – retorquiu Annandale. – Estou velho. Navegar pela vida com esse corpo é como tentar velejar em um navio prestes a naufragar.

Christopher sentou-se na outra cadeira e examinou o avô. Havia uma fragilidade em Annandale que não existia antes, a pele dele era como seda enrugada sobre uma moldura de aço. Os olhos, no entanto, continuavam os mesmos, brilhantes e agudos. E as sobrancelhas, como que desafiando os cabelos níveos, continuavam grossas e negras como sempre.

– Senti sua falta – comentou Christopher em um tom levemente surpreso. – Embora não consiga entender por quê. Deve ser esse seu olhar severo... me leva de volta à infância.

– Você sempre foi um diabrete – comentou Annandale – e egoísta até a raiz dos cabelos. Quando li os artigos de Russell sobre seus atos heroicos em batalha, estava certo de que o haviam confundido com outra pessoa.

Christopher sorriu.

– Se cometi algum ato heroico, foi puramente acidental. Estava apenas tentando salvar a minha pele.

O velho deixou escapar um murmúrio divertido, antes que pudesse se conter. E voltar a cerrar as sobrancelhas.

– Você conduziu seus atos com honra, ao que parece. Há rumores de que receberá o título de cavaleiro. Para isso, talvez devesse tentar ser mais receptivo aos convites da rainha. Sua recusa em permanecer em Londres após seu retorno da Crimeia não foi bem-vista.

Christopher lançou um olhar sombrio ao avô.

– Não quero ficar entretendo as pessoas como um macaco amestrado. Não sou diferente de milhares de outros homens que também fizeram o que tinham que fazer.

– Essa modéstia toda é nova em você – observou o avô. – É genuína ou apenas para me agradar?

Christopher permaneceu em silêncio, enquanto puxava a gravata, desfazia o nó e a deixava pendurada ao redor do pescoço. Como aquilo não serviu para refrescá-lo, ele foi até a janela aberta.

Olhou para a rua lá embaixo. Estava cheia e agitada – as pessoas aproveitavam o ar livre nos meses quentes, sentadas ou encostadas no batente das portas, comendo, bebendo e conversando, enquanto veículos e cascos de cavalo levantavam a poeira quente e fétida. A atenção de Christopher foi atraída para um cão sentado na traseira de uma pequena carroça, enquanto o dono guiava um pônei de lombo encurvado em meio ao trânsito caótico. Ele pensou em Albert e se viu dominado pelo remorso. Desejou ter levado o cão para Londres. Mas não, o tumulto e o confinamento teriam deixado o pobre cachorro louco. Era melhor para ele ficar no campo.

O jovem voltou novamente a atenção para o avô e percebeu que ele estava dizendo alguma coisa.

– ... reconsiderei a questão da sua herança. A princípio eu havia separado muito pouco para você. Seu irmão, é claro, receberia a maior parte. Se já houve um dia um homem que merecesse Riverton mais do que John, não o conheci ainda.

– Concordo – disse Christopher em voz baixa.

– Mas agora ele se foi sem deixar herdeiros, o que faz com que reste apenas você. E embora seu caráter pareça ter melhorado, não estou convencido de que mereça Riverton.

– Nem eu. – Christopher fez uma pausa. – Não quero nada que o senhor tenha planejado deixar para John.

– Vou lhe dizer o que terá, independentemente do que queira ou não. – O tom de voz de Annandale era firme, mas também gentil. – Você tem responsabilidades, meu rapaz, e não se livrará ou fugirá delas. Mas antes que eu determine seu rumo, quero lhe perguntar uma coisa.

Christopher encarou o avô sem expressão.

– Sim, senhor.

– Por que lutou como lutou? Por que se arriscou a morrer com tanta frequência?

Christopher bufou, aborrecido.

– A guerra não foi para o bem do país. Foi para benefício de interesses comerciais privados e alimentada pela arrogância dos políticos.

– Você lutou pela glória e pelas medalhas, então?

– Dificilmente.

– Então, por quê?

Christopher pesou silenciosamente as respostas possíveis. Quando descobriu a verdade, examinou-a com uma resignação cansada antes de falar.

– Tudo o que fiz foi pelos meus homens. Para os que não eram oficiais e se juntaram ao Exército a fim de evitar morrer de fome ou ir para um reformatório. E para os oficiais de patente mais baixa, que tinham experiência e estavam no serviço militar havia muito tempo, mas não tinham condições de comprar uma patente melhor. Recebi o comando do grupo só porque tive dinheiro para a patente, não por mérito ou qualquer outra razão. Ridículo. E os homens do meu batalhão deveriam me seguir, mesmo se eu provasse ser um incompetente, um imbecil ou um covarde. Não tinham outra escolha senão depender de mim. Assim, eu não tinha escolha senão tentar ser o líder de que precisavam. Tentei mantê-los vivos. – Ele hesitou. – E falhei demais. Agora, adoraria que alguém me dissesse como viver com a morte deles na consciência. – Com o olhar perdido em um ponto do tapete, Christopher se ouviu dizer: – Não quero Riverton. Já recebi coisas demais que não mereço.

Annandale encarou o neto de um modo que nunca fizera antes, curioso e quase bondoso.

– E é por isso que receberá Riverton. Não vou acrescentar um tostão, nem um centímetro de terra além do que eu teria dado a John. Estou disposto a apostar que você cuidará dos seus arrendatários e dos homens que trabalham na propriedade com o mesmo senso de responsabilidade que sentia por seus homens. – Ele fez uma pausa. – Talvez você e Riverton venham a ser bons um para o outro. Era para ser o fardo de John. Agora será o seu.

~

À medida que um agosto lento e quente se esticava sobre Londres, os fedores da cidade faziam com que seus habitantes buscassem o ar mais agradável do campo. Christopher estava ansioso para voltar para Hampshire. Estava se tornando claro que Londres não lhe fizera bem algum.

Quase todo dia ele se via atormentado por imagens que surgiam do nada, além de sobressaltos e dificuldade para se concentrar. Tinha pesadelos, suava frio à noite quando dormia e ficava melancólico quando estava acordado. Ouvia o som de bombas e armas quando não havia nada parecido por perto e sentia o coração bater descompassado e as mãos trêmulas sem motivo algum. Era impossível baixar a guarda, não importavam as circunstâncias. Christopher tinha visitado velhos amigos no regimento, mas quando perguntou, como quem não quer nada, se eles estavam sofrendo dos mesmos transtornos misteriosos, recebeu como resposta um silêncio determinado. Aquele não era um assunto a ser discutido. Devia ser tratado em particular, da melhor maneira possível.

A única coisa que ajudava era bebida forte. Christopher bebia até sentir que o conforto quente e entorpecedor do álcool acalmava seu cérebro tempestuoso. Tentava medir os efeitos da bebida para que pudesse estar sóbrio quando necessário. Enquanto se esforçava para disfarçar o melhor que podia a loucura que parecia dominá-lo, imaginava quando, como ou se um dia se sentiria melhor.

Quanto a Prudence... ela era um sonho que ele precisava abandonar. Uma ilusão arruinada. Parte dele morria um pouco cada vez que a via. Prudence não sentia um amor verdadeiro por ele, isso estava claro. Nada parecido com o que escrevera. Talvez no esforço de entretê-lo, ela houvesse selecionado partes de romances ou peças e as copiara nas cartas. E ele acreditara em uma ilusão.

Christopher sabia que Prudence e os pais dela tinham esperança de que ele fosse pedi-la em casamento, agora que a temporada social se aproximava do fim. A mãe dela, em particular, vinha dando indiretas contundentes sobre casamento, dote, promessas de belos filhos e de aconchego doméstico. No entanto, Christopher sabia que não estava em condições de ser um bom marido para ninguém.

Com uma mistura de alívio e receio, ele foi até a residência de Londres dos Mercers para se despedir. Quando pediu permissão para falar em particular com Prudence, a mãe dela os deixou na sala de visitas por alguns minutos, mas fez questão de manter a porta aberta.

– Mas... mas... – disse Prudence consternada, quando ele a informou que estava deixando a cidade – ... você não vai partir sem antes falar com meu pai, não é?

– Falar com ele sobre o quê? – perguntou Christopher, embora soubesse a que ela se referia.

– Devo pensar que você gostaria de pedir permissão a ele para me cortejar formalmente – retrucou Prudence, parecendo indignada.

Ele encarou aqueles olhos verdes.

– Nesse momento, não estou livre para fazer isso.

– *Não está livre?* – Prudence se levantou de um salto, obrigando-o a se levantar também e encarando-o com uma fúria desconcertante. – É claro que está. Não há outra mulher, não é?

– Não.

– Seus negócios estão em dia e sua herança está em ordem?

– Sim.

– Então não há razão para esperar. Você deu uma forte impressão de que se importava comigo. Principalmente assim que retornou... me disse tantas vezes quanto havia ansiado por me ver, quanto eu significava para você... Por que sua paixão esfriou?

– Eu achei... tive esperança... de que você fosse mais como era nas cartas. – Christopher ficou em silêncio por algum tempo, olhando mais de perto para ela. – Andei me perguntando... alguém a ajudou a escrevê-las?

Embora Prudence tivesse o rosto de um anjo, a fúria em seus olhos era o exato oposto da serenidade celestial.

– Ah! Por que está sempre me perguntando sobre aquelas cartas idiotas? Eram apenas palavras. E palavras não significam nada!

"Você me fez perceber que palavras são o que há de mais importante no mundo..."

– Nada – repetiu Christopher, encarando-a.

– Isso. – Prudence pareceu um pouco mais calma ao ver que contava com toda a atenção dele. – Estou aqui, Christopher. Sou real. Você não precisa de cartas velhas e tolas agora. Tem a *mim*.

– E o que você escreveu sobre a quintessência? – perguntou ele. – Não significou nada?

– A... – Prudence olhou para ele, o rosto muito corado. – Não consigo me lembrar o que quis dizer com isso.

– O quinto elemento, de acordo com Aristóteles – Christopher lembrou a ela, com gentileza.

A cor fugiu por completo do rosto de Prudence, deixando-a lívida. Ela parecia uma criança que havia sido pega em uma travessura.

– O que isso tem a ver com qualquer coisa? – gritou ela, refugiando-se na fúria. – Quero conversar sobre algo real. Quem se preocupa com Aristóteles?

"Gosto da ideia de que a luz de uma pequena estrela brilha dentro de cada um de nós..."

Prudence nunca escrevera aquelas palavras.

Por um momento, Christopher não conseguiu ter reação alguma. Um pensamento sucedia o outro em sua mente, cada um deles se conectando brevemente ao seguinte como as mãos dos homens em uma corrida de revezamento. Uma mulher diferente escrevera aquelas cartas para ele... com o consentimento de Prudence... fora enganado... Audrey devia saber... ele fora levado a se importar... então as cartas haviam parado. *Por quê?*

"Não sou quem acha que sou..."

Christopher sentiu a garganta e o peito apertados e ouviu um som rouco que parecia uma gargalhada de espanto.

Prudence riu também, com um certo alívio. Ela não tinha ideia do que provocara aquela risada amarga.

Haviam tido a intenção de fazê-lo de tolo? Fora algum tipo de vingança por alguma ofensa do passado? Por Deus, ele descobriria quem havia feito aquilo, e por quê.

Ele amara e fora traído por alguém cujo nome desconhecia. E ainda amava aquela pessoa... essa era a parte imperdoável. E ela pagaria, fosse quem fosse.

Christopher se sentiu bem por ter um propósito outra vez, o objetivo de caçar alguém para infligir sofrimento. Era uma sensação familiar. Era quem ele era.

O sorriso de Christopher, agudo como uma lâmina, cortava a fúria fria que ele sentia.

Prudence o encarou, insegura.

– Christopher? – ela falou. – Em que está pensando?

Ele foi até ela e segurou-a pelos ombros, pensando por um instante em como seria fácil deslizar as mãos até o pescoço dela e sufocá-la. Mas esforçou-se para colocar um sorriso encantador no rosto.

– Apenas que você está certa – retrucou ele. – Palavras não têm importância. Apenas isso importa. – Christopher beijou-a lenta e habilidosamente, até sentir o corpo delgado relaxar contra o dele. Prudence deixou escapar um som baixo de prazer e passou os braços ao redor do pescoço dele. – Antes de partir para Hampshire – murmurou ele, contra o rosto ruborizado dela –, vou pedir permissão ao seu pai para cortejá-la. Isso a agrada?

– Ah, sim – gritou Prudence, o rosto radiante. – Ah, Christopher... seu coração é meu?

– Meu coração é seu – respondeu ele, em uma voz sem expressão, mantendo o corpo dela junto ao seu. Mas o olhar dele estava perdido em um ponto distante do outro lado da janela.

A verdade era que ele não tinha mais coração para oferecer a ninguém.

⁓

– Onde está ela? – foram as primeiras palavras que Christopher disse a Audrey, no instante em que entrou na casa dos pais dela em Kensington. Ele fora procurá-la assim que deixara Prudence. – *Quem* é ela?

A cunhada não pareceu nem um pouco impressionada com a fúria dele.

– Por favor, não venha com esse olhar carrancudo para mim. Do que está falando?

– Prudence entregou as cartas diretamente em suas mãos ou outra pessoa as levou para você?

– Ah. – Audrey parecia serena. Estava sentada no canapé da sala de visitas e pegou um pequeno bordado em que trabalhava para examinar um ponto específico. – Então você enfim se deu conta de que não foi Prudence que as escreveu. O que a denunciou?

– O fato de que ela conhecia o que estava escrito nas cartas que eu mandei, mas não sabia nada sobre as cartas que *ela* me enviou. – Christopher estava de pé diante dela, encarando-a com severidade. – Foi uma das amigas dela, não foi? Quem?

– Não posso confirmar nada.

– Beatrix Hathaway teve alguma participação nisso?

Audrey revirou os olhos.

– Por que Beatrix iria querer tomar parte numa coisa dessas?

– Vingança. Porque certa vez eu disse que ela era mais adequada aos estábulos.

– Você negou ter dito isso.

– *Você* falou que eu disse isso! E largue esse bordado, ou juro que vou esganá-la com ele. Entenda uma coisa, Audrey: tenho cicatrizes da cabeça aos pés, levei tiros, facadas, fui atingido por baionetas, por estilhaços de bombas e tratado por médicos tão bêbados que mal conseguiam ficar de pé. – Ele parou, abalado. – E nenhuma dessas coisas me feriu como essa farsa.

– Sinto muito – disse Audrey, em um tom mais doce. – Eu jamais teria concordado com nenhum esquema que eu achasse que iria lhe causar algum mal. Tudo começou como um ato de bondade. Ao menos foi o que acreditei.

Bondade? Christopher ficou revoltado diante da ideia de ter sido visto como objeto de pena.

– Por que, em nome de Deus, você ajudou alguém a me enganar?

– Eu mal tinha consciência do que estava acontecendo – comentou ela emocionada. – Estava meio morta, cuidando de John, não comia, nem dormia e estava exausta. Não pensei muito sobre o assunto, a não ser para chegar à conclusão de que não faria mal algum se alguém escrevesse para você.

– Mas fez!

– Você queria acreditar que Prudence escrevia as cartas – ela o acusou. – Caso contrário, logo teria percebido que não poderia ser ela.

– Eu estava no meio de uma maldita *guerra*. Não tinha tempo para examinar particípios e preposições enquanto tentava defender a pele dentro de trincheiras...

Christopher foi interrompido por uma voz vinda da porta.

– Audrey. – Era Gavin, um dos irmãos altos e fortes dela. Ele se inclinou contra o batente da porta e encarou Christopher com um olhar de advertência. – É impossível não ouvir a briga de vocês dois por toda a casa. Você precisa de ajuda?

– Não, obrigada – Audrey retrucou com firmeza. – Posso lidar sozinha com a situação, Gavin.

O irmão deu um sorrisinho.

– Na verdade eu estava perguntando a Phelan.

– Ele também não precisa de ajuda – retrucou Audrey com muita dignidade. – Por favor, nos dê alguns minutos a sós, Gavin. Temos uma questão importante a tratar.

– Muito bem. Mas estarei por perto.

Audrey suspirou e desviou os olhos do irmão superprotetor a fim de voltar a atenção para Christopher.

Ele a encarava com um olhar duro.

– Quero um nome.

– Só se você jurar que não fará mal a essa mulher.

– Eu juro.

– Jure pela memória de John – insistiu ela.

Um longo silêncio se instalou na sala.

– Eu sabia – disse Audrey, irritada. – Se não posso confiar em você para não fazer mal a ela, com certeza não posso lhe contar quem é.

– É casada? – Um tom áspero se apossara de sua voz.

– Não.

– Está em Hampshire?

Audrey hesitou antes de assentir com um aceno cauteloso de cabeça.

– Diga a ela que vou encontrá-la – ameaçou Christopher. – E que ela vai se arrepender quando isso acontecer.

No silêncio tenso que se seguiu, ele foi até a porta e olhou para trás por sobre o ombro.

– Nesse meio-tempo, você pode ser a primeira a me dar os parabéns – ele falou. – Prudence e eu estamos quase noivos.

Audrey empalideceu.

– Christopher... que tipo de jogo você está jogando?

– Vai descobrir – foi a resposta fria dele. – Você e a sua misteriosa amiga provavelmente vão gostar... as duas parecem apreciar jogos.

CAPÍTULO 14

— Que diabo vocês estão comendo? – Leo estava parado na sala de estar da família, na Ramsay House, olhando para os filhos gêmeos de cabelos escuros, Edward e Emmaline, que brincavam no tapete da sala.

A esposa dele, Catherine, que ajudava os dois bebês a construírem torres com blocos, levantou os olhos e sorriu.

– Biscoitos.

– Esses? – Leo olhou de relance para uma tigela sobre a mesa, cheia de biscoitos marrons. – Eles são repugnantemente parecidos com os que Beatrix estava dando ao cachorro.

– Porque são os mesmos.

– São... Santo Deus, Cat! O que você está pensando? – Leo agachou e tentou tirar um biscoito babado das mãos de Edward.

Mas seus esforços foram recebidos com um grito de revolta.

– Meu! – gritou o menino, apertando o biscoito com mais força.

– Deixe-o ficar com o biscoito – protestou Catherine. – Os dentes dos gêmeos estão nascendo, e os biscoitos são bem duros, o que é bom. Não vão fazer mal algum.

– Como sabe disso?

– Foi Beatrix que os fez.

– Beatrix não sabe cozinhar. Pelo que sei, ela mal consegue passar manteiga no pão.

– Não cozinho para pessoas – disse Beatrix em um tom animado, entrando na sala de estar com Albert logo atrás. – Mas cozinho para cães.

– Claro. – Leo pegou um dos biscoitos marrons na tigela e o examinou mais de perto. – Se incomodaria de revelar os ingredientes dessa coisa repulsiva?

– Aveia, mel, ovos... são muito nutritivos.

Como se para provar o que ela dizia, Dodger, o furão de estimação de Catherine, pulou em cima de Leo, pegou o biscoito que ele segurava e se escondeu embaixo de uma cadeira próxima.

Catherine riu baixinho ao ver a expressão do marido.

– São feitos com os mesmos ingredientes usados nos biscoitos próprios para crianças cujos dentes estão nascendo, milorde.

– Muito bem – retrucou Leo, com uma expressão carrancuda. – Mas se os gêmeos começarem a latir e a enterrar os próprios brinquedos, saberei a quem culpar. – Ele se abaixou ao lado da filha.

Emmaline abriu um sorriso úmido para o pai e levou o próprio biscoito babado na direção da boca dele.

– To, papá.

– Não, obrigado, querida. – Leo percebeu que Albert estava enfiando o focinho no seu ombro e virou-se para fazer um carinho no cão. – Isso é um cachorro ou uma vassoura.

– Esse é Albert – retrucou Beatrix.

No mesmo instante o cão desabou ao lado dele, batendo com o rabo no chão sem parar.

Beatrix sorriu. Três meses antes, aquela cena seria inimaginável. Albert teria sido tão hostil e amedrontador que ela não teria ousado levá-lo para perto das crianças.

Mas com paciência, amor e disciplina – para não mencionar muita ajuda de Rye –, Albert tornara-se um cão totalmente diferente. Aos poucos ele fora se acostumando à constante atividade da casa, bem como à presença de outros animais. Agora reagia às novidades com curiosidade e não com medo e agressividade.

Albert também ganhara peso, o que lhe fizera muito bem, e estava com uma aparência saudável, o pelo brilhante. Beatrix havia tido trabalho com o pelo embaraçado, penteando e aparando-o regularmente, mas deixara os tufos que davam uma expressão tão extravagante ao cão de Christopher. Quando ela caminhava até o centro da cidade com Albert, as crianças se juntavam ao redor dele, que se submetia com prazer aos carinhos que recebia. O cachorro adorava brincar e pegar as coisas. E também roubava sapatos e tentava enterrá-los quando não havia alguém por perto. Era, em resumo, um cão absolutamente normal.

Embora Beatrix ainda ansiasse por Christopher, ainda sofresse por ele, descobrira que o melhor remédio para um coração partido era tentar se fazer útil aos outros. Sempre havia alguém precisando de ajuda, inclusive os colonos e os trabalhadores da propriedade Ramsay. Com a irmã Win na Irlanda, e Amelia ocupada com a organização doméstica, Beatrix era a única das irmãs que tinha tempo e meios para fazer algum trabalho de caridade. Ela levava comida para os pobres e doentes da cidade, lia para as senhoras idosas que já não enxergavam bem e se envolveu com as causas da igreja local. Beatrix descobriu como esses trabalhos eram recompensadores por si sós. Ela se sentia muito menos propensa à melancolia quando estava ocupada.

Naquele momento, na sala de visitas com a família, vendo Albert com Leo, Beatrix se perguntava como Christopher reagiria quando visse as mudanças no cachorro.

– É um novo membro da família? – perguntou Leo.

– Não, apenas um hóspede – respondeu Beatrix. – Ele pertence ao capitão Phelan.

– Vi Phelan em algumas ocasiões durante a temporada social em Londres – comentou Leo e um sorriso surgiu em seus lábios. – Disse a ele que, se insistisse em ganhar nas cartas toda vez que jogássemos, eu teria que evitá-lo no futuro.

– Como estava o capitão Phelan quando vocês o viram? – perguntou Beatrix, esforçando-se para parecer discreta. – Ele lhes pareceu bem? Estava de bom humor?

Catherine respondeu em tom pensativo:

– Ele me pareceu gozar de boa saúde, e sem dúvida estava esbanjando charme. Foi visto com frequência na companhia de Prudence Mercer.

Beatrix sentiu uma pontada aguda de ciúmes. E desviou o rosto.

– Que bom – retrucou numa voz abafada. – Estou certa de que formam um belo par.

– Há rumores de um noivado à vista – acrescentou Catherine. E deu um sorriso provocante para o marido. – Talvez o capitão Phelan tenha enfim sucumbido ao amor de uma boa mulher.

– Ele com certeza já havia sucumbido o bastante a outro tipo de mulher – retrucou Leo, num tom forçadamente piedoso que fez a esposa explodir em uma gargalhada.

– É o roto falando do esfarrapado – acusou Catherine, os olhos cintilando.

– Isso é parte do passado – avisou Leo.

– As mulheres perigosas são mais interessantes? – perguntou Beatrix.

– Não, querida. Mas precisamos delas para perceber o contraste.

Beatrix ficou muito quieta pelo restante da noite, sentindo-se infeliz ao pensar em Christopher e Prudence juntos. Noivado. Casamento. Compartilhando o mesmo sobrenome.

A mesma cama.

Nunca sentira ciúmes antes, e era uma sensação terrível. Era como morrer envenenado lentamente. Prudence passara o verão sendo cortejada por um soldado belo e heroico, enquanto ela, Beatrix, passara o verão com o cão desse soldado.

E como ele logo voltaria para levar o cão embora, nem isso ela teria mais.

Assim que voltou a Stony Cross, Christopher soube que Beatrix havia roubado Albert. Os criados não tiveram a decência de sequer parecer lamentar por isso e contaram uma história absurda de que o cachorro havia fugido e Beatrix insistira em ficar com ele.

Embora estivesse exausto da viagem de doze horas desde Londres, faminto, cheio de poeira da estrada e de péssimo humor, Christopher se pegou a caminho da Ramsay House. Estava na hora de pôr um fim às intromissões de Beatrix de uma vez por todas.

A noite já caía quando ele enfim chegou à casa dela. As sombras se estendiam do bosque até que as árvores parecessem cortinas que haviam sido afastadas para garantir uma visão da casa. Os últimos vestígios de luz projetavam um brilho avermelhado aos tijolos e refletiam nos vários painéis de vidro das janelas. Com o teto irregular e encantador e as chaminés que se destacavam, a casa parecia ter brotado do campo fértil de Hampshire, como se fosse parte da floresta, um organismo vivo que fincara raízes e se estendia em direção ao céu.

Havia um ajuntamento ordenado de empregados que trabalhavam ao ar livre, criados, jardineiros, cavalariços, todos se recolhendo depois do trabalho do dia. Os animais estavam sendo levados para os currais, os cavalos para os estábulos. Christopher parou por um instante, observando a cena. Sentia-se apartado dela, como um intruso.

Determinado a fazer com que sua visita fosse curta e eficiente, ele cavalgou até a entrada da casa, permitiu que um cavalariço pegasse as rédeas de seu cavalo e saiu pisando firme em direção à porta da frente.

A governanta veio recebê-lo, e Christopher pediu para ver Beatrix.

– A família está jantando, senhor... – começou a governanta.

– Não me importo. Ou a senhora traz a Srta. Hathaway até mim, ou irei eu mesmo buscá-la. – Christopher já havia decidido que não permitiria que as distrações daquela casa o desviassem de seu objetivo.

Com certeza depois de passarem o verão com o cão caprichoso dele, todos estariam dispostos a entregar Albert sem reclamar. Quanto a Beatrix, Christopher torcia para que ela tentasse detê-lo, assim ele poderia deixar algumas coisas bem claras.

– Poderia esperar na sala de visitas, senhor?

Christopher balançou a cabeça, negando-se a sair de onde estava, e não disse uma palavra.

A governanta o deixou no hall de entrada e se afastou com uma expressão perturbada.

Beatrix não demorou a aparecer. Ela usava um vestido branco feito de camadas finas e esvoaçantes, a parte de cima mostrando um trabalho intricado no tecido, envolvendo as curvas dos seios. A luminosidade da pele do colo e dos braços dela fazia com que Beatrix parecesse estar emergindo da seda branca.

Para uma mulher que roubara um cachorro, parecia bastante composta.

– Capitão Phelan. – Ela parou diante dele com uma cortesia graciosa.

Christopher ficou encarando-a, fascinado, tentando se agarrar à raiva justificada que sentia, mas vendo-a escorrer como areia por entre os dedos.

– Onde estão seus calções? – perguntou ele com a voz rouca.

Beatrix sorriu.

– Imaginei que você logo apareceria para pegar Albert, e não queria ofendê-lo usando roupas masculinas.

– Se estava assim tão preocupada em não me ofender, deveria ter pensado duas vezes antes de sequestrar meu cachorro.

– Não o sequestrei. Ele veio comigo por vontade própria.

– Acho que me lembro de ter lhe dito para ficar longe dele.

– Sim, eu sei – O tom dela era contrito. – Mas Albert preferiu passar o verão aqui. A propósito, ele se deu muito bem conosco. – Beatrix fez uma pausa e examinou Christopher. – Como você está?

– Exausto – respondeu ele, direto. – Acabei de chegar de Londres.

– Pobre homem. Deve estar faminto. Jante conosco.

– Não, obrigado. Tudo que quero é pegar meu cachorro e voltar para casa. – *E beber até perder a consciência.* – Onde está Albert?

– Ele logo estará aqui. Pedi à governanta que o trouxesse.

Christopher pareceu confuso.

– Ela não tem medo dele?

– De Albert? Deus, não! Todos aqui o adoram!

A ideia de alguém, *de qualquer pessoa*, adorando o cão hostil dele era difícil de assimilar. Como esperara receber de Beatrix um inventário de todos os danos que Albert causara, Christopher ficou olhando para ela sem compreender.

Foi então que a governanta voltou com um cão obediente e bem-arrumado trotando ao seu lado.

– Albert? – perguntou Christopher.

O cachorro levantou os olhos para ele, as orelhas alertas. A expressão do animal se transformou e agora os olhos brilhavam de empolgação. Sem hesitar, Albert se lançou na direção do dono com um latido feliz. Christopher se ajoelhou no chão para receber o equivalente a um alegre abraço canino. Albert se esticou para lambê-lo, ganindo e enfiando o focinho nele sem parar.

Christopher se viu inundado por uma sensação de alívio e de afinidade. Ele segurou o corpo quente e compacto do animal bem próximo, murmurando o nome de Albert e acariciando seu pelo, enquanto o cão tremia e gania de prazer.

– Senti saudade de você, Albert. Bom garoto. Esse é o meu garoto.

Incapaz de se conter, Christopher pressionou o rosto contra o pelo espesso. Sentia-se culpado e comovido com o fato de, mesmo tendo abandonado Albert durante todo o verão, o cão não demonstrar nada além de carinho por ele. – Fiquei longe tempo demais – murmurou Christopher, olhando bem dentro dos comoventes olhos castanhos. – Nunca mais vou deixar você. – Ele levantou os olhos para Beatrix. – Foi um erro deixá-lo para trás – falou com a voz rouca.

Beatrix estava sorrindo.

– Albert não usará isso contra você. Se errar é humano, perdoar é canino.

Para espanto de Christopher, ele percebeu que um sorriso surgia em seus lábios. Então continuou a acariciar o cão que estava em boa forma, com o pelo brilhante.

– Você tomou conta dele muito bem.

– Albert está muito mais comportado do que antes – disse ela. – Você pode ir com ele a qualquer lugar agora.

Christopher ficou de pé e olhou para Beatrix.

– Por que fez isso? – perguntou com gentileza.

– Valia muito a pena salvar Albert. Qualquer um pode ver isso.

O constrangimento entre eles se tornou quase insuportável. O coração de Christopher batia descompassado. Como ela estava bonita naquele vestido branco... Irradiava uma feminilidade saudável que era muito diferente da fragilidade em voga entre as mulheres de Londres. Ele se perguntou como seria levá-la para a cama, se Beatrix seria tão direta em suas paixões como era em todo o resto.

– Fique para jantar – pediu ela.

Ele balançou a cabeça, negando.

– Preciso ir.

– Já jantou?

– Não. Mas encontrarei alguma coisa na despensa, em casa.

Albert se sentou e passou a observá-los com atenção.

– Você precisa de uma refeição adequada depois de viajar por tanto tempo.

– Srta. Hathaway...

Mas ele sentiu que o ar lhe faltava quando Beatrix segurou seu braço com ambas as mãos, uma no pulso e outra no cotovelo. Ela deu um puxão gentil, e Christopher sentiu o corpo reagir imediatamente, o calor se espalhando por seu ventre. Irritado e excitado, ele abaixou o rosto para encarar os olhos azul-escuros.

– Não quero conversar com ninguém – disse Christopher.

– É claro que não. Não há problema algum nisso. – Ela deu outro puxão suave no braço dele. – Venha.

Sem saber muito bem como, Christopher se viu acompanhando-a, saindo do hall de entrada e passando por um corredor cheio de retratos nas paredes. Albert vinha caminhando atrás deles no mais absoluto silêncio.

Beatrix soltou o braço de Christopher quando os dois entraram em uma sala de jantar iluminada por várias velas. A mesa estava posta com pratarias e cristais e uma grande quantidade de comida. Ele reconheceu Leo e sua esposa, além de Rohan e Amelia. O menino de cabelos escuros, Rye, também estava à mesa. Christopher fez uma pausa na porta, inclinou-se em uma saudação e disse constrangido:

– Perdoem-me. Vim só para...

– Convidei o capitão Phelan para se juntar a nós – anunciou Beatrix. –

Ele não quer conversar. Portanto não lhe façam perguntas diretas a não ser que seja absolutamente necessário.

O restante da família recebeu aquela declaração tão pouco ortodoxa sem demonstrar qualquer espanto. Um criado já arrumava um lugar à mesa para Christopher.

– Venha, Phelan – disse Leo com simpatia. – Adoramos convidados silenciosos... isso nos permite falar ainda mais. Portanto, sente-se e não diga nada.

– Mas se conseguir – acrescentou Catherine com um sorriso –, tente parecer impressionado com nossa sagacidade e inteligência.

– Vou tentar participar da conversa – arriscou-se Christopher –, se conseguir pensar em algo relevante.

– Isso nunca nos deteve – comentou Cam.

Christopher se acomodou em uma cadeira vazia ao lado de Rye. Um prato muito bem servido e um copo de vinho foram colocados diante dele. Só quando já havia começado a comer é que percebeu como estava faminto. Enquanto devorava a excelente refeição – linguado assado, batatas, ostras defumadas envoltas em bacon crocante –, a família conversava sobre política, negócios imobiliários e tecia comentários sobre os últimos acontecimentos em Stony Cross.

Rye se comportava como um adulto em miniatura. Ouvia respeitosamente a conversa e às vezes fazia perguntas que eram respondidas pelos adultos no mesmo instante. Pelo que Christopher sabia, era muito incomum permitir que uma criança se sentasse à mesa do jantar. A maior parte das famílias das altas classes seguia o costume de dar o jantar às crianças na ala da casa reservada a elas.

– Você sempre janta com o restante da família? – perguntou Christopher ao menino em voz baixa.

– Na maior parte das vezes – Rye sussurrou de volta. – Eles não se importam, desde que você não fale com a boca cheia e não brinque com as batatas.

– Vou tentar não fazer nada disso – assegurou Christopher em tom sério.

– E não se deve alimentar Albert enquanto estamos na mesa, mesmo quando ele pede. A tia Beatrix diz que ele só pode comer comida sem tempero.

Christopher fitou de relance o cachorro, que estava tranquilamente recostado a um canto.

– Capitão Phelan – perguntou Amelia, notando a direção do olhar dele –, o que acha da mudança em Albert?

– Quase inconcebível – retrucou Christopher. – Fiquei em dúvida se seria possível trazê-lo do campo de batalha para uma vida tranquila, aqui. – Ele olhou para Beatrix e acrescentou, muito sério. – Estou em débito com você.

Beatrix ficou ruborizada e voltou os olhos para o prato, sorrindo.

– De forma alguma.

– Minha irmã tem uma incrível habilidade com animais – disse Amelia. – Sempre me perguntei o que aconteceria se Beatrix colocasse na cabeça a ideia de consertar os modos de um homem.

Leo sorriu.

– Proponho que encontremos um perdulário amoral e repulsivo e o entreguemos a Beatrix. Ela o colocaria nos trilhos em duas semanas.

– Não tenho o menor desejo de consertar os modos de bípedes – retrucou Beatrix. – Quatro patas são o mínimo para mim. Além do mais, Cam me proibiu de colocar mais criaturas no curral e nos estábulos.

– Com todo aquele espaço? – perguntou Leo. – Não me diga que já ficou apertado.

– Alguém precisava impor um limite – explicou Cam. – Tive que fazer isso depois do burro.

Christopher voltou-se para Beatrix, em alerta.

– Você tem um burro?

– Não – respondeu ela rapidamente. Talvez fosse apenas um efeito da luz das velas, mas a cor pareceu fugir de seu rosto. – Não é nada. Quero dizer, sim, tenho um burro. Mas não gosto de falar dele.

– Eu gosto de falar dele – ofereceu-se Rye, inocente. – Heitor é um burro muito gentil, mas tem o lombo fraco e a perna torta. Ninguém quis ficar com ele depois que nasceu, por isso a tia Beatrix foi até o Sr. Caird e disse...

– O nome do burro é Heitor? – perguntou Christopher, o olhar preso ao de Beatrix.

Ela não respondeu.

Uma sensação forte, estranha, tomou conta do corpo de Christopher. Ele sentiu todos os pelos do corpo arrepiados e teve consciência da pulsação acelerada, do sangue correndo nas veias.

– A mãe dele pertencia ao Sr. Mawdsley? – perguntou.

– Como sabia? – Rye parecia espantado.

Christopher respondeu em uma voz muito suave:

– Alguém me escreveu a respeito.

Ele levou o copo de vinho aos lábios e afastou o olhar do rosto de Beatrix, que estava cautelosamente sem expressão.

E não olhou mais para ela por toda a refeição.

Não poderia, ou perderia o autocontrole.

~

Beatrix quase sufocou sob o peso da própria preocupação durante o restante do jantar. Nunca se arrependera tanto de uma coisa na vida quanto de convidar Christopher para ficar. O que ele teria deduzido ao saber que ela ficara com o burro do Sr. Caird e dera ao animal o mesmo nome do burro de estimação que ele tivera quando criança? Christopher iria querer uma explicação. E ela teria que dizer que dera o nome a partir de uma informação que Prudence lhe passara. *Acho que o nome ficou em minha cabeça quando Pru mencionou,* diria casualmente. *E é um bom nome para um burro. Espero que não se importe.*

Sim. Daria certo, desde que ela aparentasse indiferença.

O problema era que seria difícil parecer indiferente quando ela estava em pânico.

Por sorte, Christopher pareceu perder o interesse no assunto. Na verdade, ele mal olhou para ela durante a refeição e engatou uma conversa com Leo e Cam sobre conhecidos em comum em Londres. Estava relaxado e sorridente, e chegou a dar uma gargalhada por causa de algum gracejo de Leo.

Beatrix sentiu a ansiedade diminuir quando se tornou evidente que o assunto Heitor havia sido esquecido por completo.

Ela continuou a lançar olhares furtivos na direção de Christopher, como fizera a noite toda, fascinada por ele. Christopher estava bronzeado, e a luz das velas criava reflexos dourados em seus cabelos. O brilho amarelado também se refletia nos pelos da barba recém-crescida no rosto dele. Beatrix estava encantada pela masculinidade inquieta e crua sob a calma aparente. Sentia vontade de se deleitar com ele como faria com uma tempestade ao ar livre, deixando que os elementos agissem conforme sua vontade. Mais do que tudo, ansiava por conversar com ele, para que conhecessem um ao outro por meio de palavras, compartilhando todos os pensamentos e segredos que guardavam.

– Meus sinceros agradecimentos por sua hospitalidade – disse Christopher ao fim da refeição. – Estava mesmo precisando.

– Você precisa voltar logo – disse Cam –, principalmente para ver a madeireira em atividade. Instalamos algumas inovações que você talvez queira usar em Riverton algum dia.

– Obrigado. Gostaria de ver, sim. – Christopher, então, olhou diretamente para Beatrix. – Antes de eu partir, Srta. Hathaway, pensei em lhe pedir que me apresente ao seu famoso burro. – Os modos dele eram tranquilos... mas seus olhos eram os de um predador.

Beatrix sentiu a boca seca. Não havia como escapar dele. Isso estava bem claro. Christopher queria respostas. E as teria mais cedo ou mais tarde.

– Agora? – perguntou ela com um fiapo de voz. – Esta noite?

– Se não se importar – retrucou ele num tom excessivamente gentil. – A estrebaria fica a uma curta caminhada da casa, não é?

– Sim – respondeu Beatrix, levantando-se da cadeira. Os homens da mesa também se levantaram no esperado gesto cavalheiresco. – Nos deem licença, por favor. Não vou demorar.

– Posso ir com vocês? – perguntou Rye, animado.

– Não, querido – respondeu Amelia. – Está na hora do seu banho.

– Mas por que preciso me lavar se não estou vendo nenhuma sujeira?

– Os que, como nós, têm certa dificuldade em tentar ser divinos devem optar pela limpeza – explicou Amelia com um sorriso, fazendo menção a uma passagem bíblica.

A família manteve uma conversa leve até Rye subir e Beatrix e o capitão Phelan deixarem a casa com Albert atrás deles.

Depois de um longo silêncio, Leo foi o primeiro a falar:

– Mais alguém percebeu?

– Não me decidi ainda – Leo franziu o cenho e tomou um gole de vinho do Porto. – Phelan não é alguém que imaginaria com Bea.

– Com quem você a imaginaria?

– E eu sei? – retrucou ele. – Alguém com interesses similares. O veterinário local, talvez?

– Ele tem 83 anos e é surdo – informou Catherine.

– Os dois jamais discutiriam – argumentou Leo.

Amelia sorriu e mexeu lentamente o chá.

– Por mais que eu odeie admitir, concordo com Leo. Não em relação ao veterinário, mas... Beatrix com um soldado? Não parece combinar.

– Phelan renunciou à patente – informou Cam. – Não é mais um soldado.

– E se ele herdar Riverton – cismou Amelia –, Beatrix teria toda a floresta para passear.

– Vejo uma semelhança entre eles – falou Catherine, pensativa.

Leo arqueou as sobrancelhas.

– Pelo amor de Deus, me diga como os dois são parecidos? Ela gosta de animais e ele gosta de atirar nas coisas.

– Beatrix coloca uma distância entre si mesma e o restante do mundo. É muito cativante, mas também tem uma natureza reservada. Vejo as mesmas características no capitão Phelan.

– Sim – concordou Amelia. – Você está absolutamente certa, Catherine. Colocando dessa maneira, o casal parece mais apropriado.

– Ainda tenho reservas – disse Leo.

– Você sempre tem – retrucou Amelia. – Caso não se lembre, não aceitou Cam muito bem a princípio, mas agora se dá muito bem com ele.

– Isso é porque quanto mais cunhados eu ganho – comentou Leo –, melhor Cam me parece em comparação.

CAPÍTULO 15

Beatrix e Christopher não deram uma palavra a caminho do celeiro. A lua, meio encoberta pelas nuvens, estava baixa no céu, translúcida como um anel de fumaça na escuridão.

Beatrix estava terrivelmente consciente do som da própria respiração, dos sapatos pisando no chão de cascalho, da presença máscula ao seu lado.

Um garoto que trabalhava no estábulo veio cumprimentá-los quando os dois entraram no espaço quente e sombreado onde ficavam os cavalos. Como já haviam se acostumado às frequentes idas e vindas de Beatrix, os cavalariços haviam aprendido a deixar que ela fizesse o que bem entendesse.

O lugar tinha um cheiro pungente – feno, cavalos, ração e esterco combinados num aroma familiar e tranquilizador. Ela levou Christopher silenciosamente até o outro extremo do estábulo, passando pelos puros-sangues, por um cavalo que puxava charretes e um par de outros que puxavam a carruagem. Os animais relinchavam e viravam a cabeça quando eles passavam.

Beatrix parou na baia do burro.

– Este é Heitor – falou.

O pequeno burro se adiantou para cumprimentá-los. Apesar de seus defeitos, ou talvez por causa deles, era uma criatura afetuosa. Sua aparência era terrível, uma das orelhas era torta, mas ele tinha uma expressão alegre, permanentemente animada.

Christopher estendeu o braço para acariciar o animal, que pressionou o focinho na mão dele. A gentileza dele com Heitor era tranquilizadora, pensou Beatrix esperançosa, Christopher não devia estar tão zangado quanto ela imaginara.

Ela respirou fundo e disse:

– O motivo por eu ter batizado o burro de Heitor...

– Não. – Christopher se moveu com surpreendente rapidez, imprensando-a contra uma das colunas de madeira da baia. A voz dele era baixa e rouca. – Vamos começar da seguinte forma: você ajudou Prudence a escrever aquelas cartas?

Beatrix arregalou os olhos ao encarar o rosto sombrio. Um forte rubor coloriu seu rosto.

– Não – ela conseguiu dizer –, eu não a ajudei.

– Então quem ajudou?

– Ninguém.

Era verdade. Só não era *toda* a verdade.

– Você sabe de alguma coisa – Christopher insistiu. – E vai me contar o que é.

Ela conseguia sentir a fúria dele, que carregava o ar. O coração de Beatrix martelava no peito, como um pássaro aprisionado. E ela lutava para conter uma onda de emoção quase insuportável.

– Me solte – ordenou Beatrix com uma calma excepcional. – Você não está fazendo bem a nenhum de nós com esse comportamento.

Os olhos dele se estreitaram numa expressão perigosa.

– Não use essa sua maldita voz de treinadora de cães comigo.

– Essa não é a minha voz de treinadora de cães. E se tem tanta intenção de saber a verdade, por que não pergunta a Prudence?

– Já fiz isso. Ela mentiu. Como você está mentindo agora.

– Você sempre quis Prudence – disse Beatrix em um rompante. – Agora pode tê-la. Por que se importar com um punhado de cartas?

– Porque fui enganado. E quero saber como e por quê.

– Orgulho – comentou ela, com amargura. – É só o que lhe importa... seu orgulho está ferido.

Christopher enfiou uma das mãos entre os cabelos dela, segurando-a de modo gentil, mas também firme. Beatrix arquejou quando ele puxou sua cabeça para trás.

– Não tente mudar o rumo da conversa. Você sabe alguma coisa e não está me contando.

Ele levou a mão livre ao pescoço dela. Por uma fração de segundo, Beatrix achou que Christopher iria estrangulá-la. Em vez disso, ele a acariciou, movendo o polegar sutilmente até a base do pescoço. A intensidade da própria reação surpreendeu Beatrix.

Ela semicerrou os olhos.

– Pare – disse em voz débil.

Ele interpretou o tremor que percorreu o corpo dela como um sinal de aversão ou medo, e baixou a cabeça até seu hálito soprar no rosto de Beatrix.

– Não até que eu saiba a verdade.

Nunca. Se ela contasse a ele, Christopher a odiaria por tê-lo enganado e abandonado. Alguns erros não podiam ser perdoados.

– Vá para o inferno! – exclamou ela com a voz trêmula. Jamais usara a frase na vida.

– Estou no inferno. – Christopher pressionou o corpo contra o dela, enfiando as pernas nas dobras da saia de Beatrix.

Sentindo-se afogar em culpa, medo e desejo, Beatrix tentou afastar a mão que acariciava seu pescoço. Os dedos dele seguraram os cabelos dela com mais força, de forma quase dolorosa. A boca de Christopher estava perto dela. Ele a estava envolvendo, com toda a força, poder e masculinidade, e Beatrix fechou os olhos, todos os seus sentidos paralisados, embotados, numa expectativa impotente.

– Vou fazer você me contar – sussurrou ele.

Então ele a beijou.

Por algum motivo, Beatrix pensou, atordoada, Christopher parecia achar que ela não iria querer ser beijada por ele e que, para evitar o beijo, confessaria. Não tinha ideia de o que o fizera pensar assim. Mas a verdade era que nem sequer conseguia raciocinar.

Christopher moveu a boca sobre a dela de um modo íntimo, flexível, até encontrar a posição perfeita, que a deixou absolutamente fraca. Beatrix envolveu o pescoço dele com a mão para evitar cair sem forças no chão. Ele a puxou mais para perto do corpo firme e explorou sua boca devagar, a ponta da língua acariciando, experimentando.

Beatrix apoiou mais o corpo no dele, como se seus membros tivessem se tornado mais pesados de prazer. Ela sentiu o momento em que a raiva dele deu lugar à paixão, em que o desejo se transformou em desespero. Beatrix enfiou os dedos nos belos cabelos dele, os cachos curtos, pesados e vibrantes, o couro cabeludo quente contra a palma da mão dela. A cada inalação, sentia-se mais envolvida pelo perfume dele, o toque de sândalo sobre a quente pele masculina.

A boca de Christopher se afastou da dela e desceu pelo pescoço, passando por pontos sensíveis que a fizeram se contorcer de prazer. Mal conseguindo enxergar, Beatrix virou o rosto e roçou os lábios na orelha dele. Christopher ofegou e jogou a cabeça para trás. A mão dele segurou-a com firmeza pelo maxilar.

– Conte-me o que sabe – ordenou ele, o hálito contra os lábios dela. – Ou farei pior do que isso. Vou possuí-la aqui e agora. É o que você quer?

Para falar a verdade...

No entanto, lembrando-se de que a intenção dele era que aquilo fosse uma punição, uma coerção, Beatrix conseguiu dizer languidamente:

– Não. Pare. – A boca de Christopher capturou a dela outra vez. Beatrix suspirou e pareceu derreter contra o corpo dele.

Christopher a beijou com força, pressionando-a contra a lateral da baia, as mãos percorrendo suas curvas sem decência alguma. Mas o corpo de Beatrix estava preso e escondido por várias camadas de roupas, o que frustrava as tentativas dele de acariciá-la.

Os trajes dele, por sua vez, apresentavam muito menos obstáculos. Beatrix passou os braços por dentro do paletó de Christopher, puxando a camisa e o colete dele. Então conseguiu passar a mão sob os suspensórios e tirar a camisa para fora da calça, sentindo a textura quente de seu corpo.

Os dois ofegaram quando os dedos frios de Beatrix tocaram a pele ardente das costas de Christopher. Fascinada, ela explorou a curvatura dos músculos fortes, a força surpreendente contida logo abaixo da superfície. Descobriu a textura das cicatrizes, vestígios de sofrimento e sobrevivência. Depois de acariciar uma cicatriz, Beatrix a cobriu carinhosamente com a palma da mão.

Um tremor percorreu o corpo de Christopher. Ele gemeu e voltou a beijá-la com desespero, puxando o corpo de Beatrix contra o seu, até que juntos encontraram uma cadência, um ritmo erótico. Instintivamente, Beatrix tentou puxá-lo para dentro de si, provocando os lábios e a língua dele com sua própria língua.

Christopher interrompeu o beijo de repente, ofegante. Então, segurou o rosto dela entre as mãos e pressionou a testa contra a dela.

– É você? – perguntou ele com a voz rouca. – É?

Beatrix sentiu as lágrimas escorrendo de seus olhos, por mais que tentasse contê-las. Seu coração ardia em chamas. Parecia que toda a sua vida a levara àquele momento de amor não declarado.

Mas temia o desprezo dele, e sentia-se envergonhada demais de suas próprias ações para responder.

Os dedos de Christopher encontraram os vestígios de lágrimas na pele úmida. A boca dele voltou a encontrar os lábios trêmulos de Beatrix, demorando-se num canto delicado e subindo pelo rosto agora salgado.

Então ele a soltou, recuou e a encarou, desconcertado e furioso. O desejo exercia tamanha força sobre eles que Beatrix se perguntou, ainda zonza, como Christopher conseguia manter até mesmo aquela pequena distância.

Ele deixou escapar um suspiro trêmulo. E ajeitou as próprias roupas, movendo-se com um cuidado exagerado, como se estivesse intoxicado.

– Maldita seja. – A voz era baixa e tensa. Ele saiu pisando firme do estábulo.

Albert, que estivera sentado perto de uma baia, começou a andar rapidamente atrás de Christopher. Quando percebeu que Beatrix não os acompanhava, o terrier voltou para perto dela e ganiu.

Beatrix se abaixou para acariciá-lo.

– Vá, garoto – sussurrou ela.

Albert hesitou por mais um instante e correu atrás do dono.

E Beatrix ficou vendo os dois se afastarem, desesperada.

~

Dois dias depois, houve um baile na Stony Cross Manor, a mansão senhorial de lorde e Lady Westcliff. Seria difícil encontrar um cenário mais belo do que a antiga casa construída em pedra cor de mel, cercada por amplos jardins. Toda a propriedade estava situada sobre um penhasco com vista para o rio Itchen. Como eram vizinhos e amigos de lorde e Lady Westcliff, todos os Hathaways foram convidados. Cam, em particular, era uma companhia querida e frequente do conde, os dois eram muito próximos havia anos.

Embora Beatrix já houvesse sido convidada a Stony Cross Manor em várias ocasiões anteriores, ainda ficava espantada com a beleza da casa, principalmente o interior luxuoso. O salão de baile era incomparável, com piso de parquete em desenhos intricados e uma fileira dupla de candelabros. Duas das longas paredes tinham nichos semicirculares onde haviam sido instalados bancos estofados em veludo.

Depois de passar pelas longas mesas cheias de guloseimas e tomar um refresco, Beatrix entrou no salão com Amelia e Catherine. O recinto esbanjava cor, as damas usando luxuosos vestidos de baile, os homens elegantes em roupas formais. O brilho dos candelabros de cristal rivalizava com a farta exibição de joias femininas em pulsos, pescoços e orelhas.

O anfitrião da noite, lorde Westcliff, se aproximou para trocar amabilidades com Beatrix, Amelia e Catherine. Beatrix sempre gostara do conde, um homem honrado e cortês cuja amizade já beneficiara os Hathaways em inúmeras ocasiões. Com as feições irregulares, os cabelos negros como carvão e os olhos escuros, ele era mais impressionante do que belo. Tinha uma aura de poder tranquila e sem exageros. Westcliff convidou Catherine para dançar com ele, uma deferência que não passaria em branco aos demais convidados, e ela aceitou com um sorriso.

– Como ele é gentil – comentou Amelia com Beatrix, enquanto as duas observavam o conde levar Catherine para o meio dos casais que rodopiavam.

– Percebi que lorde Westcliff sempre faz questão de ser gentil e agradável com os Hathaways. Sabe que, assim, ninguém terá coragem de nos desprezar ou afrontar.

– Acho que ele gosta de pessoas pouco convencionais. Não é tão sisudo quanto se poderia presumir.

– Lady Westcliff com certeza diz isso – retrucou Amelia, sorrindo.

O comentário que faria morreu nos lábios de Beatrix quando ela viu o casal perfeito do outro lado do salão. Christopher Phelan estava conversando com Prudence Mercer. Roupas a rigor favoreciam qualquer homem. Em alguém como Christopher, eram literalmente de tirar o fôlego. Ele usava as vestimentas com naturalidade, a postura relaxada mas ereta, os ombros largos. O branco da gravata engomada fazia um forte contraste com a pele bronzeada, enquanto a luz dos candelabros cintilava nos cabelos cor de bronze.

Amelia seguiu o olhar da irmã e ergueu as sobrancelhas.

– Que homem atraente – comentou ela. E voltou a atenção para Beatrix. – Você gosta dele, não é?

Antes que Beatrix conseguisse se conter, encarou a irmã com um olhar angustiado. Então baixou os olhos e falou:

– Já houve dezenas de vezes no passado em que eu deveria ter gostado de algum cavalheiro em particular. Ocasiões convenientes, apropriadas, fáceis. Mas não, quis esperar por alguém especial. Alguém que faria meu coração parecer ter sido pisoteado por elefantes, jogado no rio Amazonas e devorado por piranhas.

Amelia sorriu com compaixão e pousou a mão enluvada sobre a da irmã.

– Bea, querida. Consolaria seu coração saber que essa sensação de paixão cega é absolutamente comum?

Beatrix virou a palma da mão para cima, segurando a mão de Amelia. Desde que a mãe delas morrera, quando Bea tinha 12 anos, Amelia vinha sendo uma fonte interminável de amor e paciência.

– O que estou sentindo é uma paixão cega? – ela se ouviu perguntar baixinho. – Porque parece ser algo muito pior. Como uma doença fatal.

– Eu sei, querida. É difícil saber a diferença entre paixão e amor. O tempo acabará dizendo. – Amelia fez uma pausa. – Ele se sente atraído por você – disse por fim. – Todos percebemos naquela noite em que o capitão esteve lá em casa. Por que não o encoraja, querida?

Beatrix sentiu a garganta apertada.

– Não posso.

– Por que não?

– Não posso explicar – Beatrix respondeu com uma expressão infeliz –, só posso dizer que o enganei.

Amelia fitou a irmã, surpresa.

– Isso não parece com você. De todas as pessoas que conheci, você é a que menos provavelmente enganaria alguém.

– Não tive a intenção de enganá-lo. E ele não sabe que fui eu. Mas acho que desconfia.

– Ah. – Amelia franziu o cenho, como se estivesse assimilando a declaração surpreendente. – Bem. Isso está me parecendo uma grande confusão. Talvez você devesse confiar nele. A reação de Phelan pode vir a surpreendê-la. O que a mamãe costumava dizer sempre que chegava no limite da paciência conosco?... "O amor perdoa tudo." Você se lembra?

– É claro – disse Beatrix. Ela escrevera exatamente essa frase para Christopher em uma das cartas que mandara para ele. Sua garganta parecia cada vez mais apertada. – Amelia, não posso conversar sobre isso agora. Ou vou me jogar no chão e começar a chorar.

– Santo Deus, não faça isso. Alguém pode tropeçar em você.

A conversa foi interrompida quando um cavalheiro se aproximou e convidou Beatrix para dançar. Embora ela não estivesse com a menor vontade de dançar naquele momento, seria muita falta de educação recusar um convite em um baile particular. A menos que se tivesse uma desculpa óbvia e plausível, como uma perna quebrada, aceitava-se a dança.

E, na verdade, não foi um sacrifício assim tão grande ser par daquele cavalheiro, Sr. Theo Chickering. Era um jovem atraente e simpático, que Beatrix conhecera em sua última temporada social em Londres.

– Me daria a honra, Srta. Hathaway?

Beatrix sorriu para ele.

– Seria um prazer, Sr. Chickering. – Ela soltou a mão da irmã e seguiu seu par.

– Está com uma aparência adorável esta noite, Srta. Hathaway.

– Obrigada. O senhor é muito gentil.

Beatrix estava usando seu melhor vestido, de um violeta cintilante. O corpete tinha o decote baixo, revelando uma porção generosa da pele pálida. Os cabelos haviam sido encaracolados e presos no alto num penteado, usando vários grampos com pérolas nas pontas. Mas, a não ser por isso, ela não usava mais nenhum adereço.

Beatrix sentiu os cabelos da nuca se arrepiarem e deu uma rápida olhada ao redor do salão. Seu olhar imediatamente encontrou um par de frios olhos cinzentos. Christopher a estava fitando, muito sério.

Chickering conduziu Beatrix graciosamente em uma valsa. Ao completar uma volta, ela olhou de relance por sobre o ombro, mas Christopher já não a estava mais encarando.

Na verdade, não olhou para ela mais uma vez sequer depois daquilo.

Beatrix se forçou a rir e a dançar com Chickering, enquanto refletia que não havia nada mais difícil do que tentar fingir que estava feliz quando de fato não estava. Ela observou Christopher discretamente. Ele estava cercado por mulheres que queriam flertar e de homens que queriam ouvir histórias de guerra. Ao que parecia, todos desejavam estar próximos do homem que muitos chamavam de o mais festejado herói de guerra da Inglaterra. Christopher recebeu todas as atenções com tranquilidade, parecendo composto e cortês, abrindo de vez em quando um sorriso charmoso.

– É difícil para um homem competir com *aquilo* – disse Chickering a Beatrix em tom seco, apontando com a cabeça na direção de Christopher. – Fama, grande fortuna, cabelos fartos. E não se pode nem desprezá-lo, porque ele ganhou a guerra sozinho.

Beatrix riu e encarou seu par com um olhar zombeteiro, fingindo pena.

– O senhor não causa menos impressão do que o capitão Phelan, Sr. Chickering.

– Por que parâmetros? Não sou militar e nunca tive fama ou grande fortuna.

– Mas tem os cabelos fartos – retrucou Beatrix.

Chickering sorriu.

– Dance comigo outra vez e poderá ver minhas abundantes madeixas à vontade.

– Obrigada, mas já dancei com o senhor duas vezes, mais uma e já seria escandaloso.

– A senhorita parte meu coração – disse ele, e Beatrix sorriu.

– Há várias damas adoráveis aqui que ficariam felizes em consertá-lo – gracejou ela. – Por favor, vá ser generoso com elas. Afinal, um homem que dança bem como o senhor não deve ser monopolizado.

Enquanto Chickering se afastava dela com relutância, Beatrix ouviu uma voz familiar atrás de si.

– Beatrix.

Embora sentisse vontade de se encolher, endireitou os ombros e se virou para encarar a antiga amiga.

– Olá, Prudence – cumprimentou. – Como vai?

Prudence estava suntuosa num vestido cor de marfim, as saias formando uma espuma de renda amarelo-clara com padrões de botões de rosa feitos em seda rosada.

– Estou muito bem, obrigada. Que vestido elegante... você parece muito adulta esta noite, Bea.

Beatrix sorriu ironicamente diante do comentário condescendente vindo de uma moça que era um ano mais nova que ela.

– Tenho 23 anos, Pru. Ousaria dizer que já venho parecendo adulta há algum tempo.

– É claro.

Uma pausa longa e constrangida se seguiu.

– Quer alguma coisa? – perguntou Beatrix, sem meias-palavras.

Prudence sorriu e chegou mais perto.

– Sim. Quero agradecer-lhe.

– Pelo quê?

– Você tem sido uma amiga leal. Poderia facilmente ter estragado as coisas entre mim e Christopher, se houvesse revelado o nosso segredo, mas não fez isso. Manteve sua promessa. Não acreditei que o faria.

– Por que não?

– Acho que pensei que você talvez tentasse atrair a atenção de Christopher para si. Por mais ridícula que fosse essa ideia.

Beatrix inclinou a cabeça de leve.

– Ridícula?

– Talvez essa não seja a palavra certa. Quis dizer inadequada. Porque um homem na posição de Christopher precisa de uma mulher sofisticada. De alguém que o apoie na sociedade. Com a fama e a influência que tem, Christopher talvez entre para a política algum dia. E ele dificilmente poderia fazer isso com uma mulher que passa a maior parte do tempo na floresta... ou nos estábulos.

Aquele lembrete sutil foi como uma flecha no coração de Beatrix.

"Ela é mais adequada aos estábulos do que aos salões", Christopher dissera certa vez.

Beatrix conseguiu se forçar a dar um sorriso descuidado, torcendo para que não parecesse uma careta.

– Sim, eu me lembro.

– Mais uma vez, obrigada – disse Prudence. – Nunca estive tão feliz. Passei a estimar muito o capitão Phelan. Logo ficaremos noivos. – Ela voltou o olhar na direção de Christopher, que estava parado perto da entrada do salão de baile com um grupo de cavalheiros. – Veja como é bonito – comentou Prudence, com um orgulho afetuoso. – Prefiro quando está de uniforme, com todas aquelas adoráveis medalhas, mas ele também fica sensacional de preto, não fica?

Beatrix voltou a atenção para Prudence, tentando descobrir um modo de se livrar dela.

– Ah, veja!... Lá está Marietta Newbury. Você já lhe contou sobre seu noivado iminente? Tenho certeza de que ela ficará encantada em saber.

– Ah, é verdade, Marietta vai adorar as novidades! Você vem comigo?

– Obrigada, mas estou morta de sede. Vou até a mesa de refrescos.

– Voltaremos a nos falar em breve – prometeu Prudence.

– Ficarei encantada.

Prudence se afastou com um farfalhar de renda branca.

Beatrix bufou irritada e soprou um cacho de cabelos para longe da testa. Ela arriscou outro olhar na direção de Christopher, que estava entretido em uma conversa. Embora sua atitude fosse calma, até mesmo estoica, havia um brilho de suor em seu rosto. Christopher afastou o olhar de seus acompanhantes por um momento e passou discretamente a mão trêmula pela testa.

Será que estava se sentindo mal?

Beatrix o observou com mais atenção.

A orquestra estava tocando uma música animada, obrigando a multidão no salão de baile a falar mais alto para conseguir ser ouvida. Tanto barulho, tantas cores... tantos corpos confinados num único lugar. Mais barulho vinha da sala onde estava a comida e a bebida: tilintar de copos, talheres arranhando a porcelana. A rolha de uma garrafa de champanhe estourou, e Beatrix viu Christopher se crispar ao ouvir o barulho.

Naquele momento ela compreendeu.

Tudo aquilo era demais para ele. Os nervos de Christopher estavam no limite. O esforço para manter o autocontrole estava exigindo toda a sua energia.

Sem pensar duas vezes, Beatrix foi até ele o mais rápido que pôde.

– Aqui está o senhor, capitão Phelan – exclamou ela.

Os cavalheiros pararam de conversar diante da inconveniente interrupção.

– Não adianta se esconder de mim – continuou Beatrix, animada. – Lembre-se de que me prometeu um passeio pela galeria de quadros de lorde Westcliff.

O rosto de Christopher estava imóvel, as pupilas tão dilatadas que a íris cinzenta quase havia desaparecido no negro.

– É verdade – respondeu ele, num tom rígido.

Os outros cavalheiros assentiram na mesma hora. Era a única coisa que poderiam fazer diante da ousadia de Beatrix.

– Com certeza não o impediremos de cumprir uma promessa, Phelan – disse um deles.

Outro concordou.

– Ainda mais uma promessa feita a uma criatura tão encantadora quanto a Srta. Hathaway.

Christopher assentiu brevemente.

– Com sua licença – disse ele aos companheiros e ofereceu o braço a Beatrix.

Assim que se afastaram dos cômodos principais, a respiração de Christopher ficou pesada. Estava suando muito, e os músculos de seus braços estavam rígidos sob os dedos dela.

– Essa atitude não fez nenhum bem à sua reputação – comentou ele, referindo-se ao modo como Beatrix se aproximara dele.

– Não se preocupe com minha reputação.

Como conhecia a distribuição dos cômodos na mansão, Beatrix o levou até uma pequena estufa do lado de fora. O telhado circular ficava apoiado em colunas estreitas e o lugar era fracamente iluminado pelas tochas que cercavam os jardins.

Christopher se apoiou na parede da estufa, fechou os olhos e inspirou o ar fresco e doce. Parecia um homem que acabara de emergir de um longo mergulho.

Beatrix ficou por perto, observando-o com preocupação.

– Muito barulho, lá dentro?

– Muito de tudo – murmurou ele. Depois de algum tempo, entreabriu os olhos. – Obrigado.

– De nada.

– Quem era aquele homem?

– Qual deles?

– O homem com quem você estava dançando.

– O Sr. Chickering? – Beatrix sentiu o coração muito mais leve ao ver que ele notara. – Ah, é um cavalheiro encantador. Eu o havia conhecido em Londres. – Ela fez uma pausa. – Por acaso também me viu falando com Pru?

– Não.

– Bem, conversamos. Ela parece convencida de que se casará com você.

Não houve qualquer alteração na expressão dele.

– Talvez isso aconteça mesmo. É o que ela merece.

Beatrix não sabia bem como responder àquilo.

– Gosta dela?

Christopher a olhou com uma expressão de profundo escárnio.

– Como poderia não gostar?

Ela franziu mais a testa.

– Se vai ser sarcástico, talvez seja melhor eu voltar lá para dentro.

– Vá, então. – Ele fechou os olhos outra vez e continuou apoiado na parede.

Beatrix se sentia tentada a voltar mesmo. No entanto, quando olhou para as feições rígidas e suadas dele, sentiu uma incrível onda de ternura dominá-la.

Christopher parecia tão grande e invulnerável, sem nenhum sinal visível de emoção, a não ser pela ruga entre as sobrancelhas. Mas Beatrix sabia que ele estava exaurido. Nenhum homem gostava de perder o controle, e menos ainda um homem cuja própria vida dependera com tanta frequência de sua habilidade de se dominar.

Ah, como Beatrix gostaria de dizer a ele que a casa secreta dela estava próxima. *Venha comigo*, ela diria, *e o levarei a um lugar tranquilo e encantador*.

Em vez disso, ela pegou um lenço de um bolso escondido em seu vestido e se aproximou dele.

– Fique parado – disse.

Então se colocou na ponta dos pés e, delicadamente, secou o rosto dele com o lenço.

E Christopher permitiu.

Ele baixou os olhos quando ela terminou, a boca tensa.

– Tenho esses momentos de... loucura – comentou, em um tom irritado. – No meio de uma conversa, ou quando estou fazendo algo absolutamente trivial, uma imagem aparece na minha mente. Então tenho um instante de ausência, e não sei o que acabei de dizer ou fazer.

– Que tipo de imagem? – perguntou Beatrix. – Coisas que viu na guerra?

Christopher assentiu quase imperceptivelmente.

– Isso não é loucura – disse ela.

– Então o que é?

– Não estou certa.

Ele deixou escapar uma risada sem humor.

– Você não tem ideia do que está falando.

– Ah, não?

Beatrix o encarou com intensidade, imaginando até onde poderia confiar nele. O instinto de autopreservação lutava contra o desejo de ajudá-lo, de dividir sua intimidade com ele. *"Audácia, ajuda-me!"*, ela pensou angustiada, invocando sua frase favorita de Shakespeare. Era praticamente um lema da família Hathaway.

Muito bem. Ela contaria a ele o segredo constrangedor que nunca contara a ninguém fora da própria família. Se o ajudasse, o risco teria valido a pena.

– Eu furto coisas – disse Beatrix, de repente.

E conseguiu chamar a atenção dele.

– Perdão?

– Coisas pequenas. Caixinhas de rapé, cera de lacrar cartas, quinquilharias. Mas nunca de propósito.

– Como você pode roubar sem ser de propósito?

– Ah, é terrível! – continuou Beatrix, num tom ardente. – Estou em uma loja, ou na casa de alguém, vejo algum pequeno objeto... pode ser alguma coisa de valor, como uma joia, ou insignificante como um pedaço de barbante... e a mais terrível sensação me domina. Como uma ansiedade, uma agitação... Já teve uma coceira tão terrível que ou coçava ou morria? E que não pode coçar?

Ele torceu os lábios.

– Já. Normalmente por dentro da bota do uniforme do Exército, enquanto estávamos com água até os joelhos em uma trincheira. Com tiros por toda a parte. Essa situação era a garantia de uma coceira terrível.

– Santo Deus. Bem, tento resistir, mas a situação vai ficando cada vez pior, até que finalmente pego o objeto e o escondo em meu bolso. Então, mais tarde, quando volto para casa, fico mortificada, cheia de vergonha, e tenho que encontrar um modo de devolver as coisas que peguei. Minha família me ajuda. E é *tão* mais difícil devolver uma coisa do que furtá-la... – Beatrix fez uma careta. – Às vezes, nem tenho plena consciência do que estou fazendo. Por isso fui expulsa antes de terminar a escola. Eu tinha uma coleção de fitas de cabelo, restos de lápis, livros... e tentei devolver tudo, mas não conseguia me lembrar dos lugares certos. – Ela levantou os olhos para ele, tensa, imaginando se veria a condenação em seu rosto.

Mas a boca de Christopher estava menos rígida, seus olhos mais calorosos.

– Quando começou?

– Depois que meus pais morreram. Meu pai foi se deitar uma noite, sentindo dores no peito, e nunca mais acordou. Mas foi ainda pior com minha mãe... ela parou de falar, raramente comia e se afastou de tudo e de todos. Morreu de tristeza alguns meses mais tarde. Eu era muito jovem, egocêntrica, acho... porque me senti abandonada. Ficava me perguntando por que minha mãe não me amara o bastante para ficar comigo.

– Isso não significa que você fosse egocêntrica. – A voz dele era tranquila e gentil. – Qualquer criança teria reagido assim.

– Meu irmão e minhas irmãs tomaram conta de mim muito bem – falou Beatrix. – Mas foi bem depois de mamãe ter morrido que meu problema apareceu. Agora está muito melhor do que antes... quando estou me sentindo segura, tranquila, não roubo mais nada. Só em momentos difíceis, quando estou inquieta ou ansiosa, me descubro voltando a furtar.

Ela ergueu os olhos para Christopher com uma expressão carinhosa.

– Acho que seu problema vai diminuir com o tempo, como aconteceu com o meu. E voltará de vez em quando, mas só por momentos breves. Não será sempre assim tão ruim.

A luz das tochas cintilava nos olhos de Christopher, fixos nela. Ele estendeu a mão e puxou-a mais para perto, com uma ternura lenta, surpreendente. Uma das mãos segurou o queixo dela, os dedos longos e calosos. Para espanto de Beatrix, Christopher ajeitou a cabeça dela contra seu ombro. E passou os braços ao redor dela. Nada jamais pareceu tão maravilhoso. Beatrix se apoiou nele, zonza de prazer, sentindo o peito de Christopher subir e descer a cada respiração. Ele brincou com os cachinhos de sua nuca e o roçar do polegar na pele dela provocou um arrepio que lhe desceu pela espinha.

– Tenho uma abotoadura de prata que é sua – disse Beatrix com a voz trêmula, o rosto encostado contra o tecido macio do paletó dele. – E um pincel de barbear. Voltei à sua casa para devolver o pincel, e em vez disso acabei pegando a abotoadura. Fiquei com medo de tentar devolvê-los, porque tenho certeza de que acabaria furtando mais alguma coisa.

Ele deixou escapar um murmúrio divertido.

– Antes de mais nada, por que pegou o pincel?

– Já lhe disse, não consigo evitar...

– Não. Quero dizer, por que estava se sentindo ansiosa?

– Ah, não tem importância.

– Para mim, tem.

Beatrix recuou apenas o bastante para conseguir olhar para ele. *Era você. Estava ansiosa por sua causa.* Mas o que ela disse foi:

– Não me lembro. Tenho que voltar lá para dentro.

Ele afrouxou o abraço.

– Pensei que não estivesse preocupada com a sua reputação.

– Bem, ela conseguirá sobreviver a alguns danos – disse Beatrix em um tom sensato. – Mas prefiro não vê-la em pedaços.

– Vá, então. – Christopher afastou as mãos do corpo dela, que começou a se afastar. – Mas Beatrix...

Ela parou por um instante e voltou-se para ele, insegura.

– Sim?

Os olhos dele se prenderam aos dela.

– Quero meu pincel de barbear de volta.

Um lento sorriso curvou os lábios de Beatrix.

– Eu o devolverei em breve – prometeu ela, e o deixou sozinho sob a luz do luar.

CAPÍTULO 16

– Beatrix, veja quem está aqui! – Rye foi até o cercado dos cavalos com Albert trotando atrás.

Beatrix estava trabalhando com um cavalo recém-adquirido, que tivera um péssimo treinamento quando ainda era um potro e depois fora vendido pelo dono insatisfeito. O cavalo tinha o hábito potencialmente letal de empinar e certa vez quase esmagara um cavaleiro que tentava adestrá-lo. O animal ficou agitado com o surgimento do menino e do cão, mas Beatrix o acalmou e o fez dar uma volta lenta ao redor do cercado.

Ela olhou de relance para Rye, que subira na cerca e se sentara na trave mais alta. Albert por sua vez se sentou no chão e descansou o queixo na trave mais baixa, observando Beatrix com os olhos alertas.

– Albert veio sozinho? – perguntou Beatrix, perplexa.

– Sim. E não estava de coleira. Acho que deve ter fugido de casa.

Antes que Beatrix pudesse dizer alguma coisa, o cavalo parou e começou a empinar, irritado. No mesmo instante, ela afrouxou as rédeas e se inclinou para a frente, passando o braço direito pelo pescoço do animal. Assim que o cavalo voltou a colocar as patas dianteiras no chão, ela o incitou a seguir em frente. Então o fez girar em meios-círculos bem fechados, primeiro para a direita, depois para a esquerda, e voltou a andar a passo.

– Por que o faz girar assim? – perguntou Rye.

– Foi seu pai que me ensinou isso. É para deixar claro para o cavalo que ele e eu devemos trabalhar juntos. – Ela deu uma palmadinha no pescoço do animal e o manteve em um passo tranquilo. – Nunca se deve puxar as rédeas quando um cavalo está empinando, isso pode fazer com que ele caia para trás. Quando sinto que ele está ficando mais leve na frente, o estimulo a andar um pouco mais rápido. O cavalo não consegue empinar enquanto está andando.

– Quando sabe que ele está domado?

– Não há um momento exato em que se sabe – falou Beatrix. – Simplesmente continuo a trabalhar e ele vai melhorando pouco a pouco.

Beatrix apeou e guiou o cavalo até a cerca. Rye acariciou o pescoço acetinado.

– Albert – disse Beatrix, amigavelmente, inclinando-se para acariciar o cão. – O que está fazendo aqui? Fugiu de seu dono?

Albert balançou a cauda com entusiasmo.

– Dei um pouco de água a ele – falou Rye. – Podemos ficar com Albert esta tarde?

– Lamento, mas não. O capitão Phelan deve estar preocupado com o sumiço dele. Vou ter que levá-lo de volta.

O menino deu um longo suspiro.

– Eu pediria para ir com você – disse ele –, mas tenho que terminar minhas lições. Mal posso esperar pelo dia em que saberei tudo. Então não terei que ler mais nenhum livro, nem fazer mais nenhuma conta.

Beatrix sorriu.

– Não quero desencorajá-lo, Rye, mas é impossível saber *tudo*.

– A mamãe sabe. – Rye ficou algum tempo em silêncio, pensativo. – Ao menos, papai diz que devemos fingir que ela sabe, porque isso a deixa feliz.

– Seu pai – disse Beatrix com uma gargalhada – é um dos homens mais sábios do mundo.

~

Só quando Beatrix já havia cavalgado até a metade do caminho em direção à Phelan House, com Albert trotando a seu lado, foi que se lembrou que ainda estava usando botas e calções. Sem dúvida a vestimenta excêntrica irritaria Christopher.

Ela não tivera notícias dele na semana seguinte ao baile em Stony Cross Manor. E embora Beatrix com certeza não esperasse que Christopher a procurasse, sem dúvida teria sido um gesto cordial da parte dele. Eram vizinhos, afinal. Ela saíra para caminhar todos os dias, na esperança de encontrá-lo dando um longo passeio, mas não vira sinal de Christopher.

Não poderia ter ficado mais óbvio que ele não estava interessado nela, de forma alguma. O que levara Beatrix a chegar à conclusão de que fora um grave erro confiar em Christopher. Fora pretensiosa ao presumir que o problema dela era comparável ao dele.

– Recentemente percebi que não estou mais apaixonada por ele – disse ela a Albert quando já se aproximavam da Phelan House. – É um enorme alívio. Agora já não me sinto nervosa diante da perspectiva de vê-lo. Acredito que essa seja a prova de que o que senti por Christopher foi apenas uma paixão cega, porque já não sinto mais nada. Não me importo nem um pouco com o que ele faz ou com quem se casará. Nossa, que sensação deliciosa de liberdade... – Ela baixou os olhos para o cão, que não parecia nem um pouco convencido do que estava ouvindo. Beatrix deixou escapar um longo suspiro.

Ao chegar à entrada da casa, ela apeou e entregou as rédeas a um cavalariço. E reprimiu um sorriso encabulado ao ver como o rapaz a encarava.

– Deixe meu cavalo pronto para partir, por favor. Não vou demorar. Venha, Albert.

Ela foi recebida na porta da frente pela Sra. Clocker, que ficou estupefata com a vestimenta da visita.

– Santo Deus, Srta. Hathaway... – Ela pareceu engasgar com as palavras. – Está usando...

– Sim, me desculpe, sei que não estou apresentável, mas vim em um rompante. Albert apareceu na Ramsay House hoje, e estou devolvendo-o à senhora.

– Obrigada – disse a governanta em um tom distraído. – Não havia notado o sumiço dele. Com o patrão fora de si...

– Fora de si? – Beatrix ficou imediatamente preocupada. – Como assim, Sra. Clocker?

– Não devo comentar.

– Deve, sim. Sou uma pessoa absolutamente confiável. Sou muito discreta, só faço fofocas com os animais. O capitão Phelan está doente? Aconteceu alguma coisa?

A governanta baixou o tom de voz até não passar de um sussurro.

– Três noites atrás, todos sentimos um cheiro de fumaça vindo do quarto do patrão. Ele estava bêbado como um gambá e havia jogado o uniforme no fogo da lareira, junto com todas as medalhas! Conseguimos resgatar as medalhas, embora o uniforme tenha ficado arruinado. Depois disso, o patrão se trancou no quarto e começou a beber. Sem parar. Colocamos água na bebida, até onde ousamos, mas... – Ela deu de ombros, impotente. – Ele não fala com ninguém. Chamamos o médico, mas o patrão não o recebeu. E quando trouxemos o pastor, ontem, o Sr. Phelan o ameaçou de morte. Estamos considerando a possibilidade de chamar a Sra. Phelan.

– A mãe dele?

– Deus do céu, não. A Sra. Phelan mais jovem. Não acredito que a mãe fosse ser de alguma ajuda.

– Sim, Audrey é uma boa escolha. Ela é sensata e o conhece bem.

– O problema – disse a governanta – é que demoraria pelo menos dois dias para ela chegar... e temo...

– O quê?

– Essa manhã ele pediu uma navalha e um banho quente. Ficamos com medo de atendê-lo, mas não ousamos recusar. Fico me perguntando se o patrão não fará algum mal a si mesmo.

Duas coisas ficaram bastante claras para Beatrix: primeiro, a governanta jamais teria confiado tanto nela se não estivesse mesmo desesperada; e segundo, Christopher estava sofrendo terrivelmente.

Ela sentiu a dor dele como uma pontada em seu próprio corpo. Tudo o que dissera a si mesma sobre sua recém-adquirida liberdade se provou ridículo. Era louca por Christopher. Faria qualquer coisa por ele. Ansiosa, Beatrix se perguntava do que ele precisaria, que palavras poderiam acalmá-lo. Mas não estava chegando a conclusão alguma. Não conseguia pensar em nada razoável. Tudo o que sabia era que queria estar com ele.

– Sra. Clocker – disse com cautela – será que... seria possível que a senhora não notasse caso eu subisse as escadas?

A governanta arregalou os olhos.

– Eu... Srta. Hathaway... não acho que seria seguro. Nem sensato.

– Sra. Clocker, minha família sempre acreditou que quando nos deparamos com problemas grandes, de solução aparentemente impossível, as melhores saídas são encontradas pelas pessoas insanas, não pelas sensatas.

A governanta pareceu confusa e abriu a boca para discordar, mas logo a fechou.

– Se a senhorita gritar por socorro – ela se aventurou a dizer depois de um instante –, iremos ajudá-la.

– Obrigada, mas tenho certeza de que não será necessário.

Beatrix entrou na casa e foi direto para as escadas. Quando Albert fez menção de segui-la, ela o impediu.

– Não, rapaz. Fique aqui embaixo.

– Venha, Albert – disse a governanta. – Vamos encontrar algumas sobras para você na cozinha.

O cachorro mudou de rumo sem se deter, caminhando alegremente junto com a Sra. Clocker.

Beatrix subiu as escadas devagar. Quantas vezes, pensou com tristeza, já buscara compreender uma criatura selvagem ferida. Mas era muito diferente quando se tratava de penetrar no mistério de um ser humano.

Beatrix chegou à porta do quarto de Christopher e bateu com delicadeza. Como não houve resposta, ela entrou.

Para sua surpresa, o quarto estava muito claro, a luz do sol de agosto iluminando as partículas de poeira que flutuavam perto da janela. O ar cheirava a bebida alcoólica, fumaça e sabão de banho. Uma banheira portátil ocupava um dos cantos do quarto, e havia pegadas úmidas atravessando o tapete.

Christopher estava recostado na cama desfeita, meio jogado sobre uma pilha de travesseiros, com uma garrafa de conhaque presa de modo negligente entre os dedos. O olhar apático se dirigiu a Beatrix e parou nela, os olhos ficando subitamente alertas.

Ele usava uma calça marrom, apenas parcialmente fechada, e... mais nada. O corpo de Christopher era como um longo arco dourado sobre a cama, esguio e muito musculoso. Cicatrizes marcavam a pele bronzeada em alguns pontos... havia uma em forma de um triângulo irregular no lugar em que uma baioneta espetara o ombro, várias marcas onde o corpo fora atingido por estilhaços de bombas e uma pequena depressão na lateral, provavelmente causada por um tiro.

Devagar, Christopher ergueu o corpo na cama e pousou a garrafa sobre a mesa de cabeceira. Meio inclinado sobre a beira do colchão, com os pés nus pousados no chão, ele encarou Beatrix sem expressão. Os cachos de seus cabelos ainda estavam úmidos, escuros como ouro velho. E como seus ombros eram largos, os músculos se espalhando pela linha poderosa dos braços.

– Por que está aqui? – A voz saiu rouca após tanto tempo em silêncio.

Com esforço, Beatrix conseguiu afastar o olhar hipnotizado da pele cintilante do peito de Christopher.

– Vim devolver Albert – disse ela. – Ele apareceu na Ramsay House hoje. E me contou que você o estava negligenciando. E que não o tem levado para passear.

– Albert fez isso? Não tinha ideia de que ele fosse tão linguarudo.

– Talvez você pudesse colocar... mais alguma roupa... e vir caminhar comigo? Para clarear as ideias?

– Esse conhaque está clareando as minhas ideias. Ou estaria, se meus malditos criados parassem de aguá-lo.

– Venha caminhar comigo – insistiu ela. – Ou posso acabar sendo forçada a usar a minha voz de adestradora de cães com você.

Christopher a encarou com uma expressão sinistra.

– Já fui adestrado. Pelo Exército Real de Sua Majestade.

Apesar da luz do sol no quarto, Beatrix sentiu a presença de pesadelos espreitando nos cantos. Estava convencida de que ele deveria sair, ir para o ar livre, longe daquele confinamento.

– Por que isso? – perguntou ela. – O que provocou?

Christopher ergueu a mão num gesto irritado, como se para afastar um inseto.

Beatrix foi caminhando na direção dele, cautelosa.

– Não – disse ele num tom ríspido. – Não se aproxime. Não diga nada. Apenas vá embora.

– Por quê?

Christopher balançou a cabeça com impaciência.

– Sejam quais forem as palavras necessárias para fazê-la partir, considere-as ditas.

– E se eu não for?

Os olhos dele assumiram um brilho demoníaco, o rosto muito rígido.

– Então a arrastarei para essa cama e forçarei meu corpo dentro do seu.

Beatrix não acreditou naquilo nem por um segundo. Mas a declaração serviu para revelar a enormidade do sofrimento dele, que o levava a fazer tal ameaça. Ela o encarou com um olhar cético e paciente e disse:

– Você está bêbado demais para me alcançar.

E se surpreendeu com o movimento súbito.

Christopher a alcançou, rápido como um leopardo, e espalmou as mãos na porta atrás de Beatriz, uma de cada lado da cabeça da moça.

– Não estou tão bêbado quanto pareço. – A voz dele era baixa e rouca.

Beatrix levantou os braços em um ato reflexo, cruzando-os sobre o rosto. E precisou lembrar a si mesma de voltar a respirar. O problema foi que, assim que ela voltou a respirar, parecia não conseguir mais controlar os próprios pulmões, que funcionavam como se ela houvesse corrido por quilômetros. Diante daquele muro rígido de masculinidade, Beatrix quase podia sentir o calor da pele dele.

– Está com medo de mim agora? – perguntou Christopher.

Ela negou com um movimento leve de cabeça, os olhos arregalados.

– Mas deveria.

Beatrix se assustou ao sentir a mão dele deslizar por sua cintura, até a lateral do corpo, numa carícia insolente. A respiração de Christopher ficou mais acelerada quando ele descobriu que ela não usava espartilho. A mão, então, se moveu lentamente pelas formas naturais dela.

Christopher semicerrou os olhos, e seu rosto estava mais vermelho quando ele a encarou. A mão chegou ao seio e o contornou com suavidade. Beatrix sentiu as pernas bambas. O polegar e o indicador dele capturaram o bico do seio e o apertaram delicadamente.

– Última chance – falou Christopher numa voz gutural. – Saia ou vá para a minha cama.

– Não tem uma terceira opção? – perguntou Beatrix com a voz fraca, ofegando sob o toque dele.

Como resposta, Christopher a levantou no colo com surpreendente facilidade e a carregou para a cama. Beatrix foi jogada sobre o colchão. Antes que pudesse se mover, ele estava sobre o corpo dela, toda a força esguia e dourada dominando-a.

– Espere – disse Beatrix. – Antes de forçar o seu corpo dentro do meu, gostaria de ter cinco minutos de uma conversa racional. Apenas cinco. Com certeza não é pedir muito.

Os olhos dele eram impiedosos.

– Se queria uma conversa racional, deveria ter procurado outro homem. O seu Sr. Chittering.

– É Chickering – corrigiu Beatrix, contorcendo-se sob o corpo dele. – E ele não é meu, e... – Ela afastou a mão de Christopher quando ele voltou a tocar seu seio. – Pare com isso. Só quero... – Implacável, ele alcançou o botão que abria a blusa dela. Beatrix o encarou aborrecida. – Muito bem, então – disse ela irritada –, faça como quiser! Talvez depois possamos ter uma conversa coerente. – Beatrix se virou sob o corpo dele, ficando de bruços.

Christopher ficou imóvel. Depois de uma longa hesitação, ela o ouviu perguntar em uma voz mais normal.

– O que está fazendo?

– Facilitando as coisas para você – foi a resposta em tom de desafio. – Vamos, comece a me violentar.

Outro silêncio. Então:

– Por que está de bruços?

– Por que é assim que isso é feito. – Beatrix virou a cabeça para olhá-lo por sobre o ombro. Uma ponta de dúvida a fez perguntar. – Não é?

Ele parecia perplexo.

– Ninguém nunca lhe contou?

– Não, mas já li a respeito.

Christopher saiu de cima dela, aliviando-a de seu peso. Ele tinha uma expressão estranha no rosto quando perguntou:

– Em que livros?

– Manuais de veterinária. E, é claro, já vi esquilos na primavera, e os animais da fazenda e...

Ela foi interrompida quando Christopher pigarreou alto uma vez, e outra. Quando o encarou, confusa, percebeu que ele tentava controlar uma risada.

Beatrix começou a se sentir indignada. Sua primeira vez na cama com um homem, e ele estava *rindo*.

– Olhe aqui – ela falou de um modo muito profissional –, já li sobre os hábitos de acasalamento de cerca de duas dúzias de espécies e, com exceção das lesmas, cuja genitália fica no pescoço, todos... – Beatrix se interrompeu e franziu o cenho. – Por que está rindo de mim?

Christopher estava às gargalhadas. Quando levantou a cabeça e viu a expressão afrontada dela, lutou com virilidade contra outro surto de riso.

– Beatrix. Não estou... não estou rindo de você.

– Está, sim!

– Não, não estou. É só que... – Ele limpou uma lágrima de riso do canto do olho e mais algumas risadinhas escaparam. – Esquilos...

– Ora, pode ser divertido para você, mas é uma questão muito séria para os esquilos.

A declaração provocou um novo ataque de riso em Christopher. Em uma demonstração clara de insensibilidade no que se referia aos direitos reprodutivos dos pequenos mamíferos, Christopher enfiou o rosto num travesseiro, os ombros se sacudindo.

– O que tem de tão divertido na fornicação dos esquilos? – perguntou ela, irritada.

Dessa vez, ele chegou muito perto da apoplexia.

– Chega – ofegou Christopher. – Por favor.

– Pelo que entendo, não é da mesma forma com as pessoas – disse Beatrix com grande dignidade, mas sentindo-se mortificada por dentro. – Elas não fazem isso como os animais?

Christopher se esforçou para recuperar o autocontrole e rolou na cama para encará-la. Os olhos ainda estavam brilhando com gargalhadas contidas.

– Sim, não. Isto é, fazem, mas...

– Mas você não prefere dessa forma?

Enquanto pensava em como responder à pergunta, Christopher estendeu a mão e ajeitou o cabelo desalinhado de Beatrix, que estava se soltando dos grampos.

– Prefiro. Sou muito fã dessa forma, para falar a verdade. Mas não seria boa para você em sua primeira vez.

– Por que não?

Christopher olhou para ela, enquanto um sorriso lento curvava seus lábios.

– Devo lhe mostrar?

Beatrix ficou petrificada.

Interpretando a imobilidade dela como assentimento, ele virou o corpo de Beatrix na cama e se colocou lentamente sobre ela. Christopher a tocou com cuidado, ajeitando os membros dela, espalhando-os na cama para recebê-lo. Beatrix arquejou ao sentir os quadris dele se encaixarem sobre os dela. Christopher estava excitado, e a pressão rígida do membro dele se encaixava contra ela intimamente. Ele apoiou parte do peso nos braços e fitou o rosto ruborizado dela.

– Assim costuma ser mais prazeroso para a dama – disse Christopher, arremetendo de leve.

O movimento delicado fez com que uma onda de prazer percorresse o corpo de Beatrix. Ela não conseguiu dizer nada, os sentidos preenchidos por ele, os quadris se curvando num arco desesperado. Beatrix levantou os olhos para a superfície poderosa do peito dele, coberto pelo manto irresistível de pelos dourados.

Christopher abaixou um pouco mais o corpo, a boca demorando-se logo acima da dela.

– De frente um para o outro... eu poderia beijá-la o tempo todo. E o formato do seu corpo me receberia delicadamente... assim...

Os lábios dele capturaram os dela, instigando-os a se abrirem, arrancando calor e prazer do corpo dócil de Beatrix. Ela o sentia em toda a extensão de si mesma, o calor e o peso da forma masculina ancorando-a.

Christopher murmurava palavras carinhosas, beijando-a ao longo do pescoço, enquanto soltava os botões da blusa e abria o tecido. Beatrix usava apenas uma camisa de baixo curta, do tipo que costumava ser colocada por cima do espartilho. Ele puxou para baixo o decote rendado e expôs um seio redondo e pálido, o bico já rígido e rosado. Então abaixou a cabeça e acariciou o seio de Beatrix com os lábios e a língua. Os dentes dele roçaram levemente os nervos sensíveis. E enquanto isso, continuava o movimento rítmico e implacável mais abaixo. Christopher a estava cavalgando, dominando, levando o desejo a uma escala insuportável.

As mãos dele sustentavam a cabeça dela quando ele voltou a beijá-la, a boca aberta num beijo profundo, como se estivesse tentando arrancar a alma do corpo submisso. Beatrix reagiu com avidez, usando o braço e as pernas para segurá-lo. Mas subitamente o soltou, com uma exclamação rouca, e se afastou.

– Não – ela se ouviu gemer. – Por favor...

Christopher levou os dedos aos lábios dela, acariciando-os com delicadeza até que ela se calasse.

Eles ficaram deitados um ao lado do outro, encarando-se, lutando para recuperar o fôlego.

– Meu Deus, quero você. – Christopher parecia muito pouco satisfeito ao admitir isso. O polegar dele continuava a acariciar os lábios inchados de beijos dela.

– Mesmo eu o irritando?

– Você não me irrita. – Ele voltou a abotoar a blusa dela. – A princípio achei que sim. Mas agora percebo que era mais como a sensação que se tem quando o pé está dormente. Quando nos movemos, o sangue volta a circular e é desconfortável... mas também é bom. Entende o que quero dizer?

– Sim. Faço seus pés formigarem.

Um sorriso se abriu no rosto dele.

– Entre outras coisas.

Eles continuaram deitados juntos, se encarando.

Ele tinha um rosto incomparável, pensou Beatrix. Forte, impecável... mas mesmo assim sem ser de uma perfeição fria por causa das linhas de humor nos cantos dos olhos e do traço de sensualidade nas curvas dos lábios. O desgaste sutil das feições o fazia parecer... experiente. Era o tipo de rosto que acelerava o coração de uma mulher.

Num gesto tímido, Beatrix estendeu a mão para tocar a cicatriz de baioneta no ombro dele. A pele era como cetim quente, a não ser pela marca escura e irregular do ferimento cicatrizado.

– Como deve ter doído – sussurrou ela. – Seus ferimentos ainda doem?

Christopher balançou a cabeça de leve.

– Então... o que o está atormentando?

Ele permaneceu em silêncio, a mão apoiada no quadril dela. Enquanto pensava, Christopher passou os dedos por baixo da blusa dela e acariciou sua barriga com as costas da mão.

– Não posso voltar a ser quem eu era antes da guerra – disse por fim. – E não posso ser quem eu era durante a guerra. E se não sou nenhum desses homens, não sei o que me restou para ser. Exceto pela consciência de que matei mais homens do que posso contar. – O olhar de Christopher estava distante, como se ele estivesse olhando para um pesadelo. – Sempre os oficiais primeiro, isso os desestabilizava, então mirava no restante que se espalhava. Eles caíam como brinquedos derrubados por uma criança.

– Mas essas foram as ordens que recebeu. Eles eram o inimigo.

– Não dou a mínima para isso. Eram homens. Eram amados por alguém. Jamais conseguirei esquecer isso. Você não sabe como é, quando um homem leva um tiro. Nunca ouviu homens feridos na batalha, implorando por água, ou para que alguém terminasse o que o inimigo começara.

Christopher rolou para o lado, sentou-se na cama e abaixou a cabeça.

– Estou tendo ataques de fúria – disse em uma voz abafada. – Tentei atacar um de meus próprios cavalariços ontem, eles lhe contaram isso? Cristo, não sou melhor do que Albert. Jamais poderei dividir a cama com uma mulher novamente... posso matá-la durante o sono e nem perceber o que estou fazendo até ser tarde demais.

Beatrix também se sentou.

– Você não faria isso.

– Você não tem como saber. É tão inocente... – Christopher se interrompeu de repente, a respiração trêmula. – Deus, não consigo me arrastar para fora desse inferno. E não consigo viver com isso dentro de mim.

– Com o quê? – perguntou ela com gentileza, percebendo que alguma coisa em particular o estava atormentando, alguma lembrança insuportável.

Christopher não a ouviu. Sua mente estava em outro lugar, observando as sombras. Quando Beatrix começou chegar mais perto, ele ergueu os braços como se quisesse se defender, as palmas viradas para fora. Aquele gesto, em mãos tão fortes, atingiu diretamente o coração de Beatrix.

Ela sentiu uma necessidade incontrolável de puxá-lo mais para perto, como se para afastá-lo de um precipício. Mas não fez isso. Beatrix manteve as mãos no colo e observou o lugar onde as pontas dos cabelos dele tocavam o pescoço bronzeado. Os músculos das costas de Christopher estavam tensos. Se ao menos ela pudesse passar a mão pela superfície rígida, ondulada. Se ao menos pudesse tranquilizá-lo. Mas Christopher precisava encontrar o próprio caminho para fora do inferno que o consumia.

– Um amigo meu morreu em Inkerman – disse ele enfim, a voz hesitante e rouca. – Um de meus tenentes. Seu nome era Mark Bennett e ele era o melhor soldado do regimento. Sempre foi honesto. E tinha a mania de fazer piada nas horas erradas. Se você pedisse a Mark para fazer alguma coisa, por mais difícil e perigosa que fosse, seria feita. Ele arriscaria a vida por qualquer um de nós.

Christopher fez uma pausa e em seguida prosseguiu:

– Os russos haviam posicionado atiradores em cavernas e em antigas cabanas de pedra na encosta da montanha. Estavam atirando diretamente em nossas baterias de cerco, e o general decidiu que era preciso tomar a posição russa. Três unidades de Rifles foram escolhidas. Uma unidade dos hussardos recebeu ordem de cavalgar em direção ao inimigo caso eles tentassem nos encurralar. Foram guiados por um homem que eu detestava. O tenente-coronel Fenwick. Todos o odiavam. Ele comandava o mesmo regimento de cavalaria em que comecei quando comprei minha primeira patente.

Christopher ficou em silêncio, perdido em lembranças. As pálpebras semicerradas sombreavam seu rosto.

– Por que ele era tão odiado? – perguntou Beatrix.

– Fenwick costumava ser cruel sem razão. Gostava de infligir punições a seu bel-prazer. Ordenava açoitamentos e privações pela menor das infrações. E quando inventava desculpas para disciplinar os homens, eu intervinha. Fenwick me acusou de insubordinação e eu quase fui levado a julgamento por isso. Ele foi a principal razão de eu ter sido transferido para a Brigada de Rifles. Então, em Inkerman, descobri que teria que depender do apoio da cavalaria dele.

Christopher deixou escapar um suspiro lento, irregular, então continuou:

– Antes que os homens alcançassem as trincheiras, paramos numa ravina onde ficávamos protegidos dos tiros diretos. A noite estava caindo. Nos dividimos em três grupos. Abrimos fogo, os russos devolveram, e nós localizamos as posições que queríamos tomar. Avançamos com as armas... abatendo o máximo de russos que conseguimos... então chegamos ao combate homem a homem. Acabei me separando de Bennett durante a luta. Os russos revidaram quando os reforços deles chegaram... então choviam granadas e balas. Homens caíam ao meu redor... os corpos abertos, os ferimentos expostos. Meus braços e minhas costas queimavam por causa dos estilhaços. Não conseguia encontrar Bennett. Estava escuro e tínhamos que recuar. Eu tinha deixado Albert esperando na ravina. Chamei e ele veio. Em meio àquele inferno, contra todos os instintos naturais dele, Albert foi comigo encontrar homens feridos na escuridão. Ele me guiou até o lugar onde dois homens jaziam na base da montanha. Um deles era Bennett.

Beatrix fechou os olhos, sentindo-se mal fisicamente, enquanto chegava à conclusão óbvia:

– E o outro era o coronel Fenwick – disse ela.

Christopher assentiu com a fisionomia fechada.

– Fenwick fora arrancado do cavalo, que sumira. Uma de suas pernas estava quebrada... uma bala acertara a lateral do corpo dele... havia boas chances de que conseguisse sobreviver. Mas Bennett... seu abdômen estava aberto, ele mal estava consciente. Estava morrendo aos poucos. Queria que fosse eu em seu lugar, devia ter sido eu. Estava sempre me arriscando. Bennet era tão cuidadoso. Ele queria voltar para a família e para a mulher de quem gostava. Não sei por que não fui eu. Esse é o inferno em uma batalha... tudo é decidido ao acaso, nunca se sabe se você será o próximo. Você pode tentar se esconder e uma granada o encontra. Pode correr direto em direção ao inimigo, então uma bala trava no rifle e é o seu fim. Tudo depende da sorte. – Ele cerrou o maxilar contra um tremor de emoção.

– Queria tirar os dois homens dali em segurança, mas não havia ninguém para me ajudar. E não poderia deixar Fenwick. Se fosse capturado, o inimigo conseguiria arrancar informações cruciais dele, informações referentes à inteligência. Fenwick tivera acesso a todos os despachos do general, sabia tudo sobre estratégias e suprimentos... sobre tudo.

Beatrix encarou o perfil parcialmente oculto de Christopher.

– Você teve que salvar primeiro o coronel Fenwick – sussurrou ela, o peito apertado de compaixão e piedade, quando enfim compreendeu. – Antes de poder salvar seu amigo.

– Eu disse a Mark: "Vou voltar para pegá-lo. Vou voltar, juro. Estou deixando Albert com você." Havia sangue na boca dele. Eu sabia que Mark queria me dizer alguma coisa, mas ele não conseguiu. Albert ficou perto dele enquanto eu pegava Fenwick, o jogava sobre meu ombro e o levava de volta para a ravina. Quando voltei para resgatar Bennett, o céu estava em fogo, a fumaça tornava difícil ver mais do que alguns metros adiante. O brilho dos disparos era como o de relâmpagos. Bennett sumira. Eles o haviam levado. Albert estava ferido, alguém o acertara com uma baioneta. Uma das orelhas dele estava meio pendurada... ainda há uma cicatriz irregular no lugar em que o ferimento não foi corretamente costurado depois. Fiquei ao lado de Albert com o meu rifle, e mantivemos nossa posição até que as unidades dos Rifles avançassem de novo. Foi quando finalmente tomamos os buracos dos russos, e tudo acabou.

– O tenente Bennett nunca foi encontrado? – perguntou Beatrix, em voz baixa.

Christopher balançou a cabeça.

– Ele não foi devolvido na troca de prisioneiros. Não teria como viver muito depois de capturado. Mas talvez eu pudesse tê-lo salvado. Jamais saberei. Jesus. – Ele secou os olhos úmidos com a manga e ficou em silêncio.

Christopher parecia estar esperando por alguma coisa... simpatia que não aceitaria, condenação que não merecia. Beatrix se perguntava o que uma pessoa mais sábia ou mais experiente que ela teria dito. Não tinha ideia. Tudo o que poderia oferecer era a verdade.

– Você precisa me escutar – ponderou. – Era uma escolha impossível. E o tenente Bennet... Mark... não o culpou.

– Eu me culpo. – Ele parecia exausto.

Como Christopher deve estar cansado da morte, pensou Beatrix com compaixão. Como deve estar cansado de sentir tristeza e culpa. Mas o que ela disse foi:

– Ora, isso não tem lógica. Sei que deve atormentá-lo pensar que ele morreu sozinho, ou pior, nas mãos do inimigo. Mas não é o modo como Mark morreu que importa, e sim como ele viveu. Enquanto esteve vivo, Mark soube que era amado. Tinha família, amigos. Isso é tudo o que um homem deseja ter.

Christopher balançou a cabeça. Não adiantava. Nenhuma palavra poderia ajudá-lo.

Então Beatrix estendeu a mão para ele, incapaz de permanecer distante. Ela deixou a mão deslizar com carinho ao longo da pele dourada e quente do ombro de Christopher.

– Não acho que deva se culpar – disse. – Mas não importa o que acho. Você terá que chegar a essa conclusão sozinho. Não foi sua culpa ter se visto diante de uma escolha tão terrível. Você precisa se dar tempo para melhorar.

– E quanto tempo isso vai levar? – perguntou Christopher num tom amargo.

– Não sei – admitiu Beatrix. – Mas você tem a vida inteira.

Ele deixou escapar uma risada cáustica.

– É tempo demais...

– Entendo que se sinta responsável pelo que aconteceu com Mark. Mas já foi perdoado por quaisquer que tenham sido os seus pecados. Foi, *sim* – insistiu ela quando ele balançou a cabeça. – O amor perdoa tudo. E tantas pessoas... – Beatrix parou quando sentiu todo o corpo dele enrijecer.

– O que você disse? – Ela o ouviu perguntar num sussurro.

Beatrix percebeu o erro que acabara de cometer. Seus braços se afastaram do corpo dele.

O sangue começou a latejar nos ouvidos dela, o coração batendo tão acelerado que achou que iria desmaiar. Sem pensar, cambaleou para longe dele, para fora da cama, até o meio do quarto.

E com a respiração saindo em arquejos, virou-se de frente para Christopher.

Ele a estava encarando, os olhos cintilando com uma luz louca, estranha.

– Eu sabia – sussurrou Christopher.

Beatrix se perguntou se ele tentaria matá-la.

E decidiu não esperar para descobrir.

O medo deu a ela a velocidade de uma lebre apavorada. Beatrix disparou para a porta, antes que ele pudesse alcançá-la, abriu-a num rompante e desceu desabalada as escadas. Suas botas pareciam fazer um barulho enorme nos degraus conforme ela descia.

Christopher foi correndo até o batente da porta, chamando o nome dela.

Beatrix não parou nem por um instante, sabendo que ele a perseguiria assim que estivesse totalmente vestido.

A Sra. Clocker estava parada perto do hall de entrada, parecendo preocupada e surpresa.

– Srta. Hathaway? O que...

– Acho que ele sairá do quarto agora – disse Beatrix depressa, descendo os últimos degraus em um pulo. – Está na hora de eu ir.

– Ele... a senhorita...

– Se ele pedir para que selem seu cavalo – falou Beatrix, ofegante –, por favor, diga para que façam isso *bem devagar*.

– Sim, mas...

– Adeus.

E a jovem saiu da casa às pressas, como se houvesse demônios atrás dela.

CAPÍTULO 17

Beatrix fugiu em disparada para o único lugar em que sabia que Christopher não a encontraria.

Ela não deixou de perceber a ironia da situação: estava se escondendo de Christopher no lugar que mais ansiara compartilhar com ele. E sabia muito bem que não poderia se esconder dele para sempre. Haveria um acerto de contas.

Mas depois de ver a expressão no rosto de Christopher quando ele percebera que fora ela que o enganara, Beatrix queria adiar aquele acerto de contas pelo maior tempo possível.

Ela cavalgou inquieta até a casa secreta na propriedade de lorde Westcliff, prendeu o cavalo e subiu as escadas até o quarto da torre. Era um cômodo parcamente mobiliado, com um par de cadeiras em mau estado, um canapé velho com o encosto baixo, uma mesa bamba e a cabeceira de uma cama encostada contra uma das paredes. Beatrix mantivera o quarto limpo e enfeitara as paredes com desenhos não emoldurados de paisagens e animais.

Um prato com tocos de velas queimados estava sobre o parapeito da janela.

Depois de deixar o ar fresco entrar no cômodo, ela começou a andar de um lado para outro, murmurando freneticamente para si mesma:

– Christopher vai me matar! Ótimo, será melhor do que saber que ele me odeia. Um estrangulamento rápido e tudo estará terminado. Gostaria de poder eu mesma me estrangular para poupá-lo do aborrecimento. Talvez deva me jogar da janela. Se ao menos nunca tivesse escrito aquelas cartas. Se ao menos tivesse sido honesta. Oh, e se ele for até a Ramsay House e esperar por mim lá? E se...

Beatrix deteve-se abruptamente ao ouvir um barulho do lado de fora. Um *latido*. Ela espiou pela janela e viu a forma esguia e peluda de Albert trotando ao redor da casa. E Christopher, amarrando o cavalo perto do dela.

Ele a encontrara.

– Ai, meu Deus! – sussurrou Beatrix, empalidecendo.

Ela se virou e apoiou as costas na parede, sentindo-se como uma prisioneira prestes a encarar a execução. Aquele era um dos piores momentos de toda a sua vida... e à luz de algumas das dificuldades pelas quais os Hathaways haviam passado nos últimos tempos, isso era muita coisa.

Logo depois, Albert entrou no quarto e foi até ela.

– Você o trouxe até aqui, não foi? – Beatrix o acusou num sussurro furioso. – *Traidor!*

Parecendo arrependido, Albert foi até uma das cadeiras, subiu nela e apoiou o focinho nas patas. Suas orelhas se ergueram ao ouvir o som cadenciado de passos nos degraus.

Christopher entrou no quarto, abaixando a cabeça para passar pelo batente pequeno da porta medieval. Então endireitou o corpo e deu uma olhada rápida no cômodo antes de cravar os olhos em Beatrix. Ele a encarava com a fúria mal controlada de um homem que já suportara demais.

Beatrix desejou ser do tipo de mulher que desmaiava. Parecia ser a única reação apropriada à situação.

Infelizmente, não importava quanto ela tentasse provocar um desmaio, sua mente teimosa permanecia consciente.

– Sinto muito – disse ela, e sua voz soou estridente.

Não houve resposta.

Christopher se aproximou lentamente, como se achasse que Beatrix poderia tentar fugir mais uma vez. Quando a alcançou, ele a pegou pelos braços com firmeza para que ela não tivesse a chance de escapar de novo.

– Me diga por que fez isso – falou em uma voz baixa e vibrante, cheia de... ódio? Fúria? – Não, maldição, não chore. Foi um joguinho? Foi apenas para ajudar Prudence?

Beatrix afastou os olhos e deixou escapar um soluço de pura infelicidade.

– *Não*, não foi um jogo... Pru me mostrou sua carta e me disse que não iria escrever de volta. E eu *tinha* que responder. Tive a sensação de que havia sido escrita para mim. Deveria ter sido apenas uma vez. Mas então você escreveu de novo, e me permiti mandar só mais uma carta... então mais uma, e outra...

– Quanto de tudo aquilo era verdade?

– Tudo – disse Beatrix num rompante. – A não ser pela assinatura do nome de Pru. O resto era verdadeiro. Se você não puder acreditar em mais nada, por favor, acredite nisso.

Christopher ficou em silêncio por um longo tempo. E sua respiração começou a ficar mais pesada.

– Por que parou?

Beatrix sentiu como era difícil para ele perguntar. Mas que Deus a ajudasse... era muito pior ter que responder.

– Porque eu estava sofrendo demais. As palavras significavam muito para mim. – Ela se forçou a seguir em frente, apesar de estar chorando. – Eu me apaixonei por você e sabia que jamais poderia tê-lo. Não conseguiria mais me fazer passar por Pru. Eu o amava tanto, não poderia...

As palavras dela foram subitamente abafadas.

Christopher a estava beijando, Beatrix percebeu, tonta. O que aquilo significava? O que ele queria? O que... mas seus pensamentos pareceram se dissolver, e ela parou de tentar encontrar sentido em alguma coisa.

Os braços dele se fecharam ao redor de Beatrix, e uma de suas mãos a segurava pela nuca. Abalada até a alma, ela moldou o corpo ao dele. Christopher capturou os soluços dela com a própria boca, a língua invadindo-a

161

num beijo forte e selvagem. Tinha que ser um sonho, mas os sentidos dela continuavam a insistir que era real... o cheiro, o calor, a rigidez do corpo dele a envolvendo. Christopher a puxou ainda mais para perto, quase a impedindo de respirar. Mas Beatrix não se importava. O prazer do beijo a inundava, entorpecendo-a, e quando ele afastou a cabeça, ela protestou com um gemido desnorteado.

Christopher a forçou a voltar a olhar para ele.

– Amava? – perguntou com uma voz rouca. – No passado?

– No presente – ela conseguiu responder.

– Você me pediu para descobrir quem era.

– Não tinha a intenção de lhe mandar aquele bilhete.

– Mas mandou. Você me queria.

– Queria. – Mas lágrimas escaparam dos olhos dela, que ardiam. Christopher se inclinou e colou os lábios em sua face, saboreando o gosto salgado das lágrimas.

Os olhos cinzentos dele a encararam, não mais cintilando com o fogo do inferno, mas suaves como fumaça.

– Amo você, Beatrix.

No final das contas, talvez ela fosse, sim, capaz de desmaiar.

Com certeza a sensação era de desmaio, os joelhos ameaçando ceder, a cabeça caindo sobre o ombro dele, enquanto Christopher abaixava o corpo de ambos sobre o tapete fino. Ele apoiou a nuca de Beatrix sobre seu braço e voltou a beijá-la. Ela se entregou completamente ao beijo, incapaz de se conter. As pernas deles se entrelaçaram, e Christopher enfiou a coxa entre as dela.

– Achei que você fosse me odiar... – A voz confusa dela parecia vir de muito longe.

– Nunca. Você poderia fugir para os cantos mais longínquos da terra. Não há lugar para onde pudesse ir em que eu não a amaria. Nada que pudesse fazer me deteria.

Ela estremeceu ao perceber o que ele estava fazendo, as mãos fortes abrindo as roupas dela e deslizando para tocar seu corpo. Os seios de Beatrix estavam quentes, os mamilos rígidos quando ele os tocou.

– Pensei que você fosse me matar – disse ela com dificuldade.

A sombra de um sorriso passou pelos lábios dele.

– Não, não era isso que eu queria fazer.

Ele voltou a capturar a boca de Beatrix, beijando-a com um ardor faminto, rude. Então abriu a frente dos calções que ela usava e suas mãos encontraram a superfície firme da barriga dela. Ele deixou a mão ir mais longe dentro dos calções abertos, até chegarem à curva do quadril nu. Seus dedos exploraram com delicadeza, mas com uma curiosidade insistente que a fez se contorcer e ficar toda arrepiada.

– Christopher – gaguejou ela, lutando para abrir a frente da calça dele. Mas ele segurou seu pulso e o afastou.

– Já faz muito tempo. Não confio em mim mesmo com você.

Beatrix pressionou o rosto ardente no pescoço dele, no lugar onde a camisa estava aberta, e sentiu o movimento da garganta de Christopher, engolindo com dificuldade, contra os lábios dela.

– Quero ser sua.

– Que Deus a ajude, você já é.

– Então me ame. – Ela beijou febrilmente o pescoço dele. – Me ame...

– Quieta – sussurrou Christopher. – Já resta muito pouco do meu autocontrole. Não posso fazer amor com você aqui. Não seria certo para você. – Ele beijou os cabelos desalinhados dela, enquanto passava a mão pelo quadril de Beatrix numa carícia incerta. – Converse comigo. Você realmente teria me deixado casar com Prudence?

– Se você parecesse feliz com ela. Se fosse ela a mulher de sua escolha.

– Eu queria *você*. – Ele a beijou, a boca forte castigando-a. – Quase enlouqueci procurando pelas coisas que amava nela e não as encontrando. Então comecei a ver essas coisas em você.

– Desculpe.

– Você deveria ter me contado.

– Sim, mas sabia que você ficaria zangado. E pensei que era ela que você queria. Bonita, vivaz...

– Com a personalidade de uma torradeira.

– Por que escreveu para ela?

– Eu me sentia solitário. Não a conhecia bem, mas precisava... de alguém. Quando recebi aquela resposta, sobre o burro de Mawdsley, o aroma de outubro e todo o resto... comecei a me apaixonar no mesmo instante. Achei que aquele era um outro lado de Prudence que eu ainda não havia conhecido. Nunca me ocorreu que aquelas cartas pudessem estar sendo escritas por outra pessoa. – Ele a encarou com uma expressão severa.

Beatrix devolveu o olhar, arrependida.

– Eu sabia que você não iria querer receber cartas minhas. Sabia que eu não era o tipo de mulher que você desejava.

Christopher virou Beatrix de lado e puxou-a contra seu corpo excitado.

– Parece mesmo que não a quero?

A pressão rígida do corpo dele, o calor que emanava de sua pele... Beatrix tinha os sentidos entorpecidos... era como se estivesse bêbada... como se houvesse se embriagado da luz das estrelas. Ela fechou os olhos e apoiou o rosto no ombro dele.

– Você me achava estranha – falou Beatrix numa voz abafada.

Christopher deixou a boca roçar na orelha dela e deslizar até o pescoço. Beatrix percebeu que ele sorria.

– Meu amor... você é estranha.

Um sorriso curvou os lábios dela em resposta. Beatrix estremeceu quando Christopher se moveu acima dela, deitando-a de costas e usando a coxa para abrir as pernas dela. Então capturou a boca de Beatrix em beijos intermináveis, profundos, impacientes, deixando o sangue dela em fogo. Christopher começou a acariciá-la com as mãos fortes e calejadas, mãos de soldado. Os calções de Beatrix foram afastados de seus quadris pálidos.

Os dois ofegaram, a respiração saindo em arquejos, quando a palma da mão dele a tocou intimamente. Christopher afagou a umidade quente, abrindo-a, acariciando a entrada do corpo dela com a ponta do dedo.

Beatrix ficou quieta, sem resistir, o coração acelerado. O dedo de Christopher deslizou para dentro dela, empurrando com delicadeza a barreira da inocência de Beatrix. Ele abaixou a cabeça e pressionou a boca contra a curva macia dos seios. Ela deixou escapar um gemido quando sentiu que ele capturava o bico do seio rígido entre os lábios. Christopher começou a sugar e lamber o mamilo de Beatrix, ritmadamente. O dedo dele entrou mais fundo, a base da mão encontrando um lugar de absurda sensibilidade.

Beatrix se contorceu, já não via mais nada. Uma tensão desesperada e crescente a dominou, uma vez, mais uma, concentrada no ponto em que ele a acariciava, deixando-a rígida. Um gemido escapou dos lábios dela enquanto uma onda de prazer indescritível a invadia. E Christopher guiou-a mais além. Beatrix conseguiu falar com dificuldade por entre os lábios secos, a voz surpresa e trêmula.

– Christopher... não posso...

– Deixe acontecer – sussurrou ele contra a pele ruborizada. – Deixe acontecer.

Ele a acariciava em uma cadência cruel, sensual, levando-a cada vez mais às alturas. Os músculos de Beatrix lutavam contra a alarmante onda de sensações, então seu corpo começou a ceder, as veias se dilatando, o calor aumentando. Ela puxou a cabeça de Christopher, enfiou as mãos em seus cabelos e guiou sua boca até a dela. Christopher cedeu na mesma hora, sorvendo os gemidos e os arquejos, as mãos sedutoras acalmando os espasmos violentos do corpo dela.

O prazer intenso foi cedendo aos poucos, deixando Beatrix fraca e trêmula. Ela esticou o corpo, abriu os olhos e descobriu que estava deitada no chão, semidespida, aconchegada nos braços do homem que amava. Era um momento estranho, delicioso, vulnerável. Beatrix virou a cabeça na dobra do braço dele. E viu Albert, que adormecera na cadeira, sem o menor interesse pelas travessuras deles.

Christopher a acariciava lentamente, os nós dos dedos deslizando pelo vale entre os seios dela.

Beatrix inclinou a cabeça para trás para olhar para ele. A transpiração dera à pele de Christopher o brilho do metal polido, como se as feições fortes e másculas fossem trabalhadas em bronze. Ele estava com uma expressão absorta, como se o corpo dela o fascinasse, como se Beatrix fosse feita de alguma substância preciosa que ele nunca vira antes. Ela sentiu o hálito quente e suave dele sobre o rosto quando Christopher se abaixou para beijar a parte interna do seu pulso. Ele deixou a ponta da língua parada sobre a veia que pulsava ali. Era tão nova essa intimidade com Christopher... e ainda assim era necessária como o bater do próprio coração dela.

Beatrix nunca mais queria sair dos braços dele. Queria estar sempre com Christopher.

– Quando vamos nos casar? – perguntou ela com a voz lânguida.

Christopher roçou novamente os lábios em seu rosto. E abraçou-a com mais força.

E permaneceu em silêncio.

Beatrix o encarou, surpresa. A hesitação dele foi como uma balde de água fria.

– Nós vamos nos casar, não vamos?

Christopher voltou os olhos para o rosto ruborizado dela.

– Essa é uma pergunta difícil.

– Não, não é. É uma pergunta muito simples que pede apenas sim ou não como resposta!

– Não posso me casar com você até ter certeza de que isso será para o seu bem – disse ele em voz baixa.

– E por que haveria alguma dúvida em relação a isso?

– Você sabe por quê.

– Não sei, não!

Christopher torceu os lábios.

– Surtos de fúria, pesadelos, estranhas visões, bebida em excesso... isso parece com um homem adequado para se casar?

– Você ia se casar com Prudence – disse Beatrix, indignada.

– Não ia. Não faria isso com mulher alguma. Menos ainda com a mulher que amo mais que a minha própria vida.

Beatrix rolou para o lado e se sentou, puxando as roupas desfeitas ao seu redor.

– Quanto tempo pretende nos fazer esperar? Obviamente você não é perfeito, mas...

– Não ser perfeito é ser parcialmente calvo ou ter marcas de varíola. Meus problemas são um pouco mais sérios do que isso.

Beatrix respondeu com uma enxurrada ansiosa de palavras:

– Venho de uma família de pessoas cheias de defeitos, que se casam com outras pessoas cheias de defeitos. Todo mundo se arrisca quando ama.

– Eu a amo demais para arriscar sua segurança.

– Ame-me ainda mais então – implorou ela. – O bastante para se casar comigo sem se importar com os obstáculos.

Christopher a encarou com severidade.

– Você não acha que seria mais fácil para mim tomar o que quero sem pensar nas consequências? Quero você a cada momento do dia. Quero abraçá-la todas as noites. Quero tão desesperadamente fazer amor com você que mal consigo respirar. Mas não vou permitir que nenhum mal lhe aconteça, ainda mais provocado por minhas próprias mãos.

– Você não me machucaria. Seus instintos não permitiriam.

– Tenho os instintos de um louco.

Beatrix passou os braços ao redor dos joelhos dobrados.

– Você está disposto a aceitar os meus problemas – comentou ela num tom triste –, mas não vai me permitir aceitar os seus. – Então enfiou o rosto entre os braços. – Não confia em mim.

– Você sabe que não é essa a questão. Não confio em mim mesmo.

No estado sensível em que ela se encontrava, era difícil controlar as lágrimas. A situação era tão injusta que a enfurecia.

– Beatrix. – Christopher se ajoelhou ao lado dela, puxando-a para junto de si. Ela enrijeceu o corpo. – Deixe-me abraçá-la – pediu ele, junto ao ouvido de Beatrix.

– Se não nos casarmos, quando o verei? – perguntou ela com uma expressão da mais pura infelicidade. – Em visitas com acompanhantes? Passeios de carruagem? Momentos roubados?

Christopher alisou o cabelo dela e encarou os olhos úmidos.

– É mais do que tivemos até agora.

– Não é o bastante. – Beatrix passou os braços ao redor dele. – Não tenho medo de você. – Ela agarrou a parte de trás da camisa de Christopher e deu um leve puxão para enfatizar o que dizia. – Quero você, e você diz que me quer, e a única coisa que está se colocando em nosso caminho é *você*. Não me diga que sobreviveu a todas aquelas batalhas, que passou por tanta coisa e sofreu tanto, apenas para voltar para casa para *isso*...

Ele pousou os dedos na boca de Beatrix.

– Fique quieta. Deixe-me pensar.

– O que há para...

– Beatrix – advertiu ele.

Ela ficou em silêncio, o olhar preso às feições severas.

Christopher franziu a testa, pesando as possibilidades, debatendo a questão internamente sem parecer chegar a nenhuma conclusão satisfatória.

No silêncio que se instalou, Beatrix apoiou a cabeça no ombro dele. O corpo de Christopher era quente e confortável, os músculos fortes e flexíveis acomodavam com facilidade o peso dela. Ela se ajeitou, aproximando-se mais dele, até sentir a firmeza deliciosa do peito másculo contra seus seios. Então, ajustou melhor ainda a posição até sentir a pressão firme da parte de baixo do corpo de Christopher. Seu próprio corpo ansiava por receber o dele. Beatrix roçou os lábios furtivamente contra a pele salgada do pescoço de Christopher.

Ele apoiou a mão no quadril dela. E falou em uma voz divertida:

– Pare de se remexer. Não há como um homem conseguir pensar com você fazendo isso.

– Ainda não terminou de pensar?

– Não. – Mas ela sentiu um sorriso quando Christopher beijou sua testa. – Se você se casasse comigo – disse ele por fim –, eu me veria na posição de ter que proteger minha esposa de mim mesmo. E seu bem-estar e sua felicidade são tudo para mim.

Se... o coração de Beatrix parecia prestes a sair pela boca. Ela começou a falar, mas Christopher apoiou os nós dos dedos contra o seu queixo, fechando delicadamente sua boca.

– E apesar das fascinantes ideias que sua família possa ter sobre a relação conjugal – continuou ele –, tenho uma visão mais tradicional. O marido é o chefe da casa.

– Ah, com certeza – concordou Beatrix, um pouco rápido demais. – É nisso que minha família acredita também.

Ele semicerrou os olhos, sem acreditar.

Talvez ela houvesse exagerado. Na esperança de distraí-lo, Beatrix roçou o rosto na mão dele.

– Posso ficar com meus animais?

– É claro. – A voz dele se suavizou. – Jamais lhe negaria algo que é tão importante para você. Embora não possa evitar perguntar... o ouriço é negociável?

– Medusa? Ah, não, ela não conseguiria sobreviver sozinha. Foi abandonada pela mãe ainda filhote e tomo conta dela desde então. Acho que poderia tentar encontrar um novo lar para ela, mas não sei por que as pessoas não aceitam muito bem a ideia de ter ouriços como animais de estimação...

– Que estranho da parte delas... – comentou Christopher com ironia. – Muito bem, Medusa fica.

– Está me pedindo em casamento? – perguntou Beatrix, esperançosa.

– Não. – Christopher fechou os olhos e deixou escapar um suspiro curto. – Mas estou considerando a hipótese, mesmo contra o meu bom senso.

CAPÍTULO 18

Eles cavalgaram diretamente para a Ramsay House, com Albert pulando animado ao lado. Estava quase na hora do jantar, o que tornava provável que tanto Leo quanto Cam já houvessem concluído o trabalho do dia. Beatrix desejou ter tido tempo para preparar a família para a situação. E estava muito feliz por Merripen ainda estar na Irlanda, já que ele tinha a tendência de encarar todos os estranhos com desconfiança e não tornaria a situação mais fácil para Christopher. E Leo talvez fizesse objeções. A melhor opção era começar por Cam, sem dúvida o homem mais sensato da família.

No entanto, quando Beatrix tentou dar alguma sugestão a Christopher sobre de quem ele deveria se aproximar primeiro e o que deveria falar, ele a interrompeu com um beijo e disse que lidaria com a situação sozinho.

– Muito bem – retrucou ela com relutância. – Mas aviso a você que eles podem oferecer resistência ao casamento.

– *Eu* ofereço resistência ao casamento – Christopher a informou. – Ao menos teremos isso em comum.

Eles entraram na casa e foram diretamente para a sala de estar, onde Cam e Leo estavam entretidos em uma conversa e Catherine estava sentada diante de uma pequena escrivaninha.

– Phelan – disse Cam, levantando os olhos com um sorriso fácil –, veio ver a madeireira?

– Obrigado, mas estou aqui por outra razão.

Leo, que estava parado perto da janela, correu os olhos pela roupa amassada de Christopher e em seguida para o completo desalinho da irmã.

– Beatrix, querida, você saiu da propriedade vestida assim?

– Só dessa vez – confessou ela num tom arrependido. – Estava com pressa.

– Uma pressa que envolvia o capitão Phelan? – O olhar atento de Leo se fixou novamente em Christopher. – O que gostaria de discutir?

– É particular – disse Christopher em voz baixa. – E diz respeito à sua irmã. – Ele olhou de Cam para Leo.

Normalmente não teria havido dúvidas em relação a qual deles abordar. Como lorde da propriedade, Leo teria sido a primeira escolha. No entanto, os Hathaways pareciam ter estabelecido uma divisão de papéis bem pouco convencional.

– Com qual de vocês devo conversar? – perguntou Christopher.

Os dois apontaram um para o outro e responderam ao mesmo tempo.

– Com ele.

Cam falou com Leo.

– Você é o visconde.

– Mas é você que costuma lidar com esse tipo de coisa – protestou Leo.

– Sim. Mas você não vai gostar da minha opinião nesse caso.

– Você não está realmente considerando a hipótese de dar seu consentimento a eles, não é?

– De todas as irmãs Hathaways – disse Cam em tom ponderado – Beatrix é uma das mais aptas a escolher o próprio marido. Confio no julgamento dela.

Beatrix o brindou com um sorriso cintilante.

– Obrigada, Cam.

– O que está pensando? – perguntou Leo indignado. – Não pode confiar no julgamento de Beatrix.

– Por que não?

– Ela é jovem demais – disse Leo.

– Tenho 23 anos – protestou Beatrix. – Se fosse um cão, já estaria morta.

– E você é mulher.

– Com licença? – interrompeu Catherine. – Está querendo dizer que as mulheres não sabem escolher?

– Nesse tipo de assunto, estou. – Leo gesticulou para Christopher. – Dê uma olhada nesse camarada, parado aí como um maldito deus grego. Acha mesmo que ela o escolheu por causa do intelecto?

– Sou formado pela Universidade de Cambridge – disse Christopher em tom ácido. – Deveria ter trazido o meu diploma?

– Nesta família – interrompeu Cam –, não há exigência de diploma universitário para se provar a inteligência de alguém. Lorde Ramsay é um perfeito exemplo de como uma coisa não tem nada a ver com a outra.

– Phelan – disse Leo –, não tive a intenção de ofendê-lo, no entanto...

– Ele tem uma inclinação natural a fazer exatamente isso – Catherine voltou a interromper com falsa doçura.

Leo olhou carrancudo para a esposa e voltou a atenção para Christopher.

– Você e Beatrix não se conhecem há tempo o bastante para considerar a ideia de casamento. Não passa de algumas semanas, pelo que sei. E quanto a Prudence Mercer? Vocês estão praticamente noivos, não estão?

– Esses são pontos válidos – disse Christopher. – E vou respondê-los. Mas quero que saibam de antemão que sou contra o casamento.

Leo o encarou sem compreender.

– Quer dizer que é contra um casamento com a Srta. Mercer?

– Bem... sim. Mas também sou contra um casamento com Beatrix.

A sala ficou em silêncio.

– Isso é algum tipo de brincadeira... – falou Leo por fim.

– Infelizmente não é – retrucou Christopher.

Mais silêncio.

– Capitão Phelan – disse Cam, escolhendo as palavras com cuidado. – Veio até aqui para pedir nosso consentimento para se casar com Beatrix?

Christopher balançou a cabeça, negando.

– Se decidir me casar com Beatrix, farei isso com ou sem o consentimento de vocês.

Leo olhou para Cam.

– Bom Deus! – disse em tom de desespero. – Esse é pior do que Harry.

A expressão no rosto de Cam era de paciência cansada.

– Talvez devêssemos conversar com o capitão Phelan na biblioteca. Com conhaque.

– Quero minha própria garrafa – avisou Leo com determinação, e se levantou, abrindo caminho.

～

A não ser por alguns poucos detalhes mais íntimos que deixou de lado, Christopher contou tudo a eles. Foi impiedoso ao falar dos próprios defeitos, mas estava determinado a proteger Beatrix das críticas, mesmo as da família dela.

– Não é do feitio dela fazer joguinhos – disse Leo, balançando a cabeça depois que Christopher lhes contou sobre as cartas. – Deus sabe o que se passava na cabeça de Beatrix para fazer esse tipo de coisa.

– Não foi um joguinho – Christopher explicou com calma. – Acabou se tornando algo muito além do que qualquer um de nós dois esperava.

Cam o encarou com um olhar especulativo.

– Phelan, na empolgação de todas essas revelações um homem poderia facilmente se deixar levar. Você está *certo mesmo* de seus sentimentos por Beatrix? Porque ela é...

– Diferente – completou Leo.

– Sei disso. – Christopher sentiu os lábios se torcerem com um traço de humor. – Sei que ela furta coisas sem ter a intenção. Também usa calções, faz referências a filósofos gregos e lê uma quantidade excessiva de manuais de veterinária. Sei ainda que ela mantém como animais de estimação criaturas que outras pessoas pagam para serem exterminadas. – Ao pensar em Beatrix, ele sentiu um aperto de amor no peito. – Sei que ela jamais se mudaria para Londres, que só conseguiria sobreviver perto da natureza. Sei que é compassiva, inteligente e corajosa, e a única coisa de que realmente tem medo é de ser abandonada. E eu jamais faria isso, porque por acaso a amo com loucura. Mas há um problema.

– Qual? – perguntou Leo.

Christopher respondeu com uma única sílaba.

– Eu.

Vários minutos se passaram enquanto Christopher explicava o resto da questão... o comportamento inexplicável dele desde a guerra, os sintomas de uma condição muito próxima da loucura. Ele provavelmente não deveria ter se surpreendido com o fato de os dois outros homens terem recebido a informação sem alarme aparente. Mas não pôde deixar de se perguntar: que tipo de família era aquela?

Quando Christopher terminou, houve um longo momento de silêncio.

Leo olhou em expectativa para Cam.

– E?

– E o quê?

– Agora é a hora em que você saca um de seus malditos ditados ciganos. Algo sobre galos colocando ovos ou porcos dançando no pomar. É o que sempre faz. Vamos lá.

Cam o encarou com uma expressão sardônica.

– Não consigo pensar em nenhum neste exato momento.

– Por Deus. Já devo ter ouvido centenas deles. E Phelan não tem que ouvir nem *um*?

Cam ignorou Leo e voltou sua atenção para Christopher.

– Acredito que os problemas que descreveu vão diminuir de intensidade com o tempo. – Ele fez uma pausa. – Nosso irmão Merripen atestaria isso, se estivesse aqui.

Christopher o encarou em alerta.

– Merripen nunca lutou em uma guerra – continuou Cam com tranquilidade –, mas violência e perigo dificilmente estão limitados ao campo de batalha. Ele teve seus próprios demônios com que lutar, e os derrotou. Não vejo por que você não conseguiria fazer o mesmo.

– Acho que Phelan e Beatrix devem esperar – disse Leo. – Não haverá mal algum em esperar.

– Não sei se concordo com isso – retrucou Cam. – Como dizem os ciganos: "Leve tempo demais e o tempo o levará."

Leo assumiu uma expressão presunçosa.

– Sabia que haveria um ditado.

– Com todo o respeito – murmurou Christopher –, essa conversa não está levando a lugar algum. Ao menos um de vocês deveria argumentar que Beatrix merecia um homem melhor.

– Foi o mesmo que eu disse sobre a minha esposa – lembrou Leo. – E foi por isso que me casei com ela antes que Catherine pudesse encontrar um homem melhor do que eu. – Ele deu um sorrisinho ao observar o rosto irritado de Christopher. – Até agora, não fiquei assim tão impressionado com seus defeitos. Bebe mais do que deveria, tem dificuldade para controlar seus impulsos e tem um mau gênio. Todas essas características são praticamente pré-requisitos na família Hathaway. Imagino que ache que Beatrix deveria se casar com um jovem cavalheiro tranquilo, cuja ideia de empolgação seja colecionar caixas de rapé ou escrever sonetos. Ora, tentamos isso, mas não funcionou. Ela não quer esse tipo de homem. Ao que parece, Beatrix quer você.

– Ela é jovem e idealista demais para saber o que é melhor – disse Christopher. – Não confio em seu julgamento.

– Nem eu – concordou Leo. – Mas infelizmente nenhuma de minhas irmãs permite que eu escolha maridos para elas.

– Calma, vocês dois – intercedeu Cam com tranquilidade. – Tenho uma pergunta para você, Phelan... se decidir esperar indefinidamente antes de pedir Beatrix em casamento... pretende continuar a vê-la nesse meio-tempo?

– Sim – Christopher respondeu com honestidade. – Acho que nada conseguiria me manter longe dela. Mas seremos prudentes.

– Duvido muito – disse Leo. – A única coisa que Beatrix sabe sobre prudência é como soletrar a palavra.

– As fofocas não demorariam a começar – falou Cam –, e as críticas, o que mancharia a reputação de Beatrix. Como resultado, você teria que se casar com ela de qualquer modo. Não faz muito sentido postergar o inevitável.

– Está dizendo que *quer* que eu me case com ela? – perguntou Christopher, incrédulo.

– Não – retrucou Cam, parecendo lamentar. – Mas não posso dizer que sou muito fã da alternativa. Beatrix ficaria muito infeliz. Além do mais, qual de nós se ofereceria como voluntário para dizer a ela que terá que esperar?

Os três homens permaneceram em silêncio.

Beatrix sabia que teria poucos e preciosos momentos de descanso naquela noite, já que sua mente estava povoada de preocupações e dúvidas. Christopher não ficara para jantar, partira logo depois de ter conversado com Cam e Leo.

Amelia, que descera após colocar Alex na cama, nem sequer tentara esconder o prazer que sentiu ao saber das novidades.

– Gosto dele – declarou ela, abraçando Beatrix e logo recuando para olhar para a irmã, com um sorriso no rosto. – Parece ser um homem bom e honrado.

– E corajoso – acrescentou Cam.

– Sim – Amelia concordou muito séria. – Não se pode esquecer o que ele fez na guerra.

– Ah, não estava falando disso – disse Cam à esposa. – Estava me referindo ao fato de ele desejar se casar com uma das irmãs Hathaways.

Amelia mostrou a língua para ele, que sorriu.

O relacionamento entre o casal era muito relaxado, mas temperado com flertes e brincadeiras. Beatrix se perguntou se ela e Christopher algum dia conseguiriam construir algo semelhante, se ele deixaria de lado as defesas que erguera a ponto de permitir que ela se aproximasse.

Beatrix franziu a testa e se sentou perto de Amelia.

– Não paro de perguntar sobre a conversa que Cam e Leo tiveram com Christopher, e parece que nada foi decidido. Tudo o que fizeram foi beber conhaque.

– Asseguramos a Phelan que ficaríamos muito felizes em permitir que ele ficasse com você e o seu jardim zoológico – retrucou Leo. – Depois disso, ele disse que precisava pensar.

– Sobre o quê? – quis saber Beatrix. – O que há para pensar? Por que ele está demorando tanto para tomar uma decisão?

– O capitão Phelan é homem, querida – explicou Amelia com gentileza. – Pensar demais é muito difícil para eles.

– Ao contrário das mulheres – retorquiu Leo –, que têm a incrível habilidade de tomar decisões sem pensar nem por um instante.

~

Christopher voltou a Ramsay House pela manhã, parecendo muito... bem, *militar*, apesar de estar usando uma roupa informal de caminhada. Estava calmo e foi de uma educação impecável quando pediu para acompanhar Beatrix em uma caminhada. Embora ela se sentisse animada ao vê-lo, também estava inquieta. Christopher parecia cauteloso e sério, um homem com um dever possivelmente desagradável a cumprir.

E isso não era auspicioso.

Mesmo assim, Beatrix manteve uma aparência entusiasmada e levou Christopher para uma de suas caminhadas preferidas, um trecho que tinha as terras da fazenda à direita e a floresta à esquerda. A trilha continuava em uma espiral que entrava diretamente na floresta, atravessando outras antigas trilhas e terminando num riacho. Albert corria à frente deles e voltava, farejando com determinação enquanto seguiam.

– ... sempre que encontrar uma clareira como essa – falou Beatrix, levando Christopher a um prado pequeno banhado pelo sol –, é bem provável que seja um campo muito antigo, próximo da Idade do Bronze. Eles não sabiam nada sobre fertilizantes, por isso quando um pedaço de terra se tornava improdutivo, simplesmente plantavam em outra área. E as áreas de plantio antigas acabavam cobertas por tojos, samambaias e urzes. E aqui... – Ela mostrou a ele a cavidade de um carvalho perto da clareira – ... foi onde vi um filhote de uma espécie de falcão sair do ovo no início do verão. Esse tipo de falcão não constrói o próprio ninho, eles usam os que são feitos por outros pássaros. São tão rápidos quando voam que parecem foices cortando o ar.

Christopher ouvia com atenção. Com a brisa brincando em seus cabelos de ouro escuro e um leve sorriso nos lábios, estava tão bonito que era difícil não ficar encarando-o embasbacada.

– Você conhece todos os segredos desta floresta, não é? – perguntou ele com carinho.

– Há tanto a aprender, só arranhei a superfície. Enchi vários cadernos com esboços de animais e plantas e continuo a encontrar novas espécies para estudar. – Ela deixou escapar um suspiro melancólico. – Há rumores de que será formada uma sociedade de história natural em Londres. Gostaria de poder fazer parte dela.

– E por que não poderia?

– Tenho certeza de que não vão admitir damas – disse Beatrix. – Nenhum desses grupos aceita. Será uma sala cheia de homens velhos e barbudos, fumando cachimbo e compartilhando anotações entomológicas. O que é uma pena, porque ouso dizer que eu poderia falar sobre insetos tão bem quanto qualquer um deles.

Um sorriso se abriu rosto dele.

– Por mim já fico feliz por você não ter nem o cachimbo, nem a barba – falou Christopher. – No entanto, parece uma pena que alguém que gosta tanto de animais e insetos não tenha permissão para discuti-los. Talvez possamos persuadi-los a abrir uma exceção.

Beatrix virou-se para ele, surpresa.

– Você faria isso? Não se incomodaria com a ideia de uma mulher indo atrás de interesses tão pouco ortodoxos?

– É claro que não. Que lógica teria eu me casar com uma mulher que tem interesses pouco ortodoxos só para tentar torná-la uma pessoa comum?

Ela arregalou os olhos.

– Vai me pedir em casamento agora?

Christopher virou-a para que ficasse de frente para ele e acariciou a lateral do queixo de Beatrix com os dedos, fazendo com que ela erguesse o rosto.

– Há algumas coisas que quero discutir primeiro.

Ela o encarou em expectativa.

Christopher ficou muito sério. Então segurou a mão dela na dele e começou a caminhar com Beatrix pela trilha relvada.

– Primeiro... não vamos poder dividir uma cama.

Ela olhou para ele, sem compreender. E perguntou, num tom hesitante:

– Vamos ter um casamento platônico?

Ele quase tropeçou.

– *Não*. Deus, não. O que quis dizer é que teremos relações, mas não vamos dormir juntos.

– Mas... acho que eu gostaria de dormir com você.

Christopher apertou a mão dela com mais força.

– Meus pesadelos não a deixariam dormir.

– Não me importaria.

– Eu poderia estrangulá-la sem querer, no sono.

– Ah. Bem, com isso eu me importaria. – Beatrix franziu a testa, concentrada, enquanto os dois caminhavam lentamente. – Posso fazer um pedido em troca?

– Sim, qual seria?

– Você poderia deixar de tomar bebidas fortes e beber apenas vinho de agora em diante? Sei que usa o álcool como remédio para tratar de seus outros problemas, mas é possível que, na verdade, ele os esteja piorando, e...

– Não há necessidade de tentar me convencer, meu amor. Eu já havia resolvido fazer isso.

– Ah! – Beatrix sorriu, satisfeita.

– Só há mais uma coisa que quero lhe pedir – continuou Christopher. – Não quero mais vê-la em atividades perigosas como subir em árvores, treinar cavalos meio selvagens ou remover animais ferozes de armadilhas e assim por diante.

Beatrix olhou para ele num protesto mudo, resistindo à perspectiva de qualquer cerceamento de sua liberdade.

Christopher compreendeu.

– Não serei irracional – disse ele calmamente. – Mas preferia não ter que me preocupar com a possibilidade de você se machucar.

– As pessoas se machucam o tempo todo. Saias de mulheres pegam fogo, ou pessoas são atropeladas por veículos que passam em alta velocidade pelas estradas, ou tropeçam e caem...

– Esse é exatamente o meu argumento. A vida já é perigosa o bastante sem que se provoque a sorte.

Ocorreu a Beatrix que sua família colocara muito menos restrições a ela do que um marido colocaria. E teve que lembrar a si mesma que aquele casamento também teria compensações.

– ... tenho que ir a Riverton em breve – Christopher estava dizendo. – Tenho muito a aprender sobre administrar uma propriedade, para não mencionar o mercado madeireiro. De acordo com o capataz da propriedade, a produção de madeira de Riverton é inconstante. E uma nova estação ferroviária está sendo construída na região, o que só será um benefício para nós se forem instalados bons trilhos. Tenho que tomar parte no planejamento ou não terei o direito de reclamar mais tarde. – Christopher parou e virou Beatrix de frente para ele. – Sei como você é próxima de sua família. Aguentará viver longe deles? Vamos manter a Phelan House, mas nossa principal residência seria em Riverton.

Era um pensamento perturbador, viver longe da família. Eles haviam sido o mundo para ela. Principalmente Amelia, a pessoa mais presente em sua vida. A ideia provocou uma certa ansiedade em Beatrix, mas também empolgação. Uma nova casa... pessoas novas, novos lugares para explorar... e Christopher. Acima de tudo, Christopher.

– Acho que eu aguentaria – respondeu Beatrix. – Sentiria falta deles, mas na maior parte do tempo fico por minha própria conta aqui. Minhas irmãs estão ocupadas com suas famílias e com suas vidas, como deve ser. Desde que eu pudesse viajar para vê-las quando desejasse, acho que seria feliz.

Christopher segurou o rosto dela entre as mãos, os nós dos dedos deslizando com delicadeza pela lateral do pescoço dela. Havia compreensão nos olhos dele, e simpatia, e algo mais que fazia a pele dela ruborizar.

– O que for preciso para que você seja feliz – disse ele –, você terá. – Puxando-a mais para perto, Christopher beijou a testa dela e desceu até a ponta do nariz. – Beatrix. *Agora* tenho algo a lhe pedir. – Os lábios dele encontraram a curva do sorriso dela. – Meu amor... eu escolheria a pequena quantidade de horas que passei com você a toda uma existência com outra mulher. Não precisava ter escrito aquele bilhete me pedindo para descobrir quem você era. Passei a vida inteira querendo encontrar você. Acho que não existe homem algum que pudesse reunir tudo o que você merece em um marido... mas lhe imploro que me deixe tentar. Quer se casar comigo?

Beatrix puxou a cabeça de Christopher para baixo, perto da dela e colou os lábios ao ouvido dele.

– Sim, sim, sim – sussurrou ela e, por nenhuma outra razão além da vontade pura e simples, capturou a ponta da orelha dele levemente entre os dentes.

Pego de surpresa pela mordida carinhosa, Christopher voltou os olhos para ela. A respiração de Beatrix se acelerou quando ela viu as promessas de vingança e prazer nos olhos dele. Christopher pressionou os lábios dele em um beijo firme.

– Que tipo de casamento você gostaria de ter? – perguntou ele, e roubou outro beijo, antes que ela pudesse responder.

– Do tipo que fará de você meu marido. – Beatrix tocou a linha firme da boca dele com os dedos. – E de que tipo você gostaria?

Ele deu um sorriso sofrido.

– Do tipo rápido.

CAPÍTULO 19

Christopher achou que deveria encarar como um mau sinal que no espaço de duas semanas já estivesse se sentindo à vontade com seus futuros cunhados e cunhadas. Se antes os evitava por suas peculiaridades, agora buscava a companhia deles, passando quase todas as noites na Ramsay House.

Os Hathaways se provocavam, riam e pareciam gostar uns dos outros de verdade, o que os tornava diferentes de qualquer outra família que Christopher já conhecera. Se interessavam por tudo, novas ideias, invenções e descobertas. Não havia dúvida de que a inclinação intelectual da família era o resultado da influência do falecido pai, Edward.

Christopher sentia que o lar feliz, frequentemente caótico, estava lhe fazendo bem, o que não acontecera com o clamor de Londres. De algum modo, aquela família, com todas as suas arestas não lapidadas, fora um bálsamo para as partes estraçalhadas de sua alma. Christopher gostava de todos, principalmente de Cam, que agia como líder da tribo, como se referia a eles. Cam era uma presença tranquilizadora, calma e tolerante, e capaz de reunir o rebanho de Hathaways quando era necessário.

Leo não era assim tão acessível. Embora fosse charmoso e irreverente, seu humor áspero fazia Christopher se lembrar, com certo desconforto, do próprio passado, quando costumava fazer piada à custa dos outros, como fizera certa vez, ao comentar que Beatrix era mais adequada aos estábulos. Ele ainda não se lembrava da ocasião, mas infelizmente parecia demais com algo que pudesse ter dito na época. Christopher ainda não sabia o poder que as palavras tinham.

Os dois últimos anos o haviam ensinado a ser diferente.

No caso de Leo, no entanto, Beatrix assegurara a Christopher que, apesar da língua afiada, o irmão era carinhoso e leal.

– Você ainda vai acabar gostando muito dele – disse ela. – Mas não é surpresa que se sinta mais confortável perto de Cam... vocês são duas raposas.

– Raposas?

– Sim. Sempre posso dizer que animal a pessoa seria. Raposas são caçadoras, mas não recorrem à força bruta. São sutis e inteligentes. Gostam de ser mais espertas do que os outros. E, embora às vezes se afastem por longas distâncias, sempre gostam de voltar para um abrigo confortável e seguro.

– Suponho que Leo seja um leão – disse Christopher, secamente.

– Ah, sim. Dramático, expansivo e odeia ser ignorado. E, às vezes, é capaz de atacar outra pessoa. Mas sob as garras afiadas e os rosnados, Leo ainda é apenas um gato.

– E que animal é você?

– Um furão. Não conseguimos evitar ficar colecionando coisas. Quando estamos acordados, estamos sempre muito ocupados, mas também gostamos de ficar quietos por longos períodos. – Ela sorriu para ele. – E furões são muito afetuosos.

Christopher sempre imaginara que a casa dele seria dirigida com ordem e precisão por uma mulher adequada, que tomaria conta de cada detalhe. Em vez disso, ao que parecia, teria uma esposa que andaria pela casa usando calções enquanto animais perambulavam, se balançavam, se arrastavam ou pulavam por todos os cômodos.

Ele estava fascinado pela competência de Beatrix em coisas sobre as quais mulheres não costumavam saber nada. Ela sabia usar um martelo e uma plaina. Montava a cavalo melhor do que qualquer mulher que ele já vira, e possivelmente melhor do que qualquer homem. Tinha uma mente original, na qual a inteligência se entrelaçava à boa memória e à intuição. No entanto, quanto mais Christopher conhecia Beatrix, mais ele percebia a insegurança que no fundo a dominava. Uma consciência de ser diferente que com frequência a tornava inclinada à solidão. Ele achava que talvez isso tivesse algo a ver com a morte precoce dos pais, que a fizera se sentir abandonada. E talvez fosse em parte o resultado de os Hathaways terem sido levados a uma posição social para a qual nunca haviam sido preparados. Ser parte da nobreza não significava apenas seguir um conjunto de regras, era mais como um modo de pensar, de se comportar e de interagir com o mundo, que costumava ser incutido na pessoa desde o nascimento. Beatrix jamais conseguiria ter a sofisticação das jovens que haviam sido criadas na aristocracia.

E essa era uma das coisas que ele mais amava nela.

No dia seguinte em que pedira Beatrix em casamento, Christopher fora relutantemente conversar com Prudence. Ele estava preparado para se desculpar, pois sabia que não a havia tratado de forma justa. No entanto, qualquer traço de remorso que pudesse ter sentido por ter enganado Prudence desaparecera no momento em que viu que ela não sentia o menor arrependimento por tê-lo enganado.

Não fora uma cena agradável, para dizer o mínimo. O rosto de Prudence ficara roxo de raiva, e ela gritara furiosa, como se estivesse louca.

– Você *não pode* me trocar por aquela gárgula de cabelos escuros e aquela família esquisita dela! Vai se tornar motivo de riso. Metade deles é cigana, e a outra metade é lunática... eles têm poucos contatos sociais e péssimos modos, não passam de camponeses asquerosos, e você vai se arrepender *até o fim dos seus dias*. Beatrix é uma garota grosseira e primitiva que provavelmente vai dar à luz uma ninhada de animais.

Quando Prudence fizera uma pausa para recuperar o fôlego, Christopher respondera com calma:

– Infelizmente nem todos conseguem ser tão refinados quanto os Mercers...

A indireta passara completamente despercebida a Prudence, é claro, e ela continuara a gritar como a esposa de um peixeiro.

Então uma imagem surgira na mente de Christopher... não as da guerra, como de hábito, mas uma cena tranquila... o rosto de Beatrix, calmo e concentrado, cuidando de um pássaro ferido no dia anterior. Ela dobrara a asa quebrada de um pequeno pardal contra o corpo e mostrara a Rye como alimentar o pássaro. Enquanto observava os procedimentos, Christopher ficara fascinado com a mistura de delicadeza e força das mãos de Beatrix.

Ele voltou a atenção para a mulher descontrolada à sua frente. E sentiu pena do homem que um dia se tornasse marido de Prudence.

Alarmada pelo escândalo, a mãe dela entrara na sala de visitas e tentara acalmar a filha. Christopher fora embora logo depois, arrependido de cada minuto que perdera na companhia de Prudence Mercer.

Uma semana e meia mais tarde, todos em Stony Cross foram surpreendidos pela notícia de que Prudence havia fugido com um de seus pretendentes de longa data, um membro da aristocracia local.

Na manhã da fuga, uma carta fora entregue na Ramsay House, endereçada a Beatrix. Era de Prudence. O papel estava manchado de tinta e as letras eram rabiscos furiosos, cheia de acusações, maldições terríveis e mais do que uns poucos erros de ortografia. Beatrix mostrara o bilhete a Christopher, sentindo-se perturbada e consumida pela culpa.

Ele torceu os lábios, rasgou a folha ao meio e devolveu-a a Beatrix.

– Ora – disse Christopher num tom casual –, ela enfim escreveu uma carta para alguém.

Beatrix tentou olhá-lo com reprovação, mas acabou deixando escapar uma risada relutante.

– Não faça piada da situação. Estou me sentindo tão mal.

– Por quê? Prudence não tem o menor remorso.

– Ela me culpa por tê-lo tirado dela.

– Em primeiro lugar, nunca fui de Prudence. E esse não é um jogo de Passa Anel.

A declaração a fez sorrir.

– Se você fosse o anel – disse Beatrix, com uma expressão sugestiva –, gostaria muito de segurá-lo entre as mãos.

Christopher balançou a cabeça quando ela se inclinou para a frente para beijá-lo.

– Não comece, ou jamais acabaremos com isso. – Ele colocou uma tábua no lugar e olhou para ela, aguardando. – Martele logo, vamos.

Os dois estavam no palheiro, para onde Beatrix levara Christopher a fim de ajudá-la a consertar a casa de pássaros que ela mesma construíra. Christopher observou, impressionado, enquanto Beatrix martelava uma fileira perfeita de pregos na extremidade da tábua. Nunca esperara que a eficiência de uma mulher com ferramentas pudesse ser tão encantadora. E não pôde deixar de apreciar o modo como os calções se colavam ao traseiro de Beatrix cada vez que ela se inclinava.

Com esforço, tentou disciplinar o próprio corpo, controlar a onda crescente de desejo que o dominou, como vinha fazendo com tanta frequência nos últimos tempos. Beatrix era uma tentação maior do que ele conseguia suportar. Sempre que a beijava, ela retribuía com uma sensualidade inocente que o levava aos limites do autocontrole.

Antes de ser convocado para a guerra, Christopher jamais tivera dificuldade em encontrar amantes. Sexo fora um prazer casual, algo que ele desfrutara sem culpa ou inibições. Mas depois de uma abstinência tão prolongada, estava preocupado com como seria a primeira vez que fizesse amor com Beatrix. Não queria machucá-la ou assustá-la.

Autocontrole de qualquer tipo ainda era um desafio.

Isso logo ficava aparente em ocasiões como a noite em que um dos gêmeos havia tropeçado acidentalmente no gato de Beatrix, Lucky, que deixara escapar um miado irritado de doer os ouvidos. Isso fez ambos os gêmeos começarem a chorar e Catherine se apressou em acalmá-los.

Christopher quase tivera um colapso. O barulho provocara um choque que percorrera todo o corpo dele, deixando-o tenso e trêmulo. Ele abaixara a cabeça e fechara os olhos com força, enquanto se via transportado num instante para um campo de batalha, sob o céu que parecia explodir. Respirou fundo algumas vezes e só então se deu conta de que Beatrix se sentara ao seu lado. Ela não o questionou, só ficou quieta, próxima.

Então Albert também viera e pousara o queixo sobre o joelho dele, observando-o com os olhos castanhos muito sérios.

– Ele entende – disse Beatrix em voz baixa.

Christopher esticou a mão e acariciou a cabeça coberta de pelos ásperos, e Albert enfiou o focinho na mão dele, lambendo o pulso. Sim, Albert entendia. O cão sofrera sob a mesma chuva de granadas e tiros, conhecia a sensação de uma bala rasgando sua carne.

– Somos parceiros, não somos, velho camarada? – murmurou Christopher.

183

Os pensamentos dele foram trazidos de volta ao momento presente quando Beatrix terminou sua tarefa, deixou o martelo de lado e limpou as mãos uma na outra.

– Aí está – comentou ela, satisfeita. – Tudo pronto para o próximo ocupante.

Beatrix se arrastou até onde Christopher estava meio recostado e se esticou ao lado dele como uma gata. Ele observou-a com os olhos semicerrados. Seus sentidos imploravam para puxá-la mais para si, para se permitir a sensação da pele macia, do corpo flexível dela sob o dele. Mas quando ela tentou trazê-lo para junto de si, ele resistiu.

– Sua família vai suspeitar de que estamos fazendo outra coisa além de trabalhos de marcenaria – falou Christopher. – Você vai acabar coberta de feno.

– Estou sempre coberta de feno.

O sorrisinho de lado dela e os olhos azuis muito vivos o venceram. Ele cedeu, abaixou o corpo e capturou a boca de Beatrix num beijo quente, levemente provocante. Ela passou os braços ao redor do pescoço dele. Christopher explorou sem pressa a boca delicada, brincando com ela até sentir a carícia tímida da língua de Beatrix contra a dele. A sensação atingiu em cheio o ventre de Christopher, provocando uma nova onda de calor erótico.

Ela moldou o corpo ao dele, seus quadris ajustando-se instintivamente à forma masculina. Christopher não conseguiu se controlar e começou a arremeter contra a suavidade feminina, o movimento seduzindo a ambos. Beatrix murmurou o nome dele e deixou a cabeça pender em seus braços, o pescoço exposto às carícias úmidas dos lábios de Christopher. Ele descobriu lugares sensíveis com a boca, usando a ponta da língua para excitá-la ainda mais ao vê-la se contorcer. A mão de Christopher encontrou um dos seios dela, e segurou-o por cima da blusa e da camisa de baixo, roçando o mamilo rígido em movimentos circulares da palma da mão. Beatrix deixou escapar gemidos baixos, entremeados com suspiros roucos de prazer.

Ela era tão perfeita, contorcendo-se e arqueando o corpo contra o dele, que Christopher sentiu que começava a se afogar na luxúria, seu corpo o dominando e sua mente ficando zonza. Seria tão fácil abrir as roupas de Beatrix, libertar seu membro torturado... permitir-se penetrá-la e encontrar alívio pleno...

Ele gemeu e rolou até ficar deitado de costas, mas ela permaneceu agarrada a ele.

– Faça amor comigo – pediu ofegante. – Aqui. Agora. Por favor, Christopher...

– Não. – Ele conseguiu afastá-la e se sentou. – Não em um palheiro, correndo o risco de alguém entrar a qualquer momento.

– Eu não me importo. – Beatrix apoiou o rosto quente contra o peito dele. – Não me importo – repetiu com ardor.

– Eu me importo. Você merece algo muito melhor do que ficar rolando no feno. E eu também, depois de mais de dois anos de carência.

Beatrix levantou os olhos arregalados para ele.

– É verdade? Você está casto por tanto tempo?

Christopher a encarou com um olhar sardônico.

– "Casto" pressupõe uma pureza de pensamento que lhe asseguro não se aplicar ao caso. Mas estive celibatário.

Beatrix foi até ele e começou a limpar o feno que grudara nas costas do paletó.

– Não houve oportunidade de estar com uma mulher?

– Houve.

– Então por que não aconteceu?

Christopher virou-se para olhar para ela por sobre o ombro.

– Está realmente querendo saber detalhes?

– Estou.

– Beatrix, você sabe o que acontece com moças que fazem perguntas tão maliciosas?

– Elas são violentadas em palheiros? – perguntou ela, esperançosa.

Christopher balançou a cabeça.

Beatrix passou os braços ao redor dele, por trás. E Christopher pôde sentir a pressão suave e provocante dos seios dela contra suas costas.

– Conte-me – pediu Beatrix, próximo à orelha dele, o calor úmido de seu hálito provocando um arrepio de prazer na nuca de Christopher.

– Havia as prostitutas do acampamento, que se mantinham ocupadas servindo aos soldados – disse ele. – Mas não eram muito atraentes e ainda ajudavam a espalhar um sem-número de doenças pelo regimento.

– Pobres almas – comentou Beatrix com sinceridade.

– Das prostitutas ou dos soldados?

– De todos vocês.

Aquilo era tão típico de Beatrix, pensou Christopher, reagir com compaixão em vez de aversão. Ele pegou uma das mãos dela e deu um beijo na palma.

– Também recebi ofertas de uma ou duas esposas de oficiais que haviam viajado com a brigada. Mas não achei que seria uma ideia muito boa dormir com a esposa de outro homem. Principalmente numa situação em que eu logo poderia me encontrar lado a lado com o marido. Então fui parar no hospital, e havia algumas enfermeiras provavelmente dispostas a serem persuadidas... as que já estavam lá, é claro, não as que foram para lá com as Irmãs da Misericórdia... mas depois dos longos cercos e dos turnos para cavar covas... e depois de ser ferido... não estava exatamente no mais amoroso dos humores. Por isso, esperei. – Ele fez uma careta. – E ainda estou esperando.

Beatrix o beijou e enfiou o rosto no pescoço dele, fazendo com que uma nova onda de excitação o invadisse.

– Vou tomar conta de você, pobre rapaz – murmurou ela. – Não se preocupe, vou possuí-lo com delicadeza.

Christopher estava experimentando sensações inéditas... aquela mistura de desejo e diversão... Ele se virou, passou os braços ao redor dela e puxou-a para o colo.

– Ah, você vai tomar conta de mim, sim – assegurou ele e capturou a boca de Beatrix em um beijo.

Mais tarde naquele dia, Christopher foi com Leo conhecer o pátio da madeireira da propriedade de Ramsay. Embora o negócio de madeira ali não pudesse ser comparado em alcance à produção de Riverton, era infinitamente mais sofisticado. De acordo com Leo, era Merripen, o cunhado ausente dos Hathaways, quem mais sabia sobre a administração florestal da propriedade, inclusive os procedimentos corretos para identificar madeira lucrativa, desgaste na mistura de madeiras e plantio para regeneração.

No pátio da madeireira era possível ver várias inovações tecnológicas que haviam sido feitas por sugestão de Harry Rutledge, marido de Poppy. Depois de mostrar a Christopher um avançando sistema de rodas, pranchas rolantes e trilhos que permitiam que a madeira cortada fosse movida com eficiência e segurança, Leo caminhou de volta até a casa com ele.

A conversa no caminho foi sobre o mercado madeireiro e os acordos com os comerciantes.

– Tudo o que se refere a vendas – explicou Leo –, seja pública ou por meio de acordos particulares, é tocado por Cam. Ele tem um talento para as finanças que excede o de qualquer homem que você já possa ter conhecido.

– Acho interessante o modo como você e seus cunhados dividem o negócio, cada um cuidando da área em que tem mais aptidão.

– Funciona bem para nós. Merripen é um homem da terra, Cam gosta de números... e a minha parte é fazer o mínimo possível.

Christopher não se deixou enganar.

– Você sabe demais sobre todo o negócio para que eu acredite nisso. Vem trabalhando duro nesse lugar.

– Venho. Mas continuo com a esperança de que se fingir ignorância eles vão parar de me pedir para fazer coisas.

Christopher sorriu e baixou os olhos para o chão enquanto caminhavam, os pés calçados em botas atravessando as longas sombras projetadas pelo sol atrás deles.

– Não terei que fingir ignorância – disse, muito sério. – Não sei quase nada sobre madeira. Meu irmão se preparou a vida inteira para isso. E nunca me ocorreu, nem a ninguém, que eu teria que assumir o lugar dele. – Christopher fez uma pausa, e desejou ter mantido o último comentário para si mesmo.

Leo, no entanto, respondeu com simpatia e praticidade:

– Conheço a sensação. Mas Merripen irá ajudá-lo. Ele é uma ótima fonte de informação, e o momento em que se sente mais feliz é quando pode dizer às pessoas o que devem fazer. Bastarão duas semanas na companhia dele para que você se torne um especialista em madeira. Beatrix lhe contou que Merripen e Win retornarão da Irlanda a tempo para o casamento de vocês?

Christopher balançou a cabeça, negando. O casamento aconteceria dali a um mês, na igreja que ficava no parque da cidade.

– Fico feliz por Beatrix. Ela quer que a família inteira esteja presente. – Christopher deixou escapar uma risadinha. – Só espero que não tenhamos um desfile de animais entrando na igreja junto com ela.

– Fique feliz com sua sorte por já termos nos livrado do elefante – comentou Leo. – Beatrix provavelmente o teria colocado como dama de honra.

– Elefante? – Christopher olhou de lado para o outro homem, sem acreditar. – Ela teve um elefante?

– Por pouco tempo. Logo encontrou um novo lar para ele.

– Não. – Christopher estava balançando a cabeça. – Conhecendo Beatrix, quase acredito nisso. Mas não.

– Ela teve um elefante – insistiu Leo. – Juro por Deus.

Christopher ainda não estava convencido.

– Imagino que o animal tenha aparecido na porta da casa de vocês um dia e alguém cometeu o erro de alimentá-lo.

– Pergunte a Beatrix, e ela lhe contará...

Mas Leo se interrompeu quando eles se aproximavam do cercado dos cavalos, onde havia uma comoção de algum tipo. O relinchar de um cavalo furioso se espalhou pelo ar. Um puro-sangue castanho estava empinando e escoiceando com alguém em suas costas.

– Maldição – disse Leo, apressando o passo. – Disse a eles para não comprarem esse cavalo insuportável... o bicho foi arruinado por um péssimo treinador e nem mesmo Beatrix consegue consertá-lo.

– Aquela é Beatrix? – perguntou Christopher, sentindo um arrepio de alarme.

– Ou Beatrix, ou Rohan... mais ninguém é imprudente o bastante para montar esse cavalo.

Christopher saiu em disparada. Não era Beatrix. Não poderia ser. Ela prometera a ele que não se colocaria mais em nenhum risco físico. Mas quando ele chegou ao cercado, viu o chapéu dela voar e seus cabelos escuros se soltarem, enquanto o cavalo enfurecido empinava cada vez mais alto. Beatrix se agarrava ao animal com surpreendente facilidade, murmurando e tentando acalmá-lo. O cavalo parecia aquietar, aceitando os esforços de Beatrix. Mas em uma fração de segundo voltava a empinar muito alto, o corpo maciço se sustentando sobre as duas patas traseiras delgadas.

Então o cavalo girou e começou a cair.

O tempo pareceu passar mais devagar, enquanto o corpo pesado do animal desmoronava, com a figura frágil de Beatrix aterrissando embaixo dele.

Como costumava acontecer com frequência em batalha, os instintos de Christopher o dominaram por completo, levando-o à ação em movimentos mais rápidos do que o pensamento. Ele não ouviu nada, mas sentiu a garganta vibrar num grito rouco enquanto pulava por cima da cerca.

Beatrix também reagiu por instinto. Quando o cavalo começou a cair, ela soltou o pé calçado com botas do estribo e pulou de cima dele em pleno ar. Então, caiu no chão e rolou duas, três vezes, enquanto o corpo do cavalo despencava ao lado dela... a poucos centímetros de esmagá-la.

Enquanto Beatrix jazia imóvel e zonza, o cavalo enlouquecido lutava para ficar de pé, os cascos batendo no chão ao lado dela, com uma força capaz de esmagar um crânio. Christopher ergueu-a e carregou-a para a lateral do cercado, enquanto Leo se aproximou do cavalo furioso e deu um jeito de agarrar as rédeas.

Christopher colocou Beatrix no chão e procurou por ferimentos, passando a mão pelos membros dela e por sua cabeça. Ela estava arfante, totalmente sem ar.

Beatrix piscou, confusa e encarou Christopher.

– O que aconteceu?

– O cavalo empinou e caiu. – A voz de Christopher saiu com dificuldade. – Me diga seu nome.

– Por que está me perguntando isso?

– Seu nome – insistiu ele.

– Beatrix Heloise Hathaway. – Ela olhou para ele com os olhos azuis muito arregalados. – Agora que já sabe quem eu sou... quem é você?

CAPÍTULO 20

Diante do susto de Christopher, Beatrix deu uma risadinha e uma expressão travessa surgiu em seu rosto.

– Estou brincando. De verdade. Sei quem é você. Estou perfeitamente bem.

Por cima do ombro de Christopher, Beatrix viu Leo balançando a cabeça em advertência e passando o dedo pela garganta num gesto eloquente.

Ela percebeu tarde demais que aquele provavelmente não fora um bom momento para brincar. O que teria provocado uma boa risada num dos Hathaways, seria enfurecedor para Christopher.

Ele a encarava com uma expressão de ira e incredulidade. Foi só então que Beatrix percebeu que Christopher tremia violentamente em reação ao pânico que sentira por causa dela.

Com certeza não era hora de fazer graça.

– Me desculpe... – ela começou a dizer, contrita.

– Eu lhe pedi para não treinar aquele cavalo – Christopher acusou com rispidez –, e você concordou.

Beatrix se sentiu imediatamente na defensiva. Estava acostumada a fazer o que queria. Aquela com certeza não fora a primeira vez que caíra de um cavalo e não seria a última.

– Você não pediu especificamente isso – disse em tom conciliador –, me pediu apenas que não fizesse nada perigoso. E, na minha opinião, eu não estava fazendo.

Em vez de acalmar o noivo, a declaração dela pareceu deixá-lo ainda mais furioso.

– Levando em consideração o fato de que você quase foi esmagada agora mesmo, diria que está errada.

Beatrix estava determinada a ganhar a discussão.

– Bem, de qualquer modo, isso não importa, porque a promessa que fiz foi para *depois* do casamento. E ainda não estamos casados.

Leo cobriu os olhos com as mãos, balançou a cabeça e saiu do campo de visão dela.

Christopher a encarou com uma expressão incendiária, abriu a boca para dizer alguma coisa e voltou a fechá-la. Sem outra palavra, afastou-se e seguiu para o estábulo a passos largos e rápidos.

Beatrix se sentou e o encarou aborrecida e perplexa.

– Ele está indo embora.

– É o que parece. – Leo foi até onde a irmã estava, estendeu a mão e puxou-a para que ela ficasse de pé.

– Por que ele foi embora no meio de uma briga? – ela quis saber, tirando o pó dos calções em gestos curtos e irritados. – Não se pode simplesmente *ir embora* de uma briga, é preciso terminá-la.

– Se ele tivesse ficado, querida – comentou Leo –, haveria uma grande chance de eu ter que arrancar as mãos dele do seu pescoço.

A conversa foi interrompida quando eles viram Christopher saindo a cavalo dos estábulos, o corpo rígido como uma lâmina enquanto atiçava o animal num meio galope ágil e gracioso.

Beatrix suspirou.

– Estava tentando ganhar a discussão, em vez de levar em consideração como ele estava se sentindo – admitiu. – Christopher provavelmente ficou assustado por minha causa, vendo o cavalo desabar daquele jeito.

– *Provavelmente*? – repetiu Leo. – Ele parecia ter acabado de ver a morte. Acho que o que aconteceu deve ter tocado num dos traumas dele, ou como quer que vocês os chamem.

– Preciso falar com ele.

– Vestida assim, não.

– Pelo amor de Deus, Leo, só dessa vez...

– Sem exceções, meu bem. Conheço minhas irmãs. Se dou a mão, você logo vai querer o pé. – Leo ajeitou uma mecha caída dos cabelos dela. – E... não vá sem um acompanhante.

– Não quero um acompanhante. Não há nada divertido nisso.

– Sim, Beatrix, esse é propósito de um acompanhante.

– Bem, em nossa família, qualquer um que me sirva de acompanhante provavelmente precisaria mais de um acompanhante do que eu.

Leo abriu a boca para discutir, mas desistiu.

Eram raras as ocasiões em que o irmão não conseguia argumentar numa discussão.

Beatrix reprimiu um sorriso e saiu pisando firme em direção à casa.

~

Christopher havia perdoado Beatrix antes mesmo que ela chegasse a Phelan House. Ele tinha consciência de que ela estava acostumada a uma liberdade quase incondicional, e não tinha a menor vontade de ser domada, exatamente como aquele maldito cavalo. Levaria tempo para que a noiva se ajustasse às restrições. Christopher já sabia disso.

Mas ficara abalado demais para conseguir pensar com clareza. Beatrix era tão importante para ele... era a vida dele. A ideia de que pudesse estar ferida foi mais do que a alma de Christopher pôde suportar. Com o choque de ver Beatrix quase ser morta, a mistura desesperadora de terror e fúria o haviam dominado e instalado o caos dentro dele. Não, não o caos, algo muito pior. Trevas. Uma névoa cinzenta e pesada que o envolvera, sufocando todos os sons e sensações. Christopher sentiu como se sua alma mal estivesse presa ao corpo.

O mesmo tipo de deslocamento entorpecido acontecera de vez em quando durante a guerra, e no hospital. Não havia cura para aquilo, exceto esperar passar.

Christopher avisou à governanta que não queria ser perturbado e se encaminhou para o refúgio escuro e tranquilo da biblioteca. Procurou uma garrafa de armanhaque no armário e se serviu de um copo.

A bebida era acre e picante e fez a garganta dele arder. Exatamente o que Christopher queria. Com a esperança de conseguir queimar o frio que atravessava sua alma, ele bebeu tudo de uma vez e serviu uma segunda dose.

Então ouviu a porta sendo arranhada e levantou-se para abri-la. Albert entrou balançando o corpo e fungando feliz.

– Seu vira-lata inútil – falou ele, abaixando-se para acariciar o cão. – Está cheirando como o chão de uma taberna do East End. – Albert enfiou o focinho na palma da mão dele, exigindo mais. Christopher se agachou e encarou o animal com uma expressão melancólica. – O que você diria se pudesse falar? – perguntou ele. – Acho que é melhor que não possa. Essa é a vantagem de ter um cachorro. Sem conversas. Apenas olhares de devoção e arquejos intermináveis.

Alguém falou da porta atrás dele, surpreendendo-o.

– Espero que não seja isso que...

Christopher reagiu com um instinto explosivo. Virou-se rapidamente e passou a mão ao redor de um pescoço macio.

– ... espere de uma esposa – Beatrix terminou de falar, abalada.

Christopher ficou imóvel. Ainda tentando pensar acima da agitação que o dominara, ele respirou fundo, trêmulo e piscou os olhos com força.

O que em nome de Deus estava fazendo?

Ele jogara Beatrix contra o batente da porta, segurando-a pelo pescoço, o punho da outra mão cerrado numa ameaça letal. Chegara muito perto de dar um soco que estraçalharia os ossos delicados do rosto dela.

E ficou ainda mais apavorado ao perceber quanto esforço era necessário para relaxar o punho e o braço que a prendia. Sob o polegar da mão que ainda estava no pescoço dela, Christopher sentiu o pulsar de uma veia e o movimento delicado quando ela engoliu.

Ele encarou os olhos de um azul tão precioso e sentiu o surto violento se desfazer numa onda de desespero.

Christopher praguejou baixinho, afastou as mãos de Beatrix e foi pegar a bebida que deixara de lado.

– A Sra. Clocker disse que você pediu para não ser perturbado – falou Beatrix. – E, é claro, a primeira coisa que fiz foi perturbá-lo.

– Não venha por trás de mim – disse Christopher, rude. – Jamais.

– Eu, entre todas as pessoas, deveria saber disso. Não o farei novamente.

Christopher tomou um grande gole da bebida.

– O que quer dizer com você entre todas as pessoas.

– Estou acostumada com criaturas selvagens, que não gostam que nada ou ninguém se aproxime por trás.

Ele a encarou com uma expressão sinistra.

– Que sorte a sua experiência com animais acabar se mostrando tão útil como preparação para o seu casamento comigo.

– Não foi o que quis dizer... bem, o que realmente quis dizer é que deveria ter tido mais consideração pelo seu nervosismo.

– Não tenho nervosismo algum – retrucou ele com rispidez.

– Desculpe. Vamos chamar de outra coisa então. – A voz dela era tão tranquila e gentil que teria conseguido com que um grupo de cobras, tigres, carcajus e texugos se aconchegasse, todos juntos, e tirasse uma soneca coletiva.

Christopher cerrou os dentes e manteve um silêncio de pedra.

Ela tirou o que parecia um biscoito do bolso do vestido e ofereceu a Albert, que pulou e aceitou a guloseima com prazer. Beatrix guiou o cão até a porta e gesticulou para que ele atravessasse o umbral.

– Vá até a cozinha – disse ela, num tom encorajador. – A Sra. Clocker irá alimentá-lo. – Albert saiu em disparada.

Beatrix fechou a porta, trancou-a e se aproximou de Christopher. Ela tinha uma aparência tão fresca e feminina no vestido cor de lavanda, os cabelos penteados com capricho para cima, presos com pentes. Não poderia ser mais diferente da moça excêntrica usando calções.

– Eu poderia ter matado você – disse ele de forma brutal.

– Mas não matou.

– Poderia tê-la ferido.

– Também não fez isso.

– *Santo Deus*, Beatrix. – Christopher se sentou pesadamente numa poltrona próxima à lareira, com o copo nas mãos.

Ela o seguiu em um farfalhar de seda cor de lavanda.

– Na verdade, não sou Beatrix. Sou a irmã gêmea dela, muito mais gentil. Ela disse que você agora pode ficar comigo. – Beatrix relanceou o olhar para o armanhaque. – Você prometeu não tomar bebidas fortes.

– Ainda não estamos casados. – Christopher sabia que deveria se envergonhar de ecoar com zombaria as palavras que ela dissera antes, mas a tentação foi grande demais para resistir.

Beatrix não acusou o golpe.

– Lamento ter dito isso. Não é motivo de brincadeira, tomar conta do meu bem-estar. Sou imprudente. Superestimo as minhas habilidades.

Ela se sentou no chão, aos pés dele, e descansou os braços nos joelhos de Christopher. Os olhos ávidos, sombreados pelos cílios escuros e cheios, encararam os dele com arrependimento.

– Eu não deveria ter falado com você daquela maneira, mais cedo. Para a minha família, discutir é um esporte... esquecemos que algumas pessoas acabam levando para o lado pessoal. – Com a ponta do dedo, Beatrix fazia um movimento intrincado na coxa dele. – Mas tenho qualidades que me redimem – continuou. – Não me incomodo com pelo de cachorro, por exemplo. E consigo pegar objetos pequenos com os dedos dos pés, o que é um talento surpreendentemente útil.

O entorpecimento que Christopher sentia começou a derreter como gelo na primavera. E não tinha nada a ver com armanhaque. Era apenas por causa de Beatrix.

Deus, como ele a adorava.

Mas quanto mais o torpor cedia, mais inconstante ele se sentia. O desejo se insinuava com cada vez mais força sob o fino verniz do autocontrole. Desejo de mais.

Christopher pousou o copo ainda com bebida no tapete e puxou Beatrix entre os joelhos. Então se inclinou para pressionar os lábios na testa dela. Podia sentir o cheiro irresistível da doçura de sua pele. Então ele se recostou na poltrona e a examinou. Beatrix parecia angelical, ingênua e confiante, e tão doce... *Menina ladina*, ele pensou entre divertido e terno. Christopher acariciou uma das mãos delgadas que descansava em sua coxa. Então inspirou profundamente e deixou o ar escapar bem devagar.

– Então seu nome do meio é Heloise – disse ele.

– Sim, em homenagem a uma freira medieval. Meu pai adorava os textos dela. Na verdade, acaba de me ocorrer... Héloïse, ou Heloísa, ficou conhecida pelas cartas de amor que trocou com Abelardo. – A expressão de Beatrix se iluminou. – Acho que estive à altura da minha homônima, não é mesmo?

– Se levarmos em conta que Abelardo acabou sendo castrado pela família de Heloísa, não me sinto muito feliz com a comparação.

Beatrix sorriu.

– Não precisa se preocupar. – Quando ela levantou os olhos para ele, seu sorriso se apagou. – Estou perdoada? – perguntou.

– Por se colocar em perigo? Nunca. Você é preciosa demais para mim. – Christopher pegou a mão de Beatrix e beijou-a. – Beatrix, você está tão linda nesse vestido, e gosto mais da sua companhia do que de qualquer outra coisa no mundo. Mas tenho que levá-la para casa.

– Não até que tenhamos resolvido esta questão.

– Está resolvida.

– Não, ainda há um muro entre nós. Sinto isso.

Christopher balançou a cabeça.

– Estou só... distraído. – Ele a segurou pelos cotovelos. – Deixe-me ajudá-la.

Ela resistiu.

– Há alguma coisa errada. Você está muito distante.

– Estou bem aqui.

Não havia palavras para descrever aquela sensação infernal de distanciamento. Christopher não sabia por que surgia ou o que faria ir embora. Sabia apenas que, se esperasse o tempo necessário, ela acabaria desaparecendo por conta própria. Ao menos fora o que acontecera antes. Mas talvez um dia a sensação o dominasse e nunca mais o abandonasse. *Deus do céu.*

Beatrix continuou a encará-lo e apoiou as mãos levemente sobre as coxas dele. Em vez de ficar de pé, ela ergueu ainda mais o corpo contra o dele.

Sua boca encontrou a de Christopher, exigindo com delicadeza. Ele sentiu um pequeno choque, uma palpitação súbita, como se seu coração houvesse se lembrado de voltar a bater. Os lábios de Beatrix eram macios e quentes, e o provocavam do modo como ele a ensinara. Christopher sentiu o desejo dominando-o, perigosamente rápido. O peso do corpo dela estava apoiado nele, os seios, a massa de saias comprimida entre as coxas dele. Christopher se rendeu ao momento, deixando a boca se fundir à de Beatrix e beijando-a do modo como queria possuí-la, fundo e firme. Ela reagiu na hora, submissa, disposta, de um modo que o deixava louco. E Beatrix sabia disso.

Christopher queria tudo dela, queria sujeitá-la a cada anseio, a cada impulso, e Beatrix era inocente demais para qualquer um deles. Ele afastou a boca da dela e recuou.

Beatrix arregalou os olhos, sem entender.

Para alívio de Christopher, ela se afastou dele e ficou de pé.

Então, começou a desamarrar o corpete do vestido.

– O que está fazendo? – perguntou ele com a voz rouca.

– Não se preocupe, a porta está trancada.

– Não foi isso que eu... *Beatrix*... – No momento em que ele se levantou, o corpete do vestido dela já estava aberto. Christopher sentiu a pulsação latejar em seus ouvidos em um som forte e primitivo. – Beatrix, não estou com humor para experimentações virginais.

Ela o encarou com uma expressão da mais pura ingenuidade.

– Nem eu.

– Você não está segura comigo. – Ele estendeu a mão para a gola do vestido dela e segurou as duas partes juntas. Enquanto se esforçava para fechá--las novamente, Beatrix levantou a lateral do vestido. Bastou um puxão e uma girada de corpo para que a anágua dela caísse no chão.

– Consigo me despir mais rápido do que você vai conseguir me vestir – ela informou a ele.

Christopher cerrou os dentes quando a viu deslizar o vestido pelos quadris.

– Maldita seja, você não pode fazer isso. Agora não. – Ele estava transpirando, os músculos todos tensos. A voz saiu trêmula de desejo reprimido. – Vou perder o controle. – Ele não conseguiria se conter para não machucá--la. Christopher sabia que, na primeira vez deles, teria que se aproximar de Beatrix com absoluto controle, aliviando-se de antemão para diminuir o desejo que o consumia... mas naquele momento cairia sobre ela como um animal faminto.

– Eu compreendo. – Beatrix tirou os pentes que prendiam seus cabelos, os jogou por cima da pilha de seda cor de lavanda e sacudiu os cachos escuros e brilhantes. Então o encarou com uma expressão que o deixou todo arrepiado. – Sei que você acha que não compreendo, mas não é verdade. E preciso disso tanto quanto você. – Bem devagar, Beatrix abriu o espartilho e o deixou cair no chão.

Santo Deus. Há quanto tempo uma mulher não se despia para ele. Christopher não conseguia se mover, nem falar, ficou parado ali, excitado, faminto, sem conseguir pensar, os olhos devorando-a.

Quando Beatrix viu o modo como ele a olhava, ela passou a se despir com mais lentidão, tirando a camisa de baixo por cima da cabeça. Os seios eram altos e delicadamente curvos, os mamilos rosados. Eles oscilaram delicadamente quando Beatrix se abaixou para despir a calcinha.

Ela endireitou o corpo e o encarou.

Apesar da audácia, Beatrix estava nervosa, e um rubor desigual a cobria da cabeça aos pés. Mas ela o observava atentamente, interessada nas reações dele.

Ela era a coisa mais linda que Christopher já vira, esguia e flexível, as pernas ainda vestidas com meias de um rosa-pálido e ligas brancas. Ela o devastava. Os cachos escuros dos cabelos desciam pelo corpo, chegando até a cintura. O pequeno triângulo entre as coxas parecia o pelo de um animal exótico, um contraste sensual com a pele de porcelana.

Ele se sentia fraco e brutal ao mesmo tempo, e o desejo latejava por todo o seu corpo. Nada mais importava a não ser penetrá-la... precisava possuí--la, ou morreria. Christopher não compreendia por que ela o levara deliberadamente ao extremo do desejo, e por que não estava assustada. Um som rouco escapou da garganta dele. Embora não houvesse tomado a decisão consciente de se mover, de algum modo havia atravessado o espaço entre eles e a agarrado. Christopher deixou os dedos espalmados descerem pelas costas dela, passando pela curva das nádegas. Quando a puxou mais alto e com mais força contra ele, encontrou a boca de Beatrix, capturando-a em um beijo, quase devorando-a.

Ela se rendeu completamente, oferecendo o corpo, os lábios, de qualquer modo que ele quisesse. Quando a boca de Christopher possuiu a dela, ele deixou a mão entrar mais fundo entre as coxas firmes, forçando-as a se abrirem. Então encontrou as dobras macias do sexo de Beatrix. Ele abriu a carne delicada, massageou-a até deixá-la úmida e deslizou dois dedos para dentro das profundezas quentes do corpo dela. Beatrix arquejou contra a boca de Christopher e subiu ainda mais na ponta dos pés. Christopher a segurou daquele jeito, encaixando-a com força em seus dedos enquanto a beijava.

– Deixe-me senti-lo – Beatrix pediu ofegante, as mãos já nas roupas dele. – Por favor... agora...

Christopher lutou para despir o paletó e a camisa, fazendo com que os botões de ambos saltassem e se espalhassem pelo chão. Quando seu tronco estava despido, ele a envolveu nos braços. Ambos gemeram e ficaram imóveis, absorvendo a sensação do contato das peles unidas, os pelos do peito dele arranhando delicadamente os seios dela.

Ele meio que a arrastou, meio que a carregou, para o canapé e a deitou sobre o assento estofado. Beatrix deixou o corpo se esparramar, a cabeça e os ombros apoiados numa das extremidades, um dos pés tocando o chão. Christopher estava entre as pernas dela antes que Beatrix conseguisse fechá-las.

Ele correu as mãos pelas meias que ela usava e descobriu que eram de seda. Nunca vira meias cor-de-rosa antes, apenas brancas ou pretas. E as *adorara*. Christopher acariciou toda a extensão das pernas beijando os joelhos através da seda, soltando as ligas e lambendo as marcas vermelhas que haviam deixado sobre a pele. Beatrix estava quieta. Trêmula. Quando ele deixou os lábios correrem perto da parte interna das coxas dela, ela se contorceu, impotente. Aquele movimento rápido e intensamente sensual o enlouqueceu.

Ele enrolou as meias dela e despiu-as. Tonto de excitação, correu os olhos por todo o corpo de Beatrix, até chegar ao rosto iluminado pela paixão, os olhos semicerrados, os cabelos escuros caindo numa cascata. Christopher abriu as coxas dela com as mãos e inspirou o perfume erótico do corpo feminino, então deixou a língua correr pelo triângulo macio de pelos.

– Christopher. – Ele a ouviu implorar, para logo segurar a cabeça dele com as mãos agitadas.

Estava chocada, o rosto muito ruborizado ao perceber o que Christopher estava prestes a fazer.

– Você começou isso – disse ele com a voz carregada de desejo. – Agora eu vou terminar.

Sem dar a ela chance de protestar, Christopher se inclinou novamente e abriu caminho com beijos por dentro da parte mais secreta e macia do corpo de Beatrix. Ela gemeu e ergueu o corpo, curvando as costas e os joelhos, como se quisesse passar todo o corpo ao redor do dele. Christopher a empurrou de volta, pressionou a carne dela com a boca com mais intensidade e tomou o que queria.

O mundo todo se resumia àquela carne delicada e trêmula, ao gosto de mulher, da mulher *dele*, o elixir íntimo dela mais poderoso que o vinho, o ópio e as mais exóticas especiarias. Beatrix gemia em reação à exploração delicada da língua dele. A reação dela era a reação dele, cada som que deixava escapar ecoando no ventre de Christopher, os tremores desesperados do corpo feminino atingindo-o como dardos de fogo. Ele se concentrou na parte mais sensível do corpo dela, seguindo seus contornos lentamente, enfeitiçado pela pele úmida e sedosa. E começou a lamber sistematicamente, provocando-a, levando-a à loucura sem piedade. Beatrix ficou imóvel, o corpo tenso enquanto a avalanche de sensações a atingia, e Christopher soube que para ela, naquele momento, não existia nada além do prazer que ele estava proporcionando. Christopher a fez subir mais e mais alto, até que a respiração ofegante dela se transformou em gritos. O clímax foi mais forte, mais profundo do que qualquer coisa que ele já proporcionara a ela antes... Christopher sentiu, ouviu, saboreou.

Depois que o último espasmo sacudiu o corpo de Beatrix, ele a puxou mais para baixo e levou a boca aos seios dela. Beatrix passou os braços ao redor do pescoço dele. Seu corpo estava saciado e pronto para recebê-lo, as pernas abertas enquanto ele se acomodava entre elas. Christopher levou as mãos aos cordões da calça, se atrapalhou com eles e arrancou-os para libertar o próprio corpo.

Não tinha mais controle por si mesmo, todo o seu corpo doía de desejo. Não tinha palavras, não tinha como implorar *por favor não tente me deter, não consigo, preciso possuí-la*. Não tinha mais forças para resistir. Ele baixou os olhos para Beatrix, chamou o nome dela, a voz rouca e indagadora.

Beatrix deixou escapar sons sussurrantes e acariciou as costas dele.

– Não pare – murmurou ela. – Quero você, amo você... – Beatrix o puxou mais para perto, arqueando o corpo para recebê-lo enquanto ele a tomava com uma pressão firme e insistente.

Christopher nunca possuíra uma virgem antes, sempre presumira que seria um ato rápido, fácil. Mas ela era rígida por toda parte, os músculos inexperientes se estreitando para detê-lo. Ele abriu caminho por dentro da resistência inocente, forçando até chegar mais fundo, e Beatrix arquejou e se agarrou a ele. Christopher continuou a insistir, tremendo com o esforço de ser gentil quando cada instinto seu gritava para que ele arremetesse com força até o fundo. Então, de algum modo, os músculos dela aceitaram que era inútil tentar repeli-lo, e Beatrix relaxou. Ela descansou a cabeça contra o braço que a apoiava, o rosto protegido pela curva musculosa do bíceps. Christopher começou a arremeter com um gemido de alívio, sem ter consciência de mais nada além do prazer cego de estar dentro de Beatrix, sendo acariciado por ela. O êxtase foi intenso, absoluto como a morte, arrebatando-o.

Christopher não fez nenhum esforço para prolongar o prazer. O auge do clímax veio rápido e atravessou o corpo dele com uma força que o deixou sem ar em um primeiro momento, para depois arrastá-lo a um alívio trêmulo e violento, os espasmos sacudindo-o por inteiro. Christopher pareceu gozar por uma eternidade, envolvendo-a nos braços e se debruçando sobre ela como se quisesse protegê-la, mesmo enquanto ainda arremetia com violência.

Ao final, Beatrix tremia, os arrepios percorrendo seu corpo da cabeça aos pés. Christopher a abraçou, tentando confortá-la, puxando a cabeça dela contra o peito. Os olhos dele pareciam turvos e quentes, e ele os esfregou contra uma almofada de veludo.

Demorou algum tempo até que Christopher percebesse que o tremor não vinha dela, mas dele.

CAPÍTULO 21

Minutos se passaram em uma calma saciada. Beatrix repousava calmamente no abraço de Christopher, sem oferecer protesto, embora ele a apertasse com força excessiva. Aos poucos ela foi conseguindo perceber o emaranhado de sensações... o calor e o peso do corpo dele, o aroma de suor, a umidade preciosa e pegajosa no ponto em que os corpos dos dois ainda se uniam. Sentia o corpo inchado, mas a sensação cálida era agradável.

Lentamente, o abraço urgente de Christopher começou a afrouxar. Ele levantou uma das mãos para brincar com os cabelos dela. E beijou a pele macia do pescoço enquanto acariciava as costas e a lateral do corpo dela com a mão livre. Um tremor percorreu o corpo dele, uma lenta ondulação de puro alívio. Christopher deslizou o braço por sob as costas de Beatrix e arqueou o corpo dela para cima até seus lábios encontrarem os seios. Ela ofegou ao sentir a umidade da boca dele a sugando.

Christopher moveu o corpo, girando os dois de modo que ela ficasse por cima dele. Seu membro agora estava livre do abrigo da carne de Beatrix, e ela o sentiu contra a barriga, em um toque íntimo. Beatrix baixou a cabeça e encontrou os olhos cor de prata, as pupilas levemente dilatadas. E saboreou a sensação do corpo dele, aquela criatura enorme e cálida sob o corpo dela. Beatrix tinha a sensação de tê-lo domado, embora soubesse que poderia ser o contrário.

Ela pressionou os lábios no ombro dele. A pele ali era ainda mais macia do que a dela, muito esticada, acetinada, sobre os músculos fortes. Beatrix encontrou a cicatriz do ferimento provocado pela baioneta e encostou a língua na pele desigual.

– Você não perdeu o controle – sussurrou ela.

– Perdi sim, em alguns momentos. – A voz dele era como a de um homem que acabara de acordar de um longo sono. Christopher começou a arrumar as mechas desalinhadas dos cabelos dela. – Você planejou isso?

– Está perguntando se eu vim determinada a seduzi-lo? Não, foi absolutamente espontâneo. – Diante do silêncio dele, Beatrix ergueu a cabeça e o encarou sorrindo. – Você deve estar me achando uma atrevida.

Christopher deixou o polegar correr pela curva cheia do lábio inferior dela.

– Na verdade, estava pensando em como dar um jeito de levá-la para o meu quarto no andar de cima. Mas agora que mencionou... você é uma atrevida.

O sorriso de Beatrix ficou mais largo, e ela mordiscou a ponta do polegar dele.

– Me desculpe por ter explodido com você mais cedo. Cam vai treinar aquele cavalo de agora em diante. Nunca tive que dar satisfações a ninguém antes... vou ter que me acostumar com isso.

– Vai – disse ele. – A começar de agora.

Beatrix deveria ter protestado diante do tom autoritário dele, mas havia um brilho perigoso nos olhos do noivo, e ela logo percebeu que ele também estava desconfortável. Christopher não se sentia à vontade com o fato de uma mulher ter tanto poder sobre ele.

Muito bem. Ela com certeza não estava disposta a ser submissa em tudo, mas poderia ceder em alguns pontos.

– Prometo ser mais cuidadosa de agora em diante – falou.

Christopher não sorriu exatamente, mas seus lábios se curvaram de leve. Ele a deitou com muito cuidado no canapé, foi até onde estava o monte de roupas que haviam descartado e conseguiu encontrar um lenço.

Beatrix estava deitada de lado, curvada sobre o próprio corpo, e o observava, analisando o humor dele. Christopher parecia ter voltado a ser ele mesmo, ao menos em grande parte, mas ainda havia uma sensação de distanciamento entre os dois, de uma certa contenção. Pensamentos que Christopher não compartilharia, palavras que não diria. Mesmo agora, depois de terem estado juntos no ato mais íntimo possível.

Aquele distanciamento não era novidade, ela se deu conta. Estava entre eles desde o começo. Mas agora Beatrix parecia estar mais consciente, mais sintonizada com as sutilezas da natureza de Christopher.

Ele voltou e entregou o lenço a ela. Embora Beatrix houvesse imaginado ter superado a fase dos constrangimentos depois do que haviam acabado de vivenciar, sentiu uma onda de rubor dominá-la enquanto passava o lenço no lugar úmido e inchado entre as coxas. A visão do sangue não foi inesperada, mas a tornou consciente de que havia mudado irrevogavelmente. Não era mais virgem. Uma sensação nova, de certa vulnerabilidade, a atingiu.

Christopher a fez vestir a camisa dele, envolvendo o corpo dela no linho branco e macio que guardava o aroma do corpo dele.

– Devo vestir minhas próprias roupas e voltar para casa – disse Beatrix. – Minha família sabe que estou aqui com você, desacompanhada. E até mesmo eles têm seus limites.

– Você vai ficar pelo resto da tarde – avisou Christopher, em um tom calmo. – Não vai invadir minha casa, me seduzir e partir como se eu fosse apenas alguma tarefa doméstica de que precisasse dar conta.

– Tive um dia cheio – protestou ela. – Caí de um cavalo, seduzi você e agora estou toda inchada e arranhada.

– Vou cuidar de você. – Christopher a fitou com uma expressão decidida. – Vai discutir comigo?

Beatrix tentou soar dócil.

– Não, senhor.

Um sorriso lento se espalhou pelo rosto dele.

– Essa foi a pior tentativa de obediência que já vi.

– Vamos praticar – falou ela, passando os braços ao redor do pescoço dele. – Me dê uma ordem e veja se não vou segui-la.

– Beije-me.

Ela pressionou a boca contra a dele, e houve um longo silêncio depois disso. As mãos de Christopher deslizaram por baixo da camisa que Beatrix vestia, atormentando-a delicadamente até ela não aguentar e colar o corpo ao dele. Ela se sentiu derreter por dentro e o corpo todo ficou fraco de desejo.

– Lá em cima – falou Christopher, os lábios colados nos dela. Então pegou-a no colo e carregou-a como se ela não pesasse nada.

Beatrix ficou pálida quando eles se aproximaram da porta.

– Não pode me levar para o andar de cima assim.

– Por que não?

– Estou usando apenas a sua camisa.

– Isso não importa. Vire a maçaneta.

– E se um dos seus criados nos vir?

Uma expressão divertida passou pelos olhos dele.

– *Agora* está preocupada com decência? Abra a maldita porta, Beatrix.

Ela obedeceu e manteve os olhos fechados com força enquanto ele a carregava para cima. Se algum dos criados os viu, não disse uma palavra.

Depois de carregar Beatrix para o quarto dele, Christopher pediu que os criados levassem baldes de água quente, uma banheira própria para banhos de assento e uma garrafa de champanhe. E insistiu em lavá-la, apesar dos protestos dela.

– Não posso simplesmente ficar aqui – protestou ela, sentando-se na pequena banheira de metal e recostando-se com cuidado – e deixar que faça uma coisa que sou perfeitamente capaz de fazer sozinha.

Christopher foi até a cômoda, onde havia sido colocada uma garrafa de champanhe e duas taças de cristal. Ele serviu uma taça e levou-a até Beatrix.

– Isso vai mantê-la ocupada.

Ela deu um gole na bebida fresca e borbulhante e se reclinou para olhar para ele.

– Nunca tomei champanhe à tarde – comentou. – E com certeza nunca enquanto tomava banho. Não vai deixar que eu me afogue, não é?

– Você não iria conseguir se afogar numa banheira desse tamanho. – Christopher se ajoelhou ao lado da banheira, o peito nu e sedoso. – E não, não vou deixar que nada lhe aconteça. Tenho planos para você. – Ele passou sabonete na esponja, nas próprias mãos e começou a ensaboá-la.

Beatrix não fora banhada por ninguém desde que era uma criança pequena. E, agora, sentia uma curiosa sensação de segurança, de estar sendo cuidada. Ela se recostou e deixou os dedos correrem preguiçosamente pelos braços dele, seguindo a trilha do sabonete. A esponja descia devagar pelo corpo dela, alcançando os ombros, os seios, as pernas e a curva atrás dos joelhos. Ele começou a lavá-la mais intimamente, e toda a sensação de segurança desapareceu quando Beatrix sentiu os dedos de Christopher deslizarem para dentro de seu corpo. Beatrix ofegou e se remexeu, estendendo a mão para o pulso dele.

– Não deixe o copo cair – murmurou Christopher, a mão ainda entre as coxas dela.

Beatrix quase engasgou com o gole de champanhe seguinte.

– Isso é maldade – falou, os olhos semicerrados enquanto o dedo dele continuava a explorar a região íntima dela e encontrava seu ponto mais sensível.

– Beba o seu champanhe – disse ele, com delicadeza.

Beatrix deu outro gole, que a deixou com a cabeça ainda mais zonza, enquanto Christopher continuava a tocá-la, girando o dedo. Ela ficou ofegante.

– Não consigo engolir com você fazendo isso – falou com a voz fraca, a mão segurando o copo com força.

O olhar dele a acariciava.

– Divida comigo.

Com esforço, ela guiou o copo aos lábios dele e lhe deu um gole, enquanto Christopher continuava a acariciá-la e a provocá-la por baixo da água. Ele aproximou a boca da dela e o beijo tinha o sabor doce e revigorante do champanhe. A língua de Christopher brincava com a de Beatrix de um jeito que fazia o coração dela disparar no peito.

– Agora beba o resto – sussurrou.

Ela o encarou com o olhar nublado, enquanto começava a erguer e abaixar os quadris, quase como se tivessem vontade própria, agitando a água quente cheia de sabão. Beatrix sentia-se tão quente por dentro e por fora... seu corpo ansiava pelo prazer que ele ainda lhe negava.

– Termine o champanhe – ordenou Christopher.

Ela deu um último gole com dificuldade, então o copo foi retirado de suas mãos tensas e colocado de lado.

Christopher beijou-a novamente passando o braço livre por baixo do pescoço dela.

Beatrix agarrou o ombro dele e tentou reprimir um gemido.

– Por favor. Christopher, preciso de mais, preciso de...

– Paciência – sussurrou ele. – Sei do que precisa.

Ela deixou escapar um arquejo frustrado quando Christopher parou de tocá-la e a ajudou a sair da banheira. Beatrix estava tão fraca que mal conseguia se manter de pé, os joelhos ameaçando ceder. Christopher a secou com eficiência e manteve o braço atrás do corpo dela, apoiando-a, enquanto a levava para a cama.

Ele se deitou ao lado dela, aconchegou-a nos braços e começou a beijá-la e a acariciá-la. Beatrix se esticou como um gato, tentando absorver as lições que ele estava disposto a ensiná-la. Uma nova linguagem usando a pele, as mãos e os lábios, mais primitiva do que as palavras... cada toque uma promessa e uma provocação.

– Não resista – sussurrou ele, a mão mais uma vez repousando sobre as coxas tensas dela. – Deixe eu lhe dar esse prazer...

Christopher encaixou a mão contra a carne dela e pressionou-a. Seus dedos invadiam, provocavam, brincavam. Mas ele continuava a negar o que ela queria, enquanto murmurava a Beatrix que relaxasse, se entregasse. A ideia de ceder a ele, de entregar cada parte do corpo sem reserva, provocava medo e alívio ao mesmo tempo. Mas foi o que ela fez. Deixou a cabeça cair para trás contra o braço dele, o corpo disponível, as pernas abertas. No mesmo instante, um orgasmo violento a dominou, o corpo se contraindo, todas as sensações brotando do lugar íntimo e secreto que Christopher acariciava.

Quando Beatrix enfim se recuperou, emergindo da bruma de prazer, viu um brilho de preocupação nos olhos dele. Christopher examinava a lateral do seu corpo nu, passando a mão de leve sobre um grande hematoma provocado pela queda mais cedo.

– Não é nada – Beatrix tranquilizou-o. – Estou sempre com algum arranhão ou uma mancha roxa.

A informação não pareceu acalmá-lo. Christopher torceu os lábios e balançou a cabeça.

– Fique aqui – disse ele. – Volto num instante.

A instrução foi totalmente desnecessária, já que Beatrix não tinha a menor intenção de se mexer. Ela se aconchegou mais aos travesseiros, e deixou o rosto repousar na fronha macia de linho. Então suspirou e cochilou até Christopher voltar a se juntar a ela na cama.

Ele apoiou a mão no quadril de Beatrix e começou a passar algum tipo de unguento. Ela se virou quando o aroma forte de erva chegou às suas narinas.

– Ah, isso cheira bem. O que é?

– Unguento de óleo de cravo. – Christopher passou o bálsamo com cuidado sobre o machucado. – Meu irmão e eu passamos a maior parte da infância cobertos por ele.

– Já conheço algumas das aventuras de vocês dois – falou Beatrix. – John contou a Audrey, que me contou. A vez em que roubaram uma torta de ameixa antes do jantar... e quando ele o desafiou a pular do galho de uma árvore e você quebrou o braço... John disse que você não conseguiu recusar o desafio. E disse que era fácil obrigá-lo a fazer qualquer coisa, bastava lhe dizer que você não conseguiria.

– Eu era um idiota – disse Christopher aborrecido.

– Um diabrete, era a palavra que ele usava.

– Puxei ao meu pai.

– Na verdade, não puxou não. Ao menos não de acordo com John. Ele dizia que era injusto que dissessem isso, porque na verdade você não se parecia com ele.

Beatrix rolou e ficou de barriga para cima quando Christopher a empurrou de leve. As mãos fortes e gentis dele esfregaram o unguento nos músculos tensos dela, o toque de cravo deixando uma sensação fresca e agradável na pele.

– John sempre tentou ver o lado bom de todo mundo – murmurou Christopher. – Às vezes ele via o que queria acreditar, e não a verdade.

Beatrix franziu o cenho enquanto ele trabalhava nos músculos dos ombros dela, afastando a tensão e deixando-os flexíveis.

– Eu vejo o bem em você.

– Não guarde ilusões a meu respeito. Casando-se comigo, você estará fazendo um mau negócio. Não tem noção de onde está se metendo.

– Tem razão. – Beatrix arqueou o corpo satisfeito, enquanto ele massageava os músculos das costas dela. – Qualquer mulher sentiria pena de mim por estar nessa situação.

– Uma coisa é passar uma tarde na cama comigo – disse Christopher num tom sombrio. – Outra bem diferente é viver todo dia com um lunático.

– Sei tudo sobre viver com lunáticos. Sou uma Hathaway.

Beatrix suspirou de prazer quando as mãos dele começaram a trabalhar em lugares mais macios do corpo dela, mais para baixo, nas costas. Ela sentia o corpo relaxado e sensível, as dores e os arranhões esquecidos. Quando se virou para olhá-lo por cima do ombro, Beatrix viu as linhas sérias do rosto dele. E sentiu uma vontade incontrolável de provocá-lo, de fazê-lo rir.

– Você se esqueceu de um lugar – comentou.

– Onde?

Ela ergueu o corpo, virou-se e foi até onde Christopher estava ajoelhado no colchão. Ele vestira um roupão de veludo, a frente aberta revelando um tentador pedaço de pele bronzeada. Beatrix passou os braços ao redor do pescoço dele e o beijou.

– Lá dentro – sussurrou. – É onde preciso que você massageie.

Um sorriso relutante curvou os cantos dos lábios dele.

– O unguento é forte demais para passar lá.

– Não é não. A sensação é deliciosa. Me dê aqui, deixe-me lhe mostrar... – Ela pegou a lata de unguento e passou na ponta dos dedos. O aroma forte de essência de cravo encheu o ar. – Fique bem quieto...

– Ao diabo que vou ficar quieto. – A voz dele estava mais rouca, e ele parecia mais relaxado quando esticou a mão para pegá-la pelo pulso.

Rápida como um furão, Beatrix girou o corpo para escapar. Então rolou uma, duas vezes e alcançou o cinto do roupão dele.

– Você passou esse unguento por todo o meu corpo – acusou ela, rindo. – Covarde. Agora é sua vez.

– Sem a menor chance. – Christopher a agarrou, lutou com ela, e Beatrix ficou encantada ao ouvir o som da risada rouca.

Ela conseguiu dar um jeito de subir em cima dele e ofegou ao sentir a ereção intensa. Então lutou com ele até que Christopher conseguiu virá-la na cama e prender seus pulsos. O roupão abrira durante a brincadeira e agora suas peles nuas se roçavam.

Os olhos prateados cintilaram ao encarar o azul dos dela. Já ofegante de tanto rir, Beatrix ficou tonta ao ver o modo como ele a encarava. Christopher baixou a cabeça, beijou-a e lambeu o sorriso dela como se pudesse saboreá-lo.

Ele soltou os pulsos dela e rolou para o lado, expondo a frente do corpo.

Beatrix o encarou com uma expressão inquisidora e agitou levemente os dedos.

– Você quer que eu... o toque com isso?

Christopher permaneceu em silêncio, desafiando-a com o olhar.

Tímida, mas curiosa, ela estendeu a mão e o segurou com cautela. Os dois tiveram um leve sobressalto por causa da sensação fria e quente ao mesmo tempo, o toque sedoso do óleo na rigidez intimidante do membro dele.

– Assim? – sussurrou ela, acariciando-o com carinho.

Christopher deixou a respiração escapar sibilante entre os dentes, os olhos semicerrados. E não fez menção de detê-la.

Beatrix correu a ponta do polegar pela cabeça macia e escura em um movimento circular. Então curvou os dedos ao redor da base pesada e rígida e deslizou-os para baixo, maravilhada com a sensação de tê-lo na mão. Christopher deixou que ela explorasse e acariciasse o corpo dele à vontade, enquanto a pele de seu membro se tornava muito vermelha e o peito subia e descia rapidamente por causa da respiração acelerada. Fascinada pela força dele mal contida em suas mãos, Beatrix deixou as pontas dos dedos descerem pelos quadris de Christopher até a frente de suas coxas. Ela massageou os músculos firmes das pernas, enroscando levemente os dedos nos pelos sedosos, então deslizou as mãos de novo para o membro dele. Com delicadeza, Beatrix ergueu-o, brincou com ele, segurou a extensão rígida entre as mãos.

Um som gutural escapou do peito de Christopher. Ele terminou de despir o roupão, jogou-o para o lado e agarrou-a pelos quadris. O coração de Beatrix disparou quando ela viu a força da expressão no rosto dele, a intensidade primitiva do olhar. Ela foi puxada para cima do colo de Christopher, o membro dele a abrindo, pressionando as carnes macias e pulsantes. Beatrix deixou escapar um gemido quando ele a fez recebê-lo em toda a sua extensão, obrigando o corpo dela a engolir o dele. Christopher alcançou um lugar novo dentro dela e, a princípio, a sensação foi dolorida, mas ao mesmo tempo tão inacreditavelmente boa que o corpo de Beatrix latejava em resposta.

Christopher ficou muito quieto, o olhar penetrante fixo no dela.

Em uma questão de segundos, o unguento cumprira sua função, as especiarias refrescantes aliviando a pele quente, mas também despertando sensações mais íntimas. Beatrix se agitava em cima dele. Christopher a agarrou pelos quadris, abaixou o corpo dela e arremeteu mais fundo.

– Christopher...

Beatrix não conseguiu evitar se remexer e levantar novamente o corpo. A cada movimento angustiado dela, ele voltava a puxá-la para baixo, as coxas firmes sob ela. Christopher levou uma das mãos ao lugar onde os dois corpos se uniam e observou a reação de Beatrix, os dedos deslizando pela região íntima em carícias sedutoras, enquanto seu corpo continuava a provocá-la, indo cada vez mais fundo.

– Trégua – ela conseguiu dizer. – Não aguento mais.

– Mas vai ter que aguentar. – Segurando-a, ele a puxou para baixo e a beijou.

– Por favor, acabe com isso.

– Ainda não. – Christopher acariciou as costas dela. – Você é tão linda – sussurrou. – Tão sensível. Eu poderia fazer amor com você para sempre.

– Christopher...

– Deixe-me lhe dar prazer mais uma vez.

– Não, estou exausta. – Ela capturou o lábio inferior dele entre os dentes e deu uma mordidinha. – Acabe com isso agora – pediu.

– Ainda não.

– Vou fazer com que acabe.

– Como?

Beatrix o observou, as feições lindas e arrogantes, o brilho de desafio nos olhos. Então se abaixou, o corpo balançando suavemente com as arremetidas incessantes, e sussurrou no ouvido dele:

– Amo você. – Ela entrou no mesmo ritmo do corpo dele, cavalgando-o. – Amo você.

Não foi preciso mais nada. A respiração de Christopher saiu em um gemido, ele arremeteu uma última vez e ficou dentro dela, o corpo poderoso tremendo com a força do alívio que se despejava no corpo de Beatrix. Ele passou os braços ao redor dela e deixou transbordar os anos de anseio angustiado que sentira. E Beatrix continuou a murmurar, a prometer amor, segurança, novos sonhos para substituir os antigos.

A prometer eternidade.

CAPÍTULO 22

Depois que a temporada social de Londres terminou, a nobreza continuou a se divertir socialmente no campo. Não paravam de chegar convites para bailes, jantares e eventos; guardas de caça preparavam os tetrazes para serem soltos para a estação de caça; armas eram lubrificadas e limpas; e vinhos e guloseimas eram trazidos dos portos de Bristol e Londres.

O convite mais esperado em Hampshire era a recepção que aconteceria no meio de setembro, na Ramsay House, para anunciar o noivado de Beatrix com Christopher Phelan. Normalmente, qualquer evento promovido pelos Hathaways era disputado, mas aquele era diferente. Todos que eles haviam convidado aceitaram de imediato, e logo começou uma enxurrada de cartas e abordagens de pessoas pedindo convites. Em alguns casos, exigindo.

Os Hathaways só podiam atribuir essa recém-adquirida popularidade ao fato de que Christopher, o herói de guerra mais admirado na Inglaterra, estaria presente. E ele, com sua indisfarçada repugnância a multidões, estava de mau humor em relação a toda a questão.

– Você tem que admitir que é bem divertido o fato de que, entre nós, o menos inclinado à vida social seja exatamente aquele que a sociedade mais anseia por ver – argumentou Leo.

– Me deixe em paz, Ramsay – resmungou Christopher, e Leo sorriu.

Mas as palavras "entre nós", usadas tão casualmente, aqueceram o coração de Christopher. O relacionamento entre os dois agora era fácil, amigável e o fazia se lembrar de sua relação com John. Embora soubesse que ninguém jamais poderia ocupar o lugar do irmão, Christopher descobrira grande prazer na companhia dos futuros cunhados. Ao menos na companhia de Leo e Cam. Ainda não sabia se o mesmo poderia vir a ser dito de Merripen.

~

Merripen e a esposa Winnifred, ou Win, como a família a chamava, voltaram da Irlanda com o filho pequeno no dia 1º de setembro. Os Hathaways, que já não eram naturalmente quietos, explodiram em um frenesi de alegria. Christopher ficara de lado na sala de estar da família durante a reunião caótica, observando enquanto todos se misturavam em uma confusão de abraços e risadas. Cam e Merripen se abraçaram e bateram nas costas um do outro com entusiasmo, falando em uma rápida sucessão de palavras do dialeto cigano.

Christopher encontrara Merripen em uma ou duas ocasiões antes da guerra. No entanto, se lembrava pouco do cigano, a não ser pela presença grande e intimidadora, e por ele ser um homem de poucas palavras. Com certeza Christopher jamais poderia ter imaginado que, um dia, os dois fariam parte da mesma família.

Win era uma mulher esguia e graciosa, com grandes olhos azuis e cabelos de um louro claro. Tinha uma certa fragilidade, quase etérea, que a diferenciava das outras irmãs Hathaways. Win se separou do grupo aglomerado no meio da sala, foi até Christopher e estendeu a mão.

– Capitão Phelan. Que sorte a nossa estar ganhando o senhor como irmão. Os homens da família estavam em desvantagem, quatro para cinco mulheres. Agora você empatará o total em dez, cinco homens e cinco mulheres.

– Ainda me sinto em desvantagem – disse Leo.

Merripen se aproximou de Christopher, apertou a mão dele com força e o avaliou com o olhar.

– Rohan diz que você não é mau, para um *gadjo* – disse ele. – E Beatrix diz que o ama, o que me deixa inclinado a permitir que ela se case com você. Mas ainda estou avaliando a questão.

– Se fizer alguma diferença – disse Christopher –, estou disposto a aceitar todos os animais dela.

Merripen pensou um pouco e condescendeu:

– Pode ficar com ela.

A conversa na mesa de jantar começou em ritmo acelerado e entusiástico. Com o tempo, no entanto, o assunto passou a ser a Irlanda e a propriedade que Merripen logo herdaria, e os humores se tornaram sombrios.

Cerca de dez anos antes, a Irlanda sofrera uma prolongada praga na cultura de batatas, o que levou a um imenso desastre do qual o país ainda não havia se recuperado. A Inglaterra oferecera uma ajuda mínima, na forma de alívio temporário de impostos, presumindo que o problema de algum modo se resolveria por meios naturais.

A Irlanda, já empobrecida, passara a ter a fome como um problema nacional, seguida por epidemias de doenças, o que tivera como resultado a morte de famílias inteiras na beira das estradas ou em suas choças de barro. E os donos de terra, como Cavan, haviam despejado os colonos e lutado com os que ficaram, o que resultara em processos e mágoas que durariam por gerações.

– As terras e os colonos de Cavan haviam sido negligenciados por anos – disse Merripen. – Nosso avô estava preocupado demais com suas propriedades na Inglaterra para fazer qualquer melhoria ou reparo. A terra não tem sistema de drenagem, nem maquinário para ará-la. Os colonos, por sua vez, só conhecem os métodos mais primitivos de cultivo. Vivem em chalés feitos de barro e pedra. E a maior parte dos animais deles foi vendida para que pudessem pagar os aluguéis. – Merripen fez uma pausa, com uma expressão severa no rosto. – Encontrei com Cavan antes de retornarmos para Stony Cross. Ele se recusou a abrir mão de um xelim de sua fortuna em benefício das pessoas que dependem dele.

– Quanto tempo mais ele tem de vida? – perguntou Amelia.

– Menos de um ano – respondeu Merripen. – Ficaria surpreso se sobrevivesse ao próximo Natal.

– Quando Cavan realmente se for – Win intercedeu –, estaremos livres para reinvestir nas terras dele a fortuna que vai deixar.

– Mas vai ser necessário muito mais do que dinheiro – disse Merripen. – Teremos que trocar os casebres feitos de barro por chalés mais sólidos. Teremos que ensinar aos colonos uma maneira inteiramente nova de cultivar. Eles estão carentes de tudo, maquinário, combustível, gado, sementes... – A voz falhou, e ele encarou Cam com uma expressão insondável.

– *Phral*, aquele lugar faz com que o que conseguimos nas propriedades Ramsay pareça brincadeira de criança.

Cam levou a mão aos cabelos e ficou puxando distraidamente um cacho.

– Temos que começar a nos preparar agora – falou. – Vou precisar de toda a informação que puder obter sobre as finanças e as posses de Cavan. Podemos vender algumas das propriedades dele na Inglaterra... suas, na verdade... para levantar capital. Você precisará fazer estimativas do que é necessário e determinar prioridades. Não conseguiremos fazer tudo de uma vez.

– É coisa demais – disse Merripen, categórico.

Diante do silêncio estupefato na mesa, Christopher deduziu que Merripen raramente achava que alguma coisa era "demais", se é que algum dia chegara a dizer aquilo.

– Vou ajudar, *phral* – prometeu Cam, o olhar determinado.

– Estou começando a ter a desagradável sensação – comentou Leo – de que vou ter que lidar sozinho com as terras em Ramsay, enquanto vocês dois se dedicam a salvar a Irlanda.

Beatrix estava encarando Christopher com um leve sorriso nos lábios.

– Isso coloca nossa situação em perspectiva, não é? – murmurou ela.

O que exatamente ele estava pensando.

O olhar atento de Merripen encontrou o rosto de Christopher.

– Você vai herdar Riverton, agora que seu irmão está morto.

– Vou. – Christopher torceu os lábios num sorriso zombeteiro. – E enquanto John estava muito bem preparado para a responsabilidade, comigo acontece o inverso. Sei muito pouco além de atirar e cavar trincheiras.

– Você sabe como organizar pessoas – argumentou Merripen. – Como fazer um planejamento e vê-lo executado. Como estimar riscos e fazer as adaptações necessárias. – Ele deu um olhar rápido na direção de Cam. – Quando começamos a restaurar as propriedades em Ramsay, dissemos a nós mesmos que a melhor coisa que poderíamos fazer era cometer um erro. Isso significava que aprenderíamos alguma coisa.

Foi nesse momento que Christopher se deu conta de quanto tinha em comum com os homens daquela família, embora não pudessem ter vindo de ambientes e criações mais diferentes. Estavam todos eles tendo que lidar com um mundo que mudava rapidamente, encarando desafios para os quais nenhum deles fora preparado. Tudo na atual sociedade estava sendo testado, derrubado, a antiga hierarquia ruía, e o poder estava passando para mãos desconhecidas. Um homem poderia se deixar afundar na irrelevância, ou dar um passo à frente para moldar a nova era que se apresentava diante deles. As possibilidades eram ao mesmo tempo intrigantes e exaustivas – Christopher via isso no rosto de Merripen e nos rostos dos outros também. Mas nenhum deles se acovardaria diante do que precisava ser feito.

Christopher observou Beatrix, que estava sentada a alguns lugares de distância dele. Aqueles olhos... de um azul da meia-noite, inocentes e sábios ao mesmo tempo, assustadoramente perceptivos. Que curiosa mistura de qualidades ela possuía. Era capaz de uma extraordinária compostura, mas também gostava de brincar como criança. Era intelectual, intuitiva, engraçada. Conversar com Beatrix era como abrir um baú do tesouro para se surpreender com delícias inesperadas.

Christopher ainda não chegara aos 30 anos e era apenas seis anos mais velho do que Beatrix, mas sentia que a diferença de idade entre eles era de cem anos. Ele queria, precisava, estar perto dela, mas ao mesmo tempo precisava manter afastado o pior pelo que já passara, o mais terrível que já vira, para que isso jamais a maculasse.

Não fizera amor com Beatrix desde aquela tarde, duas semanas antes, pois resolvera não tirar vantagem dela antes do casamento. Mas a lembrança erótica o atormentava constantemente. Beatrix era um tipo de experiência para o qual ele não tinha referência ou comparação. As mulheres que conhecera antes na vida haviam lhe oferecido prazeres fáceis e sofisticados. Nada remotamente similar à paixão impetuosa de Beatrix.

Ela era inocente demais, boa demais, para ser o que o destino pretendia para ele. Mas Christopher a queria muito para se importar. Ele a teria e, não importava que calamidade o destino pudesse escolher para infligir a ele em retorno, a manteria a salvo.

Do destino ou dele mesmo, se necessário.

Ouviu-se um grito vindo do salão de visitas, e todas as conversas foram interrompidas na recepção que acontecia na Ramsay House.

– Que diabo foi isso? – perguntou o avô de Christopher, lorde Annandale, com o cenho franzido.

Ele estava sendo paparicado na sala de estar da família, onde se acomodara em um canapé enquanto vários convidados se aproximavam para lhe render homenagens. A longa jornada até Hampshire o deixara rabugento e exausto. Como resultado, Annandale exigira que Audrey, que o acompanhara desde Londres, ficasse ao seu lado.

Christopher reprimiu um sorriso ao ver a cunhada olhando para a porta da sala de estar com um anseio evidente. Embora sempre houvesse se dado bem com Annandale, Audrey passara o dia anterior inteiro fechada com o velho excêntrico em uma carruagem particular.

– Por que alguém gritaria durante uma recepção? – Annandale insistiu carrancudo.

Christopher manteve uma expressão neutra. Como a situação provavelmente envolvia um dos Hathaways, poderia ser qualquer coisa.

– Devo ir descobrir o que é? – perguntou Audrey, claramente desesperada para escapar do avô do falecido marido.

– Não, você precisa ficar aqui, para o caso de eu precisar de alguma coisa.

Audrey abafou um suspiro.

– Sim, meu senhor.

Beatrix entrou na sala e abriu caminho pela aglomeração de convidados. Quando chegou até onde estava Christopher, disse em voz baixa:

– Sua mãe acaba de conhecer Medusa.

– Foi minha mãe que gritou? – perguntou Christopher.

– O que foi isso? – Annandale exigiu saber, permanecendo sentado no canapé. – *Minha* filha gritou.

– Lamento dizer que sim, meu senhor – respondeu Beatrix em tom de desculpa. – A Sra. Phelan encontrou meu ouriço de estimação, que havia escapado do cercado. – Ela relanceou o olhar para Christopher, e acrescentou animada. – Medusa sempre foi pesada demais para escalar as paredes do cercado dela antes. Acho que os novos exercícios devem estar funcionando!

– Houve algum espinho envolvido na situação, meu amor? – perguntou Christopher, reprimindo outro sorriso.

– Ah, não, sua mãe não foi espetada. Mas Amelia está levando-a para um dos quartos no andar de cima, para descansar. Infelizmente Medusa lhe provocou uma dor de cabeça.

Audrey levantou os olhos para o teto.

– A cabeça dela está sempre doendo.

– Por que você mantém um ouriço como animal de estimação? – Annandale perguntou a Beatrix.

– Ela não consegue cuidar de si mesma sozinha, senhor. Meu irmão a resgatou de um buraco num poste da cerca quando ainda era um filhote, e não conseguimos encontrar a mãe dela. Ouriços são animais de estimação adoráveis, desde que saibamos lidar com eles. – Ela fez uma pausa e encarou Annandale com visível interesse. – Meu Deus, o senhor é uma águia, não é?

– Uma o quê? – perguntou o homem idoso, estreitando os olhos.

– Uma águia. – Beatrix o examinou atentamente. – O senhor tem feições tão formidáveis e exala poder mesmo quando está sentado, imóvel. E gosta de observar as pessoas. Consegue avaliá-las num instante, não é verdade? E sem dúvida está sempre certo.

Christopher estava preparado para intervir, certo de que o avô incineraria Beatrix em resposta. Para sua surpresa, Annandale praticamente abriu as penas diante do olhar de admiração dela.

– Consigo, sim – concordou o conde. – E realmente não costumo me enganar nos meus julgamentos.

Audrey revirou os olhos outra vez.

– Parece estar com um pouco de frio, senhor – observou Beatrix. – Deve estar sentado em uma corrente de ar. Um instante... – Ela saiu em disparada em busca de uma manta, e voltou com uma de lã, de um azul macio, que pousou sobre o colo dele.

Não estava nem um pouco frio na sala, e também não havia a menor possibilidade de haver uma corrente de ar. No entanto, Annandale recebeu a manta com óbvio prazer. Lembrando-se dos cômodos superaquecidos na casa do avô, Christopher se deu conta de que o conde provavelmente estava com frio. Como Beatrix poderia ter percebido isso era um mistério.

– Audrey – implorou Beatrix –, por favor deixe-me sentar ao lado de lorde Annandale. – Como se isso fosse algum cobiçado privilégio.

– Se você insiste – Audrey pulou do canapé como se estivesse sendo impulsionada por uma mola.

Antes de se sentar no lugar da amiga, Beatrix se abaixou para pegar alguma coisa embaixo do canapé. Ela tirou de lá um gato cinzento que cochilava e acomodou-o no colo de Annandale.

– Aqui está. Nada esquenta mais rápido do que um gato acomodado em nosso colo. É uma gata, na verdade, o nome dela é Lucky. Ela ronronará se o senhor a acariciar.

O avô de Christopher ficou olhando para o animal sem expressão.

E, para espanto de Christopher, o senhor começou a acariciar o pelo cinzento e macio da gata.

– Está faltando uma perna nesta gata – comentou ele com Beatrix.

– Sim, eu a teria batizado de Nelson, em homenagem ao almirante com apenas uma das mãos, mas é uma fêmea. Ela pertencia a um queijeiro até sua pata ficar presa em uma armadilha.

– Por que deu o nome de Lucky a ela? Sortuda? – perguntou Annandale.

– Tive a esperança de que pudesse mudar a sorte dela.

– E mudou?

– Bem, ela está sentada no colo de um conde, não está? – disse Beatrix, e Annandale riu abertamente.

Ele tocou uma das patas restantes do gato.

– Ela tem sorte por ter conseguido se adaptar.

– É um animal determinado – falou a jovem. – Deveria ter visto a pobrezinha, pouco depois da amputação. Continuava tentando caminhar com a perna que faltava, ou pulava de uma cadeira, tropeçava e perdia o equilíbrio. Mas um dia acordou e pareceu ter aceitado o fato de que uma das pernas se fora para sempre. Então se tornou quase tão ágil quanto antes. – Beatrix acrescentou depois de uma pausa proposital: – O truque foi esquecer o que ela havia perdido... e aprender a seguir em frente com o que lhe restara.

Annandale a encarava com um olhar fascinado, os lábios curvados em um sorriso.

– Que jovem inteligente você é.

~

Christopher e Audrey trocaram um olhar divertido enquanto Beatrix e Annandale estavam entretidos numa conversa arrebatada.

– Os homens sempre adoraram Beatrix – disse Audrey em voz baixa, virando-se na direção de Christopher. Os olhos dela cintilavam com um riso contido. – Você achou que seu avô ficaria imune?

– Achei. Ele não gosta de ninguém.

– Ao que parece o conde abre exceções para jovens que acariciam sua vaidade e parecem beber cada palavra que ele diz.

Christopher fitou de relance o rosto iluminado de Beatrix. É claro que o conde não conseguiria resistir a ela. Sua noiva tinha um jeito de olhar para a pessoa com quem conversava com uma atenção exclusiva, fazendo com que o interlocutor tivesse a sensação de ser a criatura mais interessante da sala.

– Jamais entenderei por que ela não se casou antes – comentou Christopher.

Audrey manteve a voz baixa quando retrucou.

– A maior parte da nobreza vê os Hathaways como um insulto. E embora muitos cavalheiros tenham ficado encantados com Beatrix, não queriam se casar com uma garota pouco convencional. Como você bem sabe.

Christopher franziu o cenho ao perceber a indireta.

– Assim que a conheci melhor, admiti que estava errado.

– Tem mesmo esse crédito – disse Audrey. – Não achei que você conseguiria vê-la algum dia sem preconceito. No passado, houve mais do que uns poucos homens que ficaram muito interessados em Beatrix, mas não a cortejaram. O Sr. Chickering, por exemplo. Ele implorou permissão ao pai para cortejá-la, mas foi ameaçado de deserção. Então teve que se contentar em adorar Beatrix a distância, flertar loucamente com ela em cada oportunidade, mesmo sabendo que isso não levaria a nada.

– Esses dias acabaram – falou Christopher. – Se algum dia ele voltar a se aproximar dela...

Audrey sorriu.

– Cuidado. O ciúme está completamente fora de moda hoje em dia. Um homem deve ser sofisticado o bastante para se divertir com as atenções que a esposa recebe.

– Vou me divertir muito jogando-o pela janela. – Christopher fez uma pausa ao ver que Audrey ria. Obviamente ela pensara que ele estava brincando. Decidido a mudar de assunto, Christopher disse: – Fico feliz por vê-la participar de novo de eventos sociais. – E ele falava sério.

Audrey passara quase o casamento todo cuidando de John, que tivera o diagnóstico de tuberculose pouco depois de haverem se casado. Isso, combinado com o período de luto, a fizera passar por uma longa e solitária provação. Audrey merecia um pouco de diversão e, com certeza, um pouco de companhia.

– Há algum cavalheiro que tenha lhe agradado?

Audrey fez uma careta.

– Está se referindo aos que meus irmãos não conseguiram espantar? Não, ninguém me chamou a atenção *desse* jeito. Estou certa de que poderia escolher quase qualquer caçador de fortunas em Londres, tendo em vista minha generosa herança de viúva. Mas conta contra mim o fato de eu ser estéril.

Christopher a encarou alarmado.

– Você é estéril? Como sabe?

– Três anos de casamento com John e não tivemos filhos. Nem um aborto. E sempre dizem que a mulher é a culpada nesses casos.

– Essa é uma crença da qual não compartilho. As mulheres nem sempre são as culpadas pela infertilidade de um casal... isso já foi provado. E John esteve doente durante a maior parte do casamento de vocês. Não há razão alguma para não esperar que você seja capaz de ter filhos com outro homem.

Audrey deu um sorriso cansado.

– Vamos ver o que a sorte me reserva. Mas não anseio por me casar de novo. Estou exausta. Sinto-me como uma mulher de 95 anos, em vez dos 25 que tenho.

– Você precisa de mais tempo – murmurou Christopher. – Vai se sentir diferente um dia, Audrey.

– Talvez – respondeu ela, mas não parecia muito convencida.

A atenção deles foi capturada pela conversa cada vez mais animada entre Beatrix e Annandale.

– Posso subir em uma árvore tão bem quanto qualquer lenhador da propriedade de Ramsay – Beatrix estava contando a ele.

– Não acredito em você – declarou o conde, totalmente envolvido na conversa.

– Ah, sim. Tiro as saias, o espartilho, visto calções e...

– Beatrix – interrompeu Audrey, antes que a conversa escandalosa sobre roupas íntimas fosse mais além. – Acabo de ver Poppy de relance na outra sala. Faz séculos que não a vejo. E nunca fui apresentada ao marido dela.

– Ah... – Relutante, Beatrix desviou a atenção de Annandale. – Quer que eu a leve até eles?

– *Sim.* – Audrey deu o braço à amiga.

Annandale pareceu irritado, o cenho franzido enquanto observava Audrey se afastar com Beatrix.

Christopher reprimiu um sorriso.

– O que acha dela? – perguntou.

Annandale respondeu sem hesitar:

– Eu mesmo me casaria com ela se fosse cinco anos mais novo.

– Cinco? – repetiu Christopher em um tom cético.

– Droga, dez. – Mas um leve sorriso apareceu no rosto enrugado do conde. – Tenho que elogiar a sua escolha. Ela é uma moça viva. Destemida. Adorável à sua própria maneira e, com o encanto que tem, não precisa da verdadeira beleza. Você terá que mantê-la sob rédeas curtas, mas o trabalho vai valer a pena. – Ele fez uma pausa, com uma expressão melancólica no rosto. – Depois que se tem uma mulher assim, nunca mais conseguimos nos contentar com o tipo mais comum.

Christopher estivera prestes a questionar o comentário sobre a beleza de Beatrix, que em sua opinião era inigualável. Mas aquela última frase do avô lhe chamara a atenção.

– Está se referindo à vovó? – perguntou.

– Não. Sua avó era o tipo de mulher com quem eu achava que deveria me casar. Estava apaixonado por outra pessoa... uma moça muito menos adequada. E a deixei partir, para meu eterno arrependimento. – Annandale suspirou, preso a alguma lembrança distante. – Uma vida inteira sem ela...

Christopher estava fascinado, queria perguntar mais... porém aquele dificilmente era o momento ou o lugar para uma conversa daquelas. No entanto, fez com que ele tivesse uma compreensão inesperada em relação ao avô. O que faria um homem se casar com uma Prudence quando poderia ter tido uma Beatrix? Seria o bastante para tornar qualquer um amargo.

Mais tarde, naquela noite, foram trazidas bandejas com taças de champanhe e os convidados reunidos esperaram ansiosamente que fosse feito o anúncio do noivado.

Infelizmente, o homem designado para o papel estava desaparecido.

Depois de uma rápida busca, Leo foi encontrado e levado às pressas até o salão, onde ergueu um brinde com todo o seu charme e aproveitou para listar um bom número de razões divertidas para o casamento. Embora a maior parte dos hóspedes estivesse prestando atenção nele e rindo, Christopher ouviu duas mulheres fofocando por perto, cochichando em tom reprovador.

– ... Ramsay foi encontrado flertando num canto com uma mulher. Teve que ser arrastado para fazer o discurso.

– Quem era?

– A própria esposa.

– Santo Deus.

– Pois é. Que maneira mais inadequada de pessoas casadas se comportarem.

– Acho que os Hathaways não sabem o que são modos.

Christopher teve que se conter para não rir e controlou a vontade de se virar e informar às duas bruacas que os Hathaways, na verdade, sabiam muito bem o que eram modos. Só não davam a menor importância a isso. Ele voltou os olhos para Beatrix, se perguntando se ela teria ouvido, mas a noiva não prestara atenção à fofoca, estava concentrada no irmão.

Leo concluiu o brinde com desejos sinceros de felicidade e prosperidade para o casal. Os convidados ergueram as taças e brindaram, concordando.

Christopher pegou a mão enluvada de Beatrix, ergueu-a e pousou um beijo no pulso dela. Sentia vontade de carregá-la para longe daquela sala lotada e tê-la só para si.

– Logo – sussurrou Beatrix, como se houvesse lido seus pensamentos, e Christopher deixou que seu olhar a acariciasse. – E não me olhe assim – acrescentou ela. – Deixa os meus joelhos bambos.

– Então não vou lhe contar o que gostaria de fazer com você neste exato instante. Porque você desabaria como um pino de boliche.

O momento privado e prazeroso terminou cedo demais.

Lorde Annandale, que estava parado perto de Leo, abriu caminho até a frente da sala, erguendo a taça de champanhe.

– Meus amigos – disse ele –, espero contribuir para a felicidade dessa ocasião dividindo com vocês algumas notícias de Londres.

Todos permaneceram em um silêncio respeitoso.

Um arrepio frio desceu pela espinha de Christopher. Ele relanceou o olhar para Leo, que parecia perplexo, e deu de ombros.

– O que é? – perguntou Beatrix.

Christopher balançou a cabeça, os olhos fixos no avô.

– Que Deus me ajude, não sei.

– Antes de partir para Hampshire – continuou Annandale –, fui informado por Sua Graça, o Duque de Cambridge, que meu neto será condecorado com a Cruz Vitória. A medalha, criada em janeiro passado, é a maior condecoração militar possível por bravura em face do inimigo. A própria rainha entregará a medalha ao capitão Phelan em uma cerimônia em Londres, em junho próximo.

Todos na sala soltaram exclamações de admiração e aplaudiram. Christopher sentiu todo o calor abandonar seu corpo. Não queria nada daquilo, mais uma maldita peça de metal pregada no peito, mais uma cerimônia desgraçada para honrar eventos dos quais não queria se lembrar. E era ainda mais revoltante que *aquilo* viesse se intrometer em um dos momentos mais doces da vida dele. Maldito fosse o avô por tomar aquela atitude sem sequer lhe dar uma única palavra de aviso.

– E por qual ato será concedida a Cruz Vitória, senhor? – perguntou alguém.

Annandale deu um sorriso para Christopher.

– Talvez meu neto possa arriscar uma ideia.

Christopher balançou a cabeça, negando, e continuou a encarar o avô, com o rosto inexpressivo.

O conde mostrou uma sombra de irritação diante da falta de entusiasmo do neto.

– O capitão Phelan foi recomendado para essa honra por um oficial do regimento que deu o testemunho de ter visto meu neto carregando outro oficial ferido até um lugar seguro, sob fogo cruzado. Nossos homens haviam recuado em uma tentativa de tomar os pontos de ataque dos russos. Depois de resgatar o oficial, o capitão Phelan manteve posição ao lado dele até que chegasse reforço. As posições russas foram capturadas e o oficial ferido, tenente Fenwick, foi salvo.

Christopher não confiava em si mesmo para falar enquanto uma onda de aplausos e congratulações enchia o ar. Ele se forçou a terminar o champanhe, a ficar quieto, aparentando calma, quando podia sentir que estava deslizando na direção de um perigoso precipício. Christopher conseguiu dar um jeito de reprimir o que sentia, de manter a loucura sob controle, enquanto se refugiava na sensação de distanciamento de que precisava, mas que ao mesmo tempo temia.

Por favor, Deus, pensou. Não por salvar Fenwick.

CAPÍTULO 23

Sentindo a aura potencialmente explosiva que pairava ao redor da imobilidade de Christopher, Beatrix esperou até que ele bebesse todo o champanhe.

– Ah, Deus... – disse ela, em uma voz alta o bastante para que as pessoas ao redor a ouvissem. – Temo que toda essa agitação esteja me deixando um pouco tonta. Capitão Phelan, se importaria de me acompanhar até a sala de estar...?

A pergunta foi recebida com murmúrios de simpatia, como era sempre encorajada qualquer evidência da constituição delicada de uma mulher.

Beatrix tentou parecer frágil e lânguida e se apoiou no braço de Christopher enquanto ele a acompanhava para fora do salão. No entanto, em vez de se encaminhar para a sala de estar, eles encontraram um lugar do lado de fora da casa, em um banco colocado sobre um caminho de cascalho.

Os dois ficaram sentados juntos, em uma comunicação sem palavras. Christopher passou o braço ao redor de Beatrix e pressionou a boca contra os cabelos dela. Beatrix ouvia os sons da noite que vinham do bosque próximo: piados, farfalhares, a tagarelice melodiosa dos sapos, o bater das asas dos pássaros e dos morcegos. Depois de algum tempo, ela sentiu o peito de Christopher se erguer em um longo suspiro.

– Sinto muito – Beatrix disse baixinho, sabendo que ele estava pensando em Mark Bennett, o amigo que não fora capaz de salvar. – Sei por que essa medalha lhe é tão detestável.

Christopher não respondeu. Pela tensão quase palpável que ele irradiava, ela compreendeu que, de todas as lembranças sombrias que ele guardava, aquela era uma das piores.

– É possível recusar a medalha? – perguntou Beatrix. – Não aparecer para recebê-la?

– Não voluntariamente. Eu teria que fazer algo ilegal, ou muito terrível para que fosse invocada a cláusula de expulsão.

– Poderíamos planejar um crime para você cometer – sugeriu ela. – Estou certa de que minha família teria excelentes sugestões.

Christopher virou-se para ela, os olhos como vidro prateado sob a luz do luar. Por um momento, Beatrix temeu que a tentativa de desanuviar o momento o houvesse aborrecido. Mas então ela ouviu o som de uma risada abafada, e Christopher puxou-a para um abraço.

– Beatrix – sussurrou ele. – Quero você para sempre.

Eles se demoraram um pouco mais do que deveriam do lado de fora de casa, beijando-se e acariciando-se até ambos estarem ofegantes de desejo frustrado. Christopher deixou escapar um gemido baixo e ajudou-a a se levantar do banco, levando-a de volta para casa.

Enquanto se misturava aos convidados, conversando com animação e fingindo interesse nos conselhos que ofereciam, Beatrix lançava olhares furtivos na direção de Christopher sempre que possível. Ele parecia estar calmo ao ponto do estoicismo, mantendo a postura marcial. Todos o adulavam, mesmo aqueles cuja posição social e sangue aristocrático superavam os dele. Apesar da aparência controlada de Christopher, Beatrix percebia o desconforto, talvez até mesmo certo antagonismo da parte dele, enquanto tentava se reajustar a um ambiente no qual, outrora, se sentia tão à vontade. Ele parecia deslocado entre os que antes haviam sido seus amigos, nenhum deles disposto a conversar em profundidade sobre o que Christopher vivera e fizera na guerra – só se sentiam confortáveis falando das medalhas, dos galões dourados e de músicas patrióticas. Assim, ele só conseguia permitir que seus sentimentos aflorassem em breves e cautelosos comentários.

– Beatrix. – Audrey apareceu ao lado dela, afastando-a delicadamente antes que a amiga se envolvesse em uma nova conversa. – Venha comigo. Tenho algo para lhe dar.

Beatrix conduziu-a para os fundos da casa, até um lance de escadas que levava a um cômodo de formato esquisito no segundo andar. Aquele era um dos muitos encantos da Ramsay House, aqueles cômodos e espaços excêntricos sem nenhum propósito aparente que pareciam brotar da residência principal.

Elas ficaram sentadas amigavelmente nos degraus.

– Você já fez tanto bem a Christopher – comentou Audrey. – Assim que voltou da guerra, achei que ele tinha perdido toda a capacidade de ser feliz. Mas Christopher parece estar muito mais à vontade consigo mesmo agora... nem de longe tão taciturno e tenso como já esteve. Até mesmo a mãe dele percebeu a diferença... e está grata.

– Ela tem sido gentil comigo – disse Beatrix. – Embora seja óbvio que não sou o que esperava de uma nora.

– Não é – concordou Audrey com um sorriso. – No entanto, ela está determinada a encarar a situação da melhor maneira possível. Você é a única chance de manter Riverton em nosso ramo da família. Se você e Christopher não gerarem herdeiros, a propriedade irá para os primos dela, e a mãe de Christopher não consegue suportar essa ideia. Acho que ela teria gostado mais de mim se eu tivesse conseguido conceber.

– Sinto muito – murmurou Beatrix, pegando a mão da amiga.

O sorriso de Audrey agora era amargo.

– Não era para ser. Essa foi a lição que tive de aprender. Algumas coisas não estão destinadas a acontecer, e a pessoa pode se revoltar ou aceitar isso. John me disse, já perto da morte, que tínhamos que ser gratos pelo tempo que nos foi dado. Disse que via as coisas muito claramente conforme sua vida chegava ao fim. O que me leva ao que quero lhe dar.

Beatrix olhou para a amiga em expectativa.

Com cuidado, Audrey tirou da manga um pedaço de pergaminho cuidadosamente dobrado. Era uma carta sem lacre.

– Antes que leia – disse Audrey –, preciso explicar. John escreveu esta carta na semana antes de morrer, insistiu em fazer isso ele mesmo, e me disse para entregar a Christopher quando, ou se, ele voltasse. Mas depois de lê-la, não tive certeza do que fazer com ela. Quando Christopher voltou da Crimeia, estava tão perturbado e instável... que achei melhor esperar. Porque não importava o que John houvesse me pedido, eu sabia acima de tudo que não deveria causar mal algum a Christopher, depois de tudo por que ele havia passado.

Beatrix arregalou os olhos.

– Você acha que esta carta pode fazer algum mal a Christopher?

– Não estou certa. Apesar de sermos próximos, não compreendo Christopher bem o bastante para julgar. – Audrey deu de ombros com impotência. – Você vai entender depois que ler a carta. Não quero entregá-la a Christopher, a menos que tenha certeza de que lhe fará bem, e que não o atormentará, já que não é essa a minha intenção. Deixo a questão em suas mãos, Beatrix, e confio em sua sabedoria para decidir.

CAPÍTULO 24

O casamento aconteceu um mês mais tarde, num dia seco e ensolarado de outubro, na igreja da paróquia, no parque da cidade. Para alegria geral de Stony Cross, a cerimônia seguiu antigas tradições do lugar. O cortejo nupcial desceu das carruagens a umas poucas ruas de distância da igreja e seguiu a pé o restante do caminho por um trecho ricamente enfeitado com flores e ervas de fertilidade. Mais e mais pessoas se juntavam a eles enquanto passavam, até que o grupo parecia mais uma multidão animada do que uma procissão de casamento.

Flores adicionais haviam sido arrumadas em um par de cestas que foram passadas pelas costas de Heitor, o burro de Beatrix. O animal guiava a multidão em um passo orgulhoso, enquanto as mulheres caminhavam ao lado dele, enfiando as mãos nas cestas e jogando punhados de botões e pétalas no chão. Um chapéu de palha enfeitado com flores fora preso à cabeça de Heitor, as orelhas espichadas para fora em ângulos tortos através de buracos nas laterais.

– Bom Deus, Albert – falou Christopher em tom de lamento para o cachorro ao seu lado. – Entre você e o burro, acho que você levou a melhor.
– Albert tomara banho e fora penteado, e tinha um colar de rosas brancas em volta do pescoço. O cachorro parecia exausto e claramente estava gostando tão pouco da multidão apertada em torno deles quanto o próprio Christopher.

Como as mulheres ocupavam uma metade da rua e os homens a outra, Christopher via Beatrix apenas de relance. Ela estava cercada por moças da cidade vestidas de branco, obviamente para confundir espíritos malignos que pudessem ter planos para a noiva. Christopher, por sua vez, estava cercado por uma guarda de honra composta por amigos da Brigada de Rifles e por alguns poucos homens da sua unidade de cavalaria original.

Finalmente eles chegaram à igreja, que já estava cheia. O som de violinos enchia o ar em uma melodia alegre.

Enquanto Christopher se encaminhava para a frente da igreja para esperar no altar, Beatrix permaneceu na entrada, com Leo.

– Beatrix – perguntou o irmão –, o que você fez com Heitor?

– Ele é o burro das flores – respondeu ela num tom razoável.

– Espero que não se importe de saber que está comendo o chapéu.

Beatrix sufocou uma risada.

Leo inclinou a cabeça acima da dela e murmurou:

– Quando eu entregá-la no altar, Bea, quero se lembre de uma coisa. Não estou realmente entregando você, estou apenas dando a chance a ele de amá-la tanto quanto o resto de nós.

Os olhos de Beatrix ficaram marejados, e ela se apoiou no irmão.

– Ele ama – sussurrou.

– Também acho – Leo sussurrou de volta. – Não o deixaria casar com você se não fosse assim.

O restante da manhã e da tarde passaram em um estupor de felicidade. Depois que Christopher e Beatrix fizeram seus votos, os dois deixaram a igreja sob um arco de espadas erguidas pela guarda de honra. O portão da frente foi fechado – outra tradição de Stony Cross – e não seria aberto até que o noivo pagasse o pedágio. Christopher pegou uma bolsa de veludo, tirou um punhado de moedas de ouro e jogou-as para a multidão. A chuva de moedas provocou gritos de alegria. Mais três punhados foram jogados no ar, e a maior parte das moedas cintilantes foi pega antes que caísse no chão.

Quando todas as moedas já haviam sido recolhidas, o grupo seguiu para o parque da cidade, onde longas mesas haviam sido arrumadas e exibiam bolos altos, trazidos por todos de Stony Cross. Beatrix e Christopher alimentaram um ao outro com pedaços de bolo, enquanto os moradores da cidade lançavam uma chuva de farelos sobre eles para garantir a fertilidade do casal.

A multidão continuou a celebrar no parque enquanto o cortejo nupcial seguia para a Ramsay House. Lá, um enorme banquete de casamento foi servido, com brindes e brincadeiras intermináveis.

Quando a longa comemoração terminou, Beatrix sentiu-se aliviada por poder subir as escadas e despir o vestido de noiva. Amelia e uma criada a ajudaram a retirar o vestido volumoso, e as três começaram a rir quando uma chuva de farelo de bolo caiu no chão.

– Essa é a parte que menos gosto na tradição de casamento de Stony Cross – comentou Beatrix, desalentada, limpando o resto de farelo que grudara em seus braços. – Por outro lado, provavelmente fez mais do que uns poucos pássaros felizes.

– Falando em pássaros, querida... – Amelia esperou até que a criada saísse para preparar um banho. – Isso me faz lembrar o verso do poema de Samuel Coleridge sobre a primavera. Algo como: "Se agitam as abelhas... os pássaros alçam voo..."

Beatrix encarou a irmã sem entender.

– Por que está mencionando isso? Estamos no outono, não na primavera.

– Sim, mas este poema em particular faz menção a pássaros acasalando. Pensei que talvez você tivesse algumas perguntas para me fazer a respeito do assunto.

– Sobre pássaros? Obrigada, mas sei bem mais sobre eles do que você.

Amelia suspirou e desistiu de tentar ser delicada.

– Esqueça os malditos pássaros. Esta é sua noite de núpcias... quer me perguntar alguma coisa?

– *Ah*! Obrigada, mas Christopher já, ahn... providenciou as informações.

Amelia ergueu as sobrancelhas.

– É mesmo?

– Sim. Embora ele tenha usado um eufemismo diferente de pássaros ou abelhas.

– É? E a que ele se referiu, então?

– A esquilos – respondeu Beatrix. E virou-se de lado para esconder um sorriso diante da expressão da irmã.

~

Embora eles fossem partir de manhã para passar duas semanas na região das Cotswolds, Beatrix presumiu que ela e Christopher fossem passar a noite de núpcias na Phelan House. Ela mandara um baú com algumas roupas, artigos de toalete e uma camisola para a casa de Christopher. Por isso, ficou surpresa quando ele a informou de que tinha outros planos.

Depois de se despedir da família, Beatrix foi até a entrada na frente da casa com Christopher. Ele trocara o uniforme, com sua coleção cintilante de medalhas, e usava um terno simples de lã e tweed, com uma gravata discreta no pescoço. Beatrix o preferia assim, em roupas mais simples e rústicas – o esplendor de Christopher em vestimentas militares era quase ofuscante demais para aguentar. O sol estava de um rico dourado de outono, baixo sobre o ninho escuro do topo das árvores.

Em vez da carruagem que Beatrix esperara, havia um único cavalo no caminho de entrada, o baio castrado de Christopher.

Beatrix se virou para ele com um olhar questionador.

– Não tenho um cavalo? Uma charrete? Ou vou trotar pelo caminho atrás de você?

Ele torceu os lábios em um sorriso.

– Vamos cavalgar juntos, se estiver disposta. Tenho uma surpresa para você.

– Que pouco convencional da sua parte.

– Sim, achei que lhe agradaria. – Ele a ajudou a montar e subiu com facilidade atrás dela.

Não importava qual fosse a surpresa, pensou Beatrix, enquanto se recostava nos braços dele, aquele momento era pura felicidade. Ela saboreou a sensação do corpo de Christopher junto ao seu, toda a força que a cercava, ajustando-se a ela a cada movimento do cavalo. Ele a fez fechar os olhos quando entraram na floresta. Beatrix relaxou contra o peito forte. O ar da floresta se tornava mais doce e mais fresco, exalando os aromas de resina e terra escura.

– Para onde estamos indo? – perguntou ela contra o casaco dele.

– Estamos quase lá. Não olhe.

Logo Christopher puxou as rédeas do cavalo, apeou e ajudou-a a descer.

Ao olhar os arredores de onde estava, Beatrix sorriu, perplexa. Era a casa secreta da propriedade de lorde Westcliff. A luz cintilava através das janelas abertas.

– Por que estamos aqui?

– Suba as escadas e veja – respondeu Christopher, e foi amarrar o cavalo.

Beatrix ergueu as saias do vestido azul e subiu a escada circular, que fora estrategicamente iluminada por lampiões nos suportes na parede que antes sustentavam tochas. Ela chegou ao patamar superior e entrou no cômodo grande.

Que estava transformado.

Um fogo baixo ardia na lareira antes tão escura, e a luz dourada dos lampiões enchia o ar. Os pisos de madeira arranhados haviam sido esfregados, limpos e cobertos por grossos tapetes turcos. Tapeçarias florais suavizavam as antigas paredes de pedra. A velha cabeceira havia sido substituída por uma enorme cama de nogueira com painéis entalhados e colunas em espiral. A cama tinha um colchão alto e fora arrumada com lençóis e colchas luxuosos, além de três conjuntos de travesseiros brancos. A mesa no canto fora coberta por uma toalha lilás e apoiava algumas bandejas de prata cobertas e cestas cheias de comida. Gotas de condensação escorriam pela lateral do balde de prata cheio de gelo que abrigava uma garrafa de champanhe. E lá estava o baú de Beatrix, colocado ao lado de um biombo.

Estupefata, ela andou até o outro extremo do quarto, examinando tudo.

Christopher se aproximou por trás e, quando Beatrix se virou para encará-lo, ele observou o rosto dela com uma expressão doce e misteriosa.

– Se você quiser, podemos passar nossa primeira noite aqui – falou Christopher. – Mas se não for do seu gosto, podemos ir para a Phelan House.

Beatrix mal conseguiu responder.

– Você fez isso para mim?

Ele assentiu.

– Perguntei a lorde Westcliff se poderíamos passar a noite aqui. E ele não fez objeção a algumas poucas mudanças na decoração. Você...

Christopher foi interrompido por Beatrix que se jogou em cima dele e passou os braços ao redor do seu pescoço.

Ele a abraçou, as mãos acariciando lentamente as costas e os quadris dela. Os lábios dele encontraram a pele macia do rosto de Beatrix, o queixo, a suavidade generosa da boca. Envolta em camadas diáfanas de prazer, ela retribuiu cegamente, arquejando quando sentiu os dedos de Christopher se curvando sob seu queixo. Ele moldou os lábios dela contra a própria boca, a língua exigindo com delicadeza. O sabor dele era suave, sutil, másculo. Inebriante. Beatrix ansiava por mais e tentou aprofundar o beijo, mas Christopher resistiu com uma risadinha.

– Espere. Calma... amor, há outra parte da surpresa que não quero que você perca.

– Onde? – perguntou Beatrix em uma voz letárgica, a mão tateando a frente do corpo dele.

Christopher deixou escapar uma risada abafada, pegou-a pelos ombros e afastou-a. E encarou-a com os olhos cinzentos cintilando.

– Escute – sussurrou ele.

Conforme o tamborilar do próprio coração aquietava, Beatrix ouviu música. Não de instrumentos, mas vozes humanas unidas em harmonia.

Surpresa, ela foi até a janela para saber do que se tratava. Um sorriso iluminou seu rosto.

Um pequeno grupo de oficiais do regimento de Christopher, ainda usando uniformes, estava parado em fila, cantando uma balada lenta e pungente.

Were I laid on Greenland's coast,
And in my arms embrac'd my lass;
Warm amidst eternal frost,
Too soon the half year's night would pass.
And I would love you all day.
Ev'ry night would kiss and play,
If with me you'd fondly stray.
Over the hills and far away...

– A nossa música – sussurrou Beatrix, enquanto as notas doces flutuavam até eles.

– Sim.

Beatrix sentou-se no chão e apoiou os braços cruzados sobre o parapeito... o mesmo lugar onde acendera tantas velas para um soldado lutando em uma terra distante.

Christopher se ajoelhou junto de Beatrix, passando os braços ao redor do corpo dela. Quando a música terminou, ela soprou um beijo para os oficiais.

– Obrigada, cavalheiros – gritou para eles. – Vou guardar a lembrança deste momento para sempre.

Um deles se adiantou e falou:

– Talvez não saiba, Sra. Phelan, mas de acordo com a tradição de casamento da Brigada de Rifles, todos os homens da guarda de honra do noivo devem beijar a noiva na noite de núpcias.

– Que sandice – retorquiu Christopher, divertido. – A única tradição de casamento dos Rifles que conheço é evitar se casar em primeiro lugar.

– Bem, essa você destruiu, velho amigo.

O grupo todo riu.

– Não posso dizer que o culpo – acrescentou um deles. – A senhora é uma beldade, Sra. Phelan.

– Bela como um raio de luar – disse outro.

– Obrigado – interrompeu Christopher. – Agora parem de cortejar minha esposa e tomem o caminho de casa.

– Começamos o trabalho – disse um dos oficiais. – Agora cabe a você terminar, Phelan.

E os Rifles partiram, com gritos animados e votos de felicidades.

– Estão levando o cavalo – disse Christopher, com um sorriso na voz. – Você agora está definitivamente presa aqui comigo. – Ele se virou na direção de Beatrix e ergueu o queixo dela com os dedos para que o encarasse. – O que foi? – A voz dele era carinhosa. – Qual é o problema?

– Nenhum – disse Beatrix, olhando para ele através de uma névoa de lágrimas. – Absolutamente nenhum. É só que... passei tantas horas aqui, sonhando em estar com você algum dia. Mas nunca ousei acreditar que isso pudesse mesmo acontecer.

– Você provavelmente acreditou, ao menos um pouco – sussurrou Christopher. – Caso contrário não teria se tornado verdade. – Ele a puxou para o meio de suas pernas abertas e abraçou-a. Depois de um longo tempo, voltou a falar entre os cabelos dela. – Beatrix. Uma das razões por que não fizemos amor desde aquela tarde foi porque não queria voltar a me aproveitar de você.

– Você não se aproveitou de mim – protestou ela. – Me entreguei a você livremente.

– Sim, eu sei. – Christopher beijou a cabeça da esposa. – Você foi generosa, e linda, e tão apaixonada que me arruinou para qualquer outra mulher. Mas não foi o que eu havia planejado para a sua primeira vez. Esta noite vou me redimir.

Beatrix estremeceu ao ouvir a promessa sensual no tom de voz dele.

– Não há necessidade. Mas se você insiste...

– Insisto. – Ele deslizou a mão pelas costas dela e continuou a abraçá-la, fazendo com que se sentisse segura. Então, começou a beijar a lateral do pescoço de Beatrix, a boca quente e determinada, e ela já não se sentia tão segura. Beatrix ofegou quando ele se demorou em um ponto mais sensível.

Sentindo que ela engolia com dificuldade, Christopher ergueu a cabeça e sorriu.

– Devemos jantar primeiro? – Ele se ergueu em um movimento ágil e puxou-a para que também se levantasse.

– Depois daquele banquete – retrucou Beatrix –, jamais sentirei fome novamente. No entanto... – ela brindou-o com um sorriso radiante –, não me importaria com um copo de champanhe.

Christopher segurou o rosto dela entre as mãos e lhe deu um beijo rápido.

– Com esse sorriso, você pode ficar com a garrafa toda.

Ela apoiou o rosto contra a palma da mão dele.

– Se incomodaria de abrir meu vestido primeiro?

Ele a virou de costas e começou a soltar as presilhas que prendiam o vestido.

Era uma situação tão típica de marido e mulher, ele abrindo o vestido dela, e ao mesmo tempo agradável e reconfortante. Quando a nuca de Beatrix estava à mostra, Christopher pressionou os lábios contra a pele delicada e cobriu de beijos demorados o alto das costas.

– Devo abrir o espartilho também? – perguntou ele, a voz próxima ao ouvido dela.

Beatrix estava particularmente surpresa por suas pernas ainda a sustentarem.

– Não, obrigada, posso cuidar disso sozinha. – Ela correu para se abrigar na privacidade do biombo e puxou o baú para trás dele. Quando abriu a tampa, encontrou suas roupas cuidadosamente dobradas e uma bolsa de musselina que guardava uma escova, um punhado de grampos de cabelo e outras pequenas necessidades. Havia também um pacote embrulhado em um papel de um azul pálido e amarrado com uma fita combinando. Beatrix pegou um pequeno bilhete que fora enfiado sob a fita e leu:

Um presente para a sua noite de núpcias, querida Bea. Esta camisola foi feita pela modista mais em voga em Londres. É bem diferente das que você costuma usar, mas será uma visão muito agradável para um noivo. Confie em mim neste assunto.
Poppy

Beatrix ergueu a camisola e viu que era feita de um tecido diáfano, negro, e fechada com minúsculos botões pretos. Como até ali ela só usara camisolas modestas, feitas de musselina e cambraia, aquela era um tanto chocante. No entanto, se era do que os maridos gostavam...

Depois de despir o espartilho e o restante da roupa de baixo, Beatrix passou a camisola pela cabeça e deixou o tecido frio e sedoso deslizar pelo corpo. A camisola era justa nos ombros e no torso e abotoada até a cintura, de onde descia em camadas transparentes. Uma fenda na lateral subia até o quadril dela, exibindo a perna de Beatrix quando ela se movia. E suas costas estavam expostas de um modo escandaloso, o decote descendo até a base da coluna. Beatrix tirou os grampos e pentes que prendiam seus cabelos e guardou-os na sacola de musselina que estava no baú.

Hesitante, saiu de trás do biombo.

Christopher acabara de servir duas taças de champanhe. Ele se virou na direção do movimento e ficou imóvel, a não ser pelo olhar ardente, que passeava pelo corpo dela.

– Meu Deus – murmurou, e bebeu o champanhe de uma vez. Então, deixou a taça vazia de lado e segurou a outra com força, como se estivesse com medo de deixá-la escapar por entre os dedos.

– Gosta da minha camisola? – perguntou Beatrix.

Christopher assentiu, sem afastar o olhar dela.

– Onde está o resto dela?

– Isso foi tudo o que consegui encontrar. – Incapaz de resistir à vontade de provocá-lo, Beatrix virou o rosto por sobre o ombro e tentou olhar para a parte de trás da camisola. – Estou na dúvida se a vesti ao contrário...

– Deixe-me ver. – Ela então se virou e revelou as costas nuas. Christopher arquejou.

Embora Beatrix o ouvisse praguejar, não se sentiu ofendida. Ao contrário, deduziu que Poppy estivera certa sobre a vestimenta. E quando Christopher virou a segunda taça de champanhe, esquecendo que era a dela, Beatrix disfarçou um sorriso. Ela caminhou até a cama e subiu no colchão, deleitando-se com a maciez das cobertas e dos lençóis. Deitou-se de lado, sem se importar que o tecido diáfano se abrisse até os quadris, expondo toda a sua perna.

Christopher foi até a esposa, despindo a camisa no caminho. A visão do corpo dele, todos aqueles músculos flexíveis e a pele bronzeada, a deixou sem fôlego. Era um belo homem, um Apolo com cicatrizes, um amante dos sonhos. E era todo dela.

Beatrix estendeu a mão e ofegou ao tocar o peito dele. Ela deixou as pontas dos dedos correrem nos pelos encaracolados e brilhantes. Christopher se inclinou sobre ela, os olhos semicerrados, a boca firme como sempre acontecia quando estava excitado.

Dominada por uma onda de amor e desejo, Beatrix disse em uma voz abafada:

– Christopher...

Ele tocou os lábios dela com um único dedo, acariciando as curvas trêmulas, usando a ponta do polegar para abri-los. E a beijou, encaixando a boca na dela nos mais variados ângulos. Cada beijo era como um choque, doce e intenso, percorrendo os nervos de Beatrix, espalhando fogo pelas entranhas dela, tornando impossível pensar claramente. As mãos de Christopher deslizavam pelo corpo da esposa com uma leveza que prometia mais do que satisfazia. Estava sendo seduzida, e com muito talento.

Beatrix sentiu o corpo ser pressionado contra o colchão, enquanto uma das pernas dele abria caminho entre as dela. Os dedos de Christopher acariciaram os seios dela até encontrar o mamilo que parecia latejar sob a seda. Ele provocou o bico rígido com o polegar, torcendo-o levemente, acariciando-o com uma delicadeza que a fez se contorcer de desejo. Christopher segurou o mamilo entre o polegar e o indicador e apertou gentilmente por cima da camisola, provocando uma nova onda de prazer. Beatrix gemeu contra os lábios dele e interrompeu o beijo em busca de ar.

Christopher se inclinou sobre o seio dela, o hálito úmido penetrando o tecido reluzente e aquecendo a pele abaixo. A língua dele tocou o mamilo rígido, inchado contra a seda, causando frustração e prazer em doses iguais. Beatrix esticou as mãos trêmulas para afastar a camisola.

– Devagar – sussurrou ele, deixando a língua deslizar sobre a pele dela, sem chegar ao lugar que Beatrix mais queria.

Ela correu os dedos pelo rosto dele, pelo queixo, sentindo um arrepio ao tocar a pele áspera onde a barba já crescia. Tentou guiar a boca do marido, e ele riu baixinho, resistindo.

– Devagar – repetiu, beijando o vão macio entre os seios dela.

– Por quê? – perguntou ela entre um arquejo e outro.

– É melhor para nós dois. – Ele segurou um dos seios entre as mãos e moldou-o com os dedos gentis. – Principalmente para você. Torna o prazer mais profundo... mais doce... deixe eu lhe mostrar, meu amor...

Beatrix jogou a cabeça para trás, impotente, enquanto aquela língua brincava em sua pele.

– Christopher... – A voz dela saiu trêmula. – Eu queria...

– O quê?

Era tão terrivelmente egoísta, mas ela não conseguiu se conter e falou.

– Queria que não houvesse tido outra mulher antes de mim.

Ele a fitou nos olhos de um jeito que fez Beatrix sentir que estava se derretendo em mel. E a boca dele encontrou a dela, acariciando-a com um calor terno e urgente ao mesmo tempo.

– Meu coração pertence apenas a você – sussurrou ele. – O que fiz antes, não foi amor. Essa também é a primeira vez para mim.

Beatrix pensou a respeito e encarou os olhos cintilantes e luminosos dele.

– Então é diferente com alguém que se ama?

– Beatrix, meu amor, é além de qualquer coisa que já experimentei. Além de qualquer sonho. – Christopher deixou a mão deslizar pelo quadril dela, os dedos puxando delicadamente o tecido negro até encontrar a pele de Beatrix. Os músculos do tronco dela ficaram tensos sob o toque tentador e experiente. – Você é a razão da minha vida. Se não fosse por você, eu jamais teria voltado.

– Não diga isso. – Era insuportável a ideia de algo ter acontecido a ele.

– "Tudo é menos importante do que a minha esperança de voltar a estar com você." Lembra-se de quando escrevi isso?

Beatrix assentiu e mordeu o lábio enquanto a mão dele avançava sob as camadas de seda transparente.

– Eu estava falando muito sério – murmurou ele. – E teria escrito muito mais, mas não queria assustá-la.

– Eu também queria ter escrito mais – comentou Beatrix, comovida. – Queria compartilhar cada pensamento com você, cada... – Ela se interrompeu e deixou escapar um arquejo quando Christopher encontrou o lugar vulnerável entre suas coxas.

– Você é tão quente aqui – sussurrou ele, acariciando-a intimamente. – Tão macia. Ah, Beatrix... me apaixonei por você a partir de suas palavras... mas tenho que admitir... prefiro me comunicar assim.

Ela mal conseguia falar, a mente ofuscada pela sensação.

– Ainda é uma carta de amor – disse, deslizando a mão pela curva dourada do ombro dele. – Só que na cama.

Ele sorriu.

– Então vou tentar usar a pontuação adequada.

– Sem omitir o sujeito – acrescentou Beatrix, fazendo-o rir.

Mas quanto mais ele a acariciava e a provocava, Beatrix ia perdendo toda a vontade de fazer graça. Eram sensações demais, vindas das mais diferentes direções. Ela se contorcia, o calor aumentando. Quando o êxtase ameaçou chegar rápido demais, intenso demais, Christopher tentou acalmá-la, afagando os membros trêmulos da esposa.

– Por favor – disse Beatrix, o corpo suado até a raiz dos cabelos. – Preciso de você agora.

– Não, amor. Espere só mais um pouco. – Ele alisou as coxas dela, os polegares tocando as dobras úmidas do sexo feminino.

Beatrix descobriu que a coisa mais impossível do mundo era reprimir o êxtase, que quanto mais Christopher lhe pedia que se contivesse, mais poderosa ficava a onda de desejo. E ele sabia disso, o demônio, sussurrando com um brilho provocante nos olhos...

– Ainda não. É cedo demais. – E o tempo todo os dedos dele a acariciavam languidamente entre as pernas, a boca roçando os seios túmidos. Cada parte do corpo dela estava dominada por um desejo irreprimível. – Não se entregue ainda – disse ele contra a pele ardente. – Espere...

Beatrix ofegou, o corpo tenso, tentando dominar a sensação que ameaçava tomar conta. Mas os lábios dele se abriram sobre o mamilo dela e começaram a sugar delicadamente. Então ela estava perdida. Beatrix gritou e ergueu o corpo contra as mãos e a boca de Christopher, entregando-se ao orgasmo. Ela tremeu e gemeu, enquanto espasmos voluptuosos a dominavam, e lágrimas desconsoladas enchiam seus olhos.

Christopher olhou para ela e murmurou palavras carinhosas. E acariciou seu corpo, tentando acalmá-la e beijando uma lágrima que escorria.

– Não fique triste – sussurrou.

– Não consegui me controlar – disse Beatrix numa voz desolada.

– E não deveria mesmo ter se controlado – respondeu Christopher com carinho. – Eu estava brincando com você. Provocando-a.

– Mas eu queria esperar mais. É a nossa noite de núpcias, e já terminou. – Ela fez uma pausa e acrescentou num tom melancólico. – Ao menos a minha parte.

Christopher desviou o rosto, mas Beatrix viu que o marido se esforçava para conter uma risada. Quando ele conseguiu se recompor, fitou a esposa com um leve sorriso e afastou os cabelos de Beatrix do rosto.

– Posso deixá-la pronta para mais uma vez.

Beatrix ficou em silêncio por um momento, enquanto avaliava os nervos cansados e o corpo lânguido.

– Acho que não – falou. – Estou me sentindo como um pano de prato torcido.

– *Prometo* que vou deixá-la pronta novamente – disse ele, o tom divertido.

– Vai levar muito tempo – deduziu Beatrix, o cenho franzido.

Christopher pegou-a nos braços e capturou a boca da esposa num beijo.

– Espero ardentemente que sim.

Depois de despir ambos, Christopher beijou o corpo exaurido por toda a parte, saboreando-a sem pressa. Beatrix se esticou e se arqueou, a respiração já começando a acelerar. Ele seguiu os sinais sutis que ela dava em resposta, estimulando as brasas, como se estivesse acendendo novamente uma fogueira. As mãos dela acariciavam compulsivamente as texturas masculinas do corpo do marido, os pelos grossos, os músculos firmes e lisos, as cicatrizes que aos poucos se tornavam familiares.

Christopher virou Beatrix de lado e empurrou para o alto o joelho dela que estava por cima. Ela o sentiu penetrá-la por trás, a pressão do membro dele abrindo caminho pelo que parecia uma entrada apertada demais. Era muito, e Beatrix ainda queria mais. Ela deitou a cabeça no braço que a apoiava e ofegou quando ele se abaixou para beijá-la. Christopher a cercou, a preencheu... Beatrix sentiu a carne inchada, quente, sensível, o corpo se ajustando instintivamente ao dele.

Ele sussurrou no ouvido dela, palavras de desejo, de louvor e adoração, contando a Beatrix todos os modos como queria lhe dar prazer. Com muita delicadeza, Christopher a deitou de bruços e abriu mais as coxas dela com os próprios joelhos. Ela gemeu quando sentiu uma das mãos do marido deslizar por baixo dos quadris dela. Christopher pousou a mão sobre o sexo de Beatrix, acariciando-a, enquanto arremetia dentro dela num ritmo insistente. Mais rápido do que antes, com determinação... inclemente. Ela gemeu e agarrou a colcha com as mãos enquanto o calor voltava a dominá-la.

Quando estava à beira de outro orgasmo, ele parou e virou-a de frente. Beatrix não conseguiu desviar os olhos da prata derretida que viu nos olhos dele, como tempestades iluminadas por relâmpagos.

– Amo você – sussurrou ele, e Beatrix se sobressaltou quando ele voltou a penetrá-la.

Ela passou os braços e as pernas ao redor do corpo do marido, beijou-o e mordeu o músculo rígido e sedutor do ombro dele. Christopher deixou escapar um som baixo, quase um rugido, e ergueu as nádegas dela para que Beatrix recebesse mais diretamente suas arremetidas. A cada estocada, o corpo dele roçava intimamente contra o dela, acariciando o sexo de Beatrix uma vez e outra, levando-a a um êxtase tamanho que pareceu dominar cada nervo, cada célula.

Ele arremeteu uma última vez e ficou imóvel, deixando que as convulsões do corpo dela se juntassem às dele, úmidas, intensas, o clímax de ambos provocando gemidos roucos. E mesmo assim a ânsia por ela não cessou. O alívio físico deu lugar a um desejo por ainda mais intimidade. Christopher rolou os dois até que ficassem de lado e a aconchegou de modo que os corpos ficassem colados. Mesmo então, ele ainda não parecia estar próximo o bastante, queria mais de Beatrix.

Eles saíram da cama algum tempo depois para se banquetearem com o delicioso jantar frio que fora deixado: fatias de torta de carne de caça, saladas, ameixas escuras e maduras, bolo com calda de licor de flor de sabugueiro. Tudo regado a champanhe. Os dois levaram as taças para a cama, e Christopher fez vários brindes lascivos, enquanto Beatrix planejava pousar a boca gelada de champanhe em várias partes do corpo dele. Os dois brincaram, fizeram um ao outro rir e depois ficaram em silêncio, observando as velas queimarem.

– Não quero adormecer – murmurou Beatrix. – Quero que essa noite dure para sempre.

Ela sentiu Christopher sorrir contra seu rosto.

– Não é necessário. Pessoalmente, me sinto muito otimista com relação a amanhã à noite.

– Nesse caso, vou dormir. Não estou mais conseguindo manter os olhos abertos.

Ele a beijou com carinho.

– Boa noite, Sra. Phelan.

– Boa noite. – Um sorriso sonolento curvou os lábios de Beatrix, enquanto ela observava o marido se levantar da cama para apagar a última vela.

Mas, antes, ele pegou um travesseiro da cama e jogou-o no chão, junto com uma colcha.

– O que está fazendo?

Christopher olhou para ela por sobre o ombro, uma das sobrancelhas arqueadas.

– Você se lembra que eu lhe disse que não podemos dormir juntos.

– Nem mesmo na nossa noite de núpcias? – protestou ela.

– Vou estar bem perto de você, meu amor.

– Mas não vai ficar confortável no chão.

Ele foi apagar a luz do lampião.

– Beatrix, comparado a alguns lugares onde dormi no passado, isto é um palácio. Acredite em mim, estarei confortável.

Aborrecida, Beatrix arrumou as cobertas ao redor do corpo e se virou de lado. O quarto estava escuro, e ela ouviu os sons de Christopher se acomodando e o barulho compassado da respiração dele. Logo o sono a envolveu com sua escuridão bem-vinda... e Christopher ficou sozinho para lidar com os demônios do próprio sono.

CAPÍTULO 25

Embora Beatrix considerasse Hampshire o lugar mais bonito da Inglaterra, as Cotswolds chegavam muito perto de eclipsá-lo. A região, muitas vezes chamada de o coração da Inglaterra, era formada por uma cadeia de montanhas e escarpas que cruzavam os condados de Gloucestershire e Oxfordshire. Beatrix ficou encantada com os vilarejos que pareciam saídos de livros de contos de fadas – os chalés pequenos e arrumados, as colinas verdes cheias de ovelhas rechonchudas. Como a lã era a indústria mais rentável do lugar, e seus lucros vinham sendo usados para melhorar a terra e construir igrejas, mais de uma placa avisava: OS CRIADORES DE OVELHAS PAGARAM POR TUDO.

Para deslumbramento de Beatrix, o cão pastor também tinha um status elevado. A atitude dos moradores em relação a eles lembrou a Beatrix o ditado cigano que uma vez ouvira de Cam: "Para fazer um visitante se sentir bem-vindo, também se deve fazer seu cão se sentir bem-vindo." Ali naquele vilarejo nas Cotswolds, as pessoas levavam seus cachorros a todos os lugares, até mesmo às igrejas onde os bancos tinham sulcos nos lugares onde as guias eram amarradas.

Christopher levou Beatrix até um chalé com telhado de palha, na propriedade de lorde Brackley. O visconde, um velho amigo de Annandale, oferecera o lugar para que ficassem por tempo indeterminado. O chalé ficava a certa distância de Brackley Manor, e fora construído no lado oposto de um antigo celeiro para guardar dízimos. Com suas portas em arco, o telhado inclinado de palha e as clematites cor-de-rosa floridas subindo pelas paredes externas, a casinha era um encanto.

O cômodo principal tinha uma lareira de pedra, tetos com vigas e com vários painéis de vidro dando para um jardim nos fundos. Albert foi investigar os cômodos do andar de cima, enquanto um par de criados carregava os baús e as valises.

– Gostou? – perguntou Christopher, sorrindo ao ver a animação de Beatrix.

– Como poderia não gostar? – respondeu ela, girando lentamente para ver tudo.

– É bem humilde para uma lua de mel – disse Christopher, sorrindo quando ela encostou o corpo ao dele e passou os braços por seu pescoço. – Eu poderia levá-la a qualquer cidade... Paris... Florença...

– Como já lhe disse antes, quero um canto tranquilo e agradável. – Beatrix distribuiu beijos impulsivos pelo rosto dele. – Livros... vinho... longas caminhadas... e *você*. Este é o lugar mais maravilhoso do mundo. Já estou lamentando ter que partir.

Ele riu, enquanto se esforçava para capturar a boca da esposa.

– Só vamos embora daqui a duas semanas. – Depois de finalmente encontrar os lábios do marido num beijo longo e provocante, Beatrix se derreteu contra o corpo dele e suspirou.

– Como a vida cotidiana poderá se comparar a isto?

– A vida comum será tão maravilhosa quanto esta – sussurrou ele. – Desde que você esteja comigo.

Por insistência de Christopher, Beatrix dormiu num dos dois quartos adjacentes no andar de cima, separada dele apenas por uma parede fina. Christopher sabia que a aborrecia não dividir o quarto com ele, mas seu sono era inquieto demais, seus pesadelos muito imprevisíveis, para que arriscasse.

Mesmo ali, naquele recanto de pura alegria, havia noites difíceis. Ele acordava e sentava na cama sobressaltado, depois de sonhar com sangue e balas, rostos contorcidos em agonia, e se descobria procurando um rifle, uma espada, algum modo de se defender. Sempre que o pesadelo era especialmente ruim, Albert se arrastava até os pés da cama e lhe fazia companhia. Assim como fizera durante a guerra, o cão tomava conta de Christopher enquanto ele dormia, pronto para alertá-lo caso o inimigo se aproximasse.

No entanto, por mais perturbadoras que fossem as noites, os dias eram extraordinários... serenos, cheios de prazer, trazendo uma sensação de bem-estar que Christopher não sentia há anos. Havia algo na luz da região das Cotswolds, uma opalescência suave que cobria as montanhas e as fazendas, unindo-as. A manhã normalmente começava com sol e aos poucos o céu se enchia de nuvens ao entardecer. Mais para o fim do dia, a chuva caía sobre as brilhantes folhas de outono, dando a elas um brilho de açúcar caramelizado, e fazendo subir o aroma denso e fresco de terra.

Christopher e Beatrix rapidamente desenvolveram uma rotina que começava com um café da manhã simples, seguido por uma longa caminhada com Albert. Depois, eles se aventuravam a visitar o mercado da cidade mais próxima, com suas lojas e confeitarias, ou iam explorar velhas ruínas e monumentos. Era impossível imprimir um passo determinado em uma caminhada com Beatrix. Ela parava com frequência para observar uma teia de aranha, insetos, musgo e ninhos. Beatrix escutava os sons da vida ao ar livre com o mesmo prazer que outras pessoas demonstravam ao ouvir Mozart. Aquilo tudo era como uma sinfonia para ela... o céu, a água, a terra. Beatrix via um novo mundo a cada dia, vivendo inteiramente no presente, sempre atenta a tudo ao seu redor.

Uma noite, os dois aceitaram um convite de lorde e Lady Brackley para jantar na mansão. A maior parte do tempo, no entanto, se isolavam, e sua privacidade só era interrompida quando os criados vinham da mansão próxima com comida e roupas de cama novas. A maior parte das tardes, Christopher e Beatrix passavam fazendo amor diante da lareira ou na cama. Quanto mais Christopher possuía Beatrix, mais a desejava.

Mas ele estava determinado a protegê-la do lado mais sombrio de si mesmo, das lembranças das quais não conseguia fugir. Beatrix era paciente quando eles chegavam a silêncios abruptos em suas conversas, nas vezes em que uma das perguntas dela se aproximava demais de território perigoso. Também tinha boa vontade quando o humor de Christopher ficava mais sombrio. E ele se sentia envergonhado por obrigar a esposa a suportar as complexidades de sua natureza.

Havia momentos em que a curiosidade tranquila de Beatrix explodia numa labareda de irritação, e em vez de se aborrecer com ela, Christopher se recolhia num silêncio frio. E o fato de os dois dormirem separados era fonte frequente de tensão. Beatrix parecia não conseguir aceitar que ele não quisesse ninguém junto dele quando dormia. Não era apenas por causa dos pesadelos – Christopher era incapaz de adormecer se houvesse mais alguém perto dele. Cada toque ou som o sobressaltava e o acordava. Toda noite era uma luta.

– Ao menos tire um cochilo comigo – Beatrix tentara convencê-lo certa tarde. – Um cochilinho. Vai ser tão gostoso, você vai ver. Só se deite comigo e...

– Beatrix – dissera Christopher num tom de exasperação mal contida –, não me atormente. Você não vai conseguir nada, exceto me deixar furioso.

– Desculpe – pedira ela, arrependida. – É que queria muito ficar perto de você.

Christopher compreendia. Mas a proximidade sem compromisso que ela desejava seria sempre impossível para ele. A única coisa que lhe restava era tentar compensá-la de todos os outros modos possíveis.

O sentimento que nutria pela esposa era tão profundo que parecia ser parte do sangue dele, estar colado aos seus ossos. Christopher não compreendia todas as razões de tão misteriosa alquimia. Mas as razões realmente importavam? Era possível isolar o amor e examinar cada detalhe da atração, mas ainda assim não se poderia explicá-lo por completo.

Ele simplesmente existia.

Ao retornarem para Stony Cross, Christopher e Beatrix encontraram a Phelan House em total desordem. Os criados ainda estavam se acostumando com os novos moradores do estábulo e da casa, incluindo o gato, o ouriço, a cabra, os pássaros e os coelhos, o burro e daí por diante. A principal razão para a confusão, no entanto, era que a maior parte dos cômodos na Phelan House estava sendo fechada, e tudo o que havia na casa estava sendo organizado para a mudança para Riverton.

Nem Audrey, nem a mãe de Christopher tinham a intenção de montar residência na Phelan House. Audrey preferia viver na cidade, com a família, que a cercava de afeto e atenção. A Sra. Phelan havia decidido permanecer em Hertfordshire com o irmão e a família dele. Os criados que não tinham vontade ou possibilidade de se mudar de Stony Cross ficariam para trás para tomar conta da Phelan House e de suas terras.

A Sra. Clocker fizera um relatório detalhado a Christopher sobre o que acontecera em sua ausência.

– Chegaram mais presentes de casamento, incluindo pratarias e cristais adoráveis. Eu os coloquei sobre a longa mesa na biblioteca, junto com os cartões que os acompanhavam. Também há uma pilha de correspondência e de convites. E, senhor... houve a visita de um oficial do Exército. Não foi nenhum dos que compareceram ao casamento. Ele deixou um cartão de visita e disse que retornaria em breve.

O rosto de Christopher não denotava expressão.

– O nome dele? – perguntou em voz baixa.

– Coronel Fenwick.

Ele não respondeu. No entanto Beatrix, que estava parada ao lado do marido, viu o rápido tremor nos dedos dele, estendidos ao lado do corpo, e o movimento rápido das pálpebras. Com uma expressão sombria e distante, Christopher assentiu com a cabeça para a governanta.

– Obrigado, Sra. Clocker.

– Sim, senhor.

Sem dizer uma palavra a Beatrix, ele deixou a sala de estar e saiu pisando firme em direção à biblioteca. Ela o seguiu na mesma hora.

– Christopher...

– Agora não.

– O que o coronel Fenwick poderia querer?

– Como vou saber? – respondeu ele com rispidez.

– Acha que tem a ver com a Cruz Vitória?

Christopher parou e se virou para encarar a esposa num movimento tão agressivo que fez com que ela se detivesse no mesmo instante. A expressão nos olhos dele era dura, intensa. Beatrix percebeu que o marido estava dominado por uma das crises de fúria que costumavam acontecer quando a tensão atingia o limite. A mera menção ao coronel Fenwick o desequilibrara por completo. Para seu crédito, Christopher respirou fundo algumas vezes e conseguiu controlar a cólera.

– Não posso conversar agora – murmurou. – Preciso de um descanso, Beatrix. – Christopher se virou e começou a se afastar.

– De *mim*? – perguntou ela, o cenho franzido.

A frieza entre eles persistiu pelo restante do dia. Christopher estava monossilábico durante o jantar, o que deixou Beatrix infeliz e ressentida. Na família Hathaway, sempre que havia conflito, era possível encontrar alguém na casa para conversar a respeito. Quando se era casado e sem filhos, no entanto, caso a pessoa brigasse com o marido, não tinha mais ninguém com quem conversar sobre nada. Ela deveria se desculpar com ele? Não, algo dentro de Beatrix a fazia hesitar diante da ideia. Afinal, não fizera nada de errado, fizera apenas uma pergunta.

Pouco antes da hora de dormir, ela se lembrou de algo que Amelia lhe aconselhara: nunca vá para a cama zangada com seu marido. Vestindo uma camisola e um roupão, Beatrix procurou por toda a casa até encontrá--lo na biblioteca, sentado perto da lareira.

– Isso não é justo – disse ela, parada na porta.

Christopher levantou os olhos para encará-la. A luz do fogo iluminava o rosto dele em tons de amarelo e vermelho, fazendo cintilar as mechas cor de âmbar dos cabelos. As mãos de Christopher estavam fechadas juntas, como se fossem um canivete. Albert estava estendido no chão ao lado da cadeira dele, descansando o queixo entre as patas.

– O que eu fiz? – continuou Beatrix. – Por que não conversa comigo?

O rosto de Christopher permaneceu sem expressão.

– Eu conversei com você.

– Como um estranho. Totalmente sem carinho.

– Beatrix – falou Christopher, parecendo exausto –, sinto muito. Vá para a cama. Amanhã tudo voltará ao normal, depois que eu for ver Fenwick.

– Mas o que eu...

– Não foi nada que você fez. Deixe-me lidar com isso do meu jeito.

– Por que eu devo ser alienada? Por que não pode confiar em mim?

A expressão de Christopher se alterou, ficou mais suave. Ele olhou para ela com um brilho semelhante à compaixão. Então se levantou e caminhou lentamente até onde estava a esposa, a silhueta grande e escura contra o brilho da lareira. Beatrix se encostou no batente da porta, o coração acelerado quando ele a alcançou.

– Foi um ato egoísta da minha parte, me casar com você – disse Christopher. – Sabia que não seria fácil para você se acomodar ao que eu poderia lhe dar, sem exigir mais. Mas eu lhe avisei. – O olhar opaco dele passeou pelo corpo dela. Christopher apoiou uma das mãos no batente acima da cabeça dela, e levou a outra à frente do roupão que Beatrix usava, onde aparecia um rufo de renda branca da camisola. Ele brincou com a renda e inclinou a cabeça sobre a dela. – Devo fazer amor com você? – perguntou baixinho. – Isso seria suficiente?

Beatrix sabia quando estava sendo apaziguada. O marido estava oferecendo prazer sexual no lugar de se comunicar de verdade. Por mais paliativo que pudesse ser, era um ótimo substituto. Mas mesmo que o corpo dela reagisse com desejo à proximidade dele, ardendo ao sentir o perfume quente de Christopher e à promessa sensual do toque dele, sua mente não aceitava. Não queria que o marido fizesse amor com ela apenas para distraí-la. Queria ser uma *esposa*, não um brinquedo.

– Você dividiria a minha cama comigo, depois? – Beatrix perguntou obstinada. – E ficaria comigo até de manhã?

Os dedos dele ficaram imóveis.

– Não.

Beatrix o encarou irritada e recuou.

– Então irei para a cama sozinha. – Cedendo à frustração momentânea, ela acrescentou enquanto se afastava. – Como faço toda noite.

CAPÍTULO 26

– Estou chateada com Christopher – Beatrix contou a Amelia à tarde, enquanto as duas passeavam de braços dados pelas trilhas de cascalho atrás da Ramsay House. – E antes que eu lhe conte, quero deixar claro que só há um único lado razoável na questão. O meu.

– Ah, não se preocupe – disse Amelia com simpatia. – Maridos são uma cruz às vezes. Me conte o seu lado da história, e concordarei completamente.

Beatrix começou mencionando o cartão de visita deixado pelo coronel Fenwick e contou sobre o comportamento de Christopher depois disso.

Amelia deu um sorrisinho de lado para Beatrix.

– Acredito que esses sejam os problemas dos quais Christopher fez tanta questão de alertá-la.

– É verdade – admitiu Beatrix. – Só que isso não torna mais fácil lidar com a situação. Amo-o desesperadamente. Mas vejo como Christopher luta contra certos pensamentos que surgem em sua mente, ou contra alguns reflexos que tenta controlar. E ele não conversa comigo a esse respeito. Conquistei o coração dele, mas é como possuir uma casa em que a maior parte das portas está aparentemente fechada. Ele quer me proteger de tudo o que é desagradável. E não será um casamento de verdade... não como o seu com Cam... até que Christopher esteja disposto a compartilhar tanto o que há de pior quanto o que há de melhor nele.

– Homens não costumam se colocar em risco dessa forma – comentou Amelia. – É preciso ser paciente. – O tom dela se tornara mais seco, o sorriso melancólico. – Mas posso lhe assegurar, querida... ninguém jamais consegue compartilhar apenas o melhor de si mesmo.

Beatrix encarou a irmã com ressentimento.

– Não há dúvida de que vou provocá-lo a tomar uma atitude desesperada daqui a pouco tempo. Eu pressiono, faço perguntas, e ele resiste. Tenho medo de que esse se transforme no padrão do nosso casamento pelo resto da minha vida.

Amelia sorriu com carinho.

– Nenhum casamento segue o mesmo padrão para sempre. Essa é uma das melhores características da vida a dois, e também a pior... ele inevitavelmente se transforma. Espere pela sua oportunidade querida. Eu lhe prometo que ela chegará.

~

Depois que Beatrix saiu para visitar a irmã, Christopher contemplou com relutância a perspectiva de visitar o tenente-coronel William Fenwick. Não via o desgraçado desde que o oficial fora mandado de volta para a Inglaterra, para se recuperar dos ferimentos que sofrera em Inkerman. Para dizer o mínimo, os dois não haviam se separado em bons termos.

Fenwick não fizera segredo de seu ressentimento em relação a Christopher, que, em sua opinião, recebera toda a atenção e homenagens merecidas por ele próprio. Por mais odiado que Fenwick fosse, uma coisa todos sabiam: ele estava destinado à glória militar. Era um cavaleiro sem igual, de coragem inquestionável e agressivo em combate. Sua ambição fora se distinguir no campo de batalha e conquistar um lugar no panteão britânico dos lendários heróis de guerra.

O fato de ter sido Christopher quem salvara sua vida fora especialmente indigesto para Fenwick. Não seria exagero imaginar que ele teria preferido perecer no campo de batalha a ver o desafeto receber a medalha por salvá-lo.

Christopher não tinha ideia do que Fenwick poderia querer com ele agora. O mais provável era que o outro homem houvesse sabido sobre a condecoração com a Cruz Vitória e quisesse externar seu descontentamento. Muito bem. Christopher o deixaria falar o que quisesse, então se certificaria de que Fenwick deixasse Hampshire. Havia um endereço rabiscado no cartão de visita que ele entregara à Sra. Clocker. Ao que parecia, estava hospedado na estalagem local. Christopher não tinha outra escolha senão encontrá-lo lá. Preferia ser amaldiçoado a deixar que Fenwick entrasse em sua casa ou se aproximasse de Beatrix.

O céu da tarde estava cinzento e o vento zumbia, as trilhas na floresta estalavam por causa das folhas secas e dos galhos caídos. As nuvens cobriam o sol, projetando uma luz azulada e sombria. Um frio úmido se espalhava por Hampshire, conforme o inverno empurrava o outono para trás. Christopher pegou a estrada principal ao lado da floresta, seu baio puro-sangue revigorado pelo clima e ansioso por esticar as patas. O vento soprava por entre os galhos das árvores da floresta, imitando movimentos sussurrantes, como fantasmas inquietos voando por entre as árvores.

Christopher tinha a sensação de estar sendo seguido. Chegou a olhar por cima do ombro, meio esperando ver a morte ou o demônio. Aquele era o tipo de pensamento mórbido que o atormentara impiedosamente depois da guerra. Mas atualmente acontecia com menos frequência.

Tudo por causa de Beatrix.

Christopher sentiu um aperto no peito, um anseio por ir até onde ela estava, encontrá-la e puxá-la contra o peito. Na noite da véspera, parecera impossível conversar com ela. Agora, ele achava que seria mais fácil. Estava disposto a fazer qualquer coisa para tentar ser o marido de que ela precisava. Não conseguiria de uma única vez, mas ela era paciente e capaz de perdoar. E, santo Deus, como ele a amava por isso. O pensamento fixo na esposa o ajudou a se acalmar quando ele chegou à estalagem. O vilarejo estava calmo, as portas fechadas contra o frio e a umidade do mês de novembro.

A Estalagem Stony Cross era bem-arrumada e confortável, cheirava a cerveja e comida, e as paredes caiadas haviam envelhecido, tornando-se da cor de mel escuro. O dono do lugar, Sr. Palfreyman, conhecia Christopher desde garoto. Ele o recebeu de maneira calorosa e fez perguntas espirituo-sas sobre a lua de mel, então indicou prontamente a localização do quar-to que Fenwick ocupava. Alguns minutos mais tarde, Christopher batia à porta e esperava, tenso.

A porta foi aberta, o canto arrastando contra o piso irregular.

Foi chocante ver o tenente-coronel William Fenwick usando roupas ci-vis, quando Christopher sempre o vira no uniforme dourado e escarlate da cavalaria. O rosto do homem era o mesmo, a não ser pela palidez acen-tuada, típica de quem passa muito tempo em ambientes fechados, o que parecia totalmente incongruente para um homem que fora tão obcecado com equitação.

Christopher sentiu uma relutância imediata em se aproximar dele.

– Coronel Fenwick – falou, e teve que se controlar para não bater con-tinência. Em vez disso, ofereceu a mão. O toque do outro homem na sua mão, úmida e fria provocou-lhe uma sensação ruim.

– Phelan. – Fenwick se afastou, constrangido, para o lado. – Vai entrar?

Christopher hesitou.

– Há dois salões lá embaixo, e uma taverna.

Fenwick deu um leve sorriso.

– Infelizmente, ainda sofro com antigos ferimentos. As escadas são uma inconveniência. Apelo para a sua indulgência e peço que fique aqui em cima. – Ele parecia triste, quase pedindo desculpas.

Christopher relaxou um pouco e entrou no quarto.

Como os outros quartos na estalagem, o espaço era confortável, limpo e escassamente mobiliado. Ao ver Fenwick pegar uma das cadeiras, Chris-topher percebeu que o outro homem não caminhava direito, que uma das pernas estava obviamente rígida.

– Por favor, sente-se – disse Fenwick. – Obrigado por vir à estalagem. Eu teria ido até a sua casa de novo, mas fico feliz por ter sido poupado do esforço. – Ele indiciou a perna. – A dor tem piorado ultimamente. Me disseram que foi um milagre eu não ter perdido a perna, mas me pergunto se não estaria melhor caso ela houvesse sido amputada.

Christopher esperou que Fenwick explicasse por que fora a Hampshire. Quando ficou claro que o coronel não estava com pressa de abordar o assunto, disse abruptamente:

– Você está aqui porque quer alguma coisa.

– Você não é nem de longe tão paciente quanto costumava ser – observou o coronel, parecendo se divertir. – O que aconteceu com o exímio atirador conhecido por sua capacidade de esperar?

– A guerra acabou. E agora tenho coisas melhores a fazer.

– Sem dúvida envolvendo sua esposa. Parece que os parabéns estão na ordem do dia. Me conte, que tipo de mulher conseguiu fisgar o soldado mais condecorado da Inglaterra.

– O tipo que não dá a mínima para medalhas e condecorações.

Fenwick o encarou com óbvia incredulidade e continuou.

– Como isso pode ser verdade? É claro que ela se importa com essas coisas. Agora é a mulher de um imortal.

Christopher o encarou sem compreender.

– Como?

– Será lembrado por décadas – disse Fenwick. – Talvez séculos. Não me diga que isso não significa nada para você.

Christopher balançou a cabeça levemente, o olhar preso ao rosto do outro homem.

– Há uma antiga tradição de honras militares na minha família – falou Fenwick. – Eu sabia que conquistaria a maioria dessas honras e que seria lembrado por muito tempo. Ninguém jamais se lembra de ancestrais que tenham tido uma vida comum, que tenham sido conhecidos basicamente por serem maridos e pais, patrões benevolentes e amigos leais. Ninguém dá importância a essas cifras anônimas. Mas guerreiros são reverenciados. Jamais são esquecidos. – A amargura marcava o rosto dele, deixando-o franzido e irregular como a casca de uma laranja madura demais. – Uma medalha como a Cruz Vitória... é tudo o que eu sempre quis.

– Um pedaço de bronze com gravações em baixo-relevo, pesando menos de 15 gramas? – perguntou Christopher, cético.

– Não use esse tom presunçoso comigo, seu desgraçado arrogante. – Estranhamente, apesar do veneno nas palavras, Fenwick estava calmo e controlado. – Desde o início, sabia que você não passava de um almofadinha sem nada na cabeça. Um belo recheio para um uniforme. Mas acabou se mostrando um talento útil... sabia atirar. Então foi para os Rifles, onde de alguma maneira acabou se transformando em um soldado. A primeira vez que li os relatórios oficiais, achei que devia haver outro Phelan. Porque o Phelan que era mencionado nos relatórios era um guerreiro, e eu sabia que você não era dessa estirpe.

– Provei que você estava errado em Inkerman – disse Christopher, calmamente.

O golpe levou um sorriso ao rosto de Fenwick, o sorriso de um homem que observava a vida a distância, com uma ironia imensa.

– Sim, você me salvou. E agora vai receber a mais alta honraria da nação por isso.

– Não quero honraria alguma.

– Isso torna tudo ainda pior. Fui mandado para casa, enquanto você se tornava um herói aclamado e ficava com tudo que deveria ter sido meu. Seu nome será lembrado e você nem dá valor ao fato. Se eu tivesse morrido no campo de batalha, minha morte ao menos teria representado alguma coisa. Mas até isso você tirou de mim. E traiu seu melhor amigo no processo. Um amigo que confiou em você. Abandonou o tenente Bennett para que morresse sozinho. – Ele observava Christopher atentamente, em busca de algum sinal de emoção.

– Se tivesse que fazer tudo de novo, teria feito a mesma escolha – disse Christopher num tom inexpressivo.

Um olhar incrédulo apareceu no rosto de Fenwick.

– Você acha que o arrastei para fora do campo de batalha pelo meu ou pelo seu bem? – perguntou Christopher. – Acha que dou a mínima para você ou para ganhar uma medalha maldita?

– Então, por que fez o que fez?

– Porque Mark Bennett estava morrendo – retrucou Christopher com agressividade. – E ainda restava a você vida o bastante para ser salvo. Em toda aquela morte, algo tinha que sobreviver. Se era você, que fosse.

Houve um longo momento de silêncio, enquanto Fenwick digeria a informação. Ele encarou Christopher com uma argúcia que provocou um arrepio na nuca.

– O ferimento de Bennett não era tão grave quanto deve ter parecido – falou Fenwick. – Não era fatal.

Christopher encarou o outro homem sem compreender. Então balançou um pouco a cabeça e voltou a se concentrar em Fenwick, que continuara a falar.

– ... uma dupla de hussardos russos encontrou Bennett e o levou como prisioneiro – continuou ele. – Foi tratado por um dos cirurgiões deles, e mandado para um campo de prisioneiros bem no interior. Bennett foi submetido a muitas privações, sem comida ou abrigo adequados, e mais tarde foi posto para fazer trabalhos forçados. Depois de algumas tentativas de fuga fracassadas, o tenente Bennett finalmente conseguiu se libertar. Ele chegou a um território aliado e foi trazido de volta a Londres há aproximadamente duas semanas.

Christopher tinha medo de acreditar no que ouvia. Poderia ser verdade? Calma... calma... a mente dele estava zumbindo. Seus músculos haviam ficado tensos contra a ameaça de tremores incontroláveis. Não podia se permitir começar a tremer, ou não pararia mais.

– Por que Bennett não foi solto na troca de prisioneiros, ao final da guerra? – ele se ouviu perguntar.

– Parece que os captores dele estavam tentando negociar a troca por uma determinada soma de dinheiro, junto com provisões e armas. Desconfio que Bennett tenha admitido sob interrogatório que era herdeiro da fortuna em navios da família. De qualquer modo, as negociações eram problemáticas e foram mantidas em segredo de todos a não ser dos que estavam nos mais altos níveis hierárquicos do Departamento de Guerra.

– Malditos sejam esses desgraçados – falou Christopher com uma fúria angustiada. – Eu o teria resgatado, se soubesse...

– Sem dúvida você teria – retrucou Fenwick secamente. – No entanto, por mais difícil que seja de acreditar, a questão foi resolvida sem seus esforços heroicos.

– Onde está Bennett agora? Qual é o seu estado de saúde?

– Foi por isso que vim procurar você. Para alertá-lo. E, depois disso, não lhe deverei mais nada, compreende?

Christopher se levantou, os punhos cerrados.

– Me alertar sobre o quê?

– O tenente Bennett não está em seu juízo perfeito. O médico que o acompanhou no navio de volta à Inglaterra recomendou que ele fosse internado em um hospício. Por isso a volta de Bennett não foi comunicada aos jornais e revistas. A família dele quer manter tudo em sigilo absoluto. Bennett foi mandado para a casa da família em Buckinghamshire, mas acabou desaparecendo sem dizer uma palavra a ninguém. Seu paradeiro é desconhecido. A razão por que o estou alertando é que, de acordo com os parentes dele, Bennett culpa você por tudo o que passou. Eles acreditam que ele quer matar você. – Um sorrisinho frio se espalhou pelo rosto de Fenwick, como uma rachadura no gelo. – Que ironia, você vai receber uma medalha por ter salvo um homem que o despreza e provavelmente será assassinado por quem deveria ter salvado. É melhor encontrar Bennett, Phelan, antes que ele o encontre.

Christopher saiu cambaleando do quarto e seguiu pelo corredor em passadas rápidas. Seria verdade tudo aquilo? Seria alguma manipulação obscena de Fenwick, ou Mark Bennett realmente enlouquecera? E se fosse verdade, o que Bennett tivera que suportar? Christopher tentou conciliar as lembranças que tinha de um amigo bem-humorado e espirituoso com o que Fenwick acabara de lhe contar. Era impossível.

Diabo... se Bennett estava procurando por ele, era quase certo encontrá-lo na Phelan House.

Um novo tipo de medo se abateu sobre Christopher, mais intenso do que qualquer outro que já sentira. Tinha que se certificar de que Beatrix estava a salvo. Nada no mundo importava a não ser protegê-la. Ele desceu as escadas com o coração aos pulos, o som de seus pés nos degraus ecoando as sílabas do nome dela.

O Sr. Palfreyman estava parado perto da entrada da estalagem.

– Um caneco de cerveja antes de partir? – sugeriu. – Sempre de graça para o maior herói da Inglaterra.

– Não. Estou indo para casa.

Palfreyman esticou a mão para detê-lo, parecendo preocupado.

– Capitão Phelan, há uma mesa livre na taverna... venha se sentar por um momento, há um bom rapaz servindo. O senhor está um pouco pálido. Eu lhe trarei uma dose de um bom conhaque ou de rum. Para mantê-lo firme nos estribos, hein?

Christopher balançou a cabeça.

– Não tenho tempo.

Não tinha tempo para nada. Ele correu para o lado de fora. Estava mais escuro e mais frio do que antes. O céu de fim de tarde era como um pesadelo, engolindo o mundo.

Christopher cavalgou até a Phelan House, os ouvidos atormentados pelos gritos fantasmagóricos dos homens no campo de batalha, sons de desespero, súplicas e dor. Bennett, vivo... como era possível? Christopher vira o ferimento no peito do amigo e já tinha visto ferimentos parecidos o bastante para saber que a morte era inevitável. Mas se por algum milagre...

Quando se aproximava da casa, ele viu Albert sair correndo do bosque, seguido pela forma esguia de Beatrix. Ela estava voltando da Ramsay House. Uma rajada forte de vento soprou a capa cor de vinho que ela usava, agitando-a e fazendo com que o chapéu voasse da cabeça dela. Beatrix riu quando o cachorro partiu à caça do chapéu. Ao ver Christopher se aproximar, ela acenou para ele.

Christopher quase desmaiou de alívio. O pânico diminuiu. A escuridão que ameaçava dominá-lo retrocedeu. *Obrigado, Deus.* Beatrix estava ali, segura. Era dele, linda e vibrante, e ele passaria a vida tomando conta dela. O que quer que ela desejasse, todas as palavras e lembranças que lhe pedisse para compartilhar, ele lhe daria. Quase parecia fácil agora... a força do amor dele tornaria tudo fácil.

Christopher diminuiu o ritmo do cavalo, fazendo-o andar a passo.

– Beatrix. – A voz dele foi carregada para longe pelo vento.

Ela ainda estava rindo, os cabelos soltos, e estava esperando que ele fosse até onde estava.

Christopher ficou surpreso ao sentir uma pontada forte de dor na cabeça. Uma fração de segundo depois, ouviu o som de um tiro de rifle. Um som familiar, uma marca indelével em sua memória, como uma tatuagem. Tiros e o assovio das granadas, explosões, homens atirando, os relinchos dos cavalos em pânico...

Fora derrubado. Estava tombando lentamente no chão, o mundo uma confusão de imagens e sons. O céu e o chão haviam trocado de lugar. Estava caindo para cima, ou para baixo? Christopher bateu contra uma superfície dura e ficou sem ar, então sentiu um fio quente de sangue correndo por seu rosto e entrando em seu ouvido.

Outro pesadelo. Precisava acordar, se recompor. Mas, estranhamente, Beatrix estava no pesadelo com ele, chorando alto e correndo em sua direção. Albert o alcançou e latia furiosamente.

Os pulmões de Christopher se esforçavam para puxar o ar, o coração saltando como um peixe retirado da água. Beatrix se ajoelhou ao lado dele, as saias como uma onda azul, e puxou sua cabeça para o colo.

– Christopher... deixe-me... oh, Deus...

Albert latiu e rosnou quando alguém se aproximou. Houve uma pausa momentânea e os latidos ferozes do cão se misturaram a uivos agudos.

Christopher ergueu o corpo até se sentar, usando a manga do casaco para secar o sangue que escorria de sua testa. Piscando com força, ele viu a figura esquelética e desalinhada de um homem chegando a alguns metros dele. O homem segurava um revólver.

No mesmo instante o cérebro de Christopher fez uma avaliação da arma – um revólver de percussão, com capacidade para cinco tiros. Para uso militar.

Antes mesmo de levantar os olhos para o rosto emaciado do homem, Christopher já sabia quem era ele.

– Bennett.

CAPÍTULO 27

O primeiro instinto de Beatrix foi se interpor entre o marido e o estranho, mas Christopher a puxou e a protegeu com seu corpo. Ofegando de medo e choque, ela olhou por sobre o ombro dele.

O homem estava vestido em roupas civis largas demais para o corpo quase esquelético. Era alto, de estrutura grande e parecia que não dormia ou comia bem há meses. Os cabelos escuros e desalinhados precisavam muito de um corte. O homem os encarava com a expressão selvagem e nervosa de um louco. Apesar de tudo, não era difícil ver que já fora bonito. Agora mal passava de um feixe de ossos. Era jovem, mas tinha o rosto de um velho e os olhos assombrados.

– De volta dos mortos – disse Bennett com a voz rouca. – Você não achou que eu conseguiria, não é mesmo?

– Bennett... Mark. – Quando Christopher falou, Beatrix sentiu os tremores leves, quase imperceptíveis que atravessaram seu corpo. – Não tinha ideia do que havia lhe acontecido.

– Não. – O revólver tremeu na mão de Bennett. – Estava ocupado demais resgatando Fenwick.

– Bennett, abaixe essa maldita arma. Eu... *quieto*, Albert!... Quase me matou ter que deixar você lá.

– Mas você deixou. E desde então tenho vivido no inferno. Apodreci, morri de fome, enquanto você se tornava o grande herói da Inglaterra. Traidor. Desgraçado... – Ele mirou a pistola no peito de Christopher. Beatrix ofegou e se aninhou contra as costas do marido.

– Tinha que salvar Fenwick primeiro – Christopher disse friamente, a pulsação acelerada. – Não tive escolha.

– O diabo que não. Você almejava a glória de salvar um oficial superior.

– Achei que você não tinha mais salvação. E se Fenwick fosse capturado, teriam arrancado dele todo o tipo de informação de inteligência.

– Então você deveria ter dado um tiro nele e me tirado de lá.

– Você está fora do seu juízo, maldição – disse Christopher com rispidez. O que provavelmente não era a coisa mais sensata a se fazer com um homem nas condições de Bennett, mas Beatrix não conseguiu culpar o marido. – Assassinar um soldado indefeso a sangue frio? Por razão alguma eu faria isso. Nem mesmo com Fenwick. Se quiser atirar em mim por isso, vá em frente, e que o diabo o carregue. Mas se tocar em um fio de cabelo da minha esposa, vou arrastá-lo para o inferno comigo. E o mesmo vale para Albert... ele foi ferido enquanto defendia você.

– Albert não estava lá.

– Eu o deixei com você. Quando voltei para resgatá-lo, Albert estava sangrando com um ferimento de baioneta, com uma das orelhas quase decepada. E você havia sumido.

Bennett piscou, confuso, e encarou Christopher com uma centelha de incerteza. O olhar dele se desviou para Albert. Bennett surpreendeu Beatrix ao se agachar e gesticular chamando o cão.

– Venha cá, garoto.

Albert não se moveu.

– Ele conhece um revólver – Beatrix ouviu Christopher dizer secamente. – Não irá até você a menos que deixe a arma de lado.

Bennett hesitou. Então, lentamente, pousou o revólver no chão.

– Venha – repetiu ele para o cachorro, que ganiu confuso.

– Vá, garoto – disse Christopher em voz baixa.

Albert se aproximou de Bennett com cautela, abanando a cauda. Bennett afagou os pelos desalinhados da cabeça e coçou o pescoço do cão. Arfando, Albert lambeu a mão dele.

Beatrix, que ainda estava encostada em Christopher, sentiu um pouco da tensão abandonar o marido.

– Albert estava lá – disse Bennett em uma voz diferente. – Lembro dele lambendo meu rosto.

– Acha mesmo que eu o teria deixado com você se não tivesse a intenção de voltar? – perguntou Christopher.

– Isso não importa. Se a situação fosse ao contrário, eu teria atirado em Fenwick e salvado você.

– Não, você não teria feito isso.

– Teria, sim – insistiu Bennett, abalado. – Não sou como você, seu bosta maldito e honorável. – Ele se sentou de chofre no chão, e enterrou o rosto no pelo de Albert. A voz saiu abafada quando continuou. – Você deveria ao menos ter acabado comigo antes de deixar que me capturassem.

– Mas não fiz isso. E você sobreviveu.

– Não valeu o preço que paguei. Você não sabe o que passei. Não consigo viver com isso. – Bennett soltou Albert, o olhar torturado preso no revólver ao seu lado.

Antes que Bennett pudesse alcançar a arma, Beatrix disse:

– *Pegue*, Albert. – No mesmo instante, o cão pegou a arma e levou para ela. – Bom garoto. – Beatrix segurou o revólver com cuidado e deu uma palmadinha carinhosa na cabeça do cão.

Bennett apoiou os braços nos joelhos e enterrou o rosto neles, uma postura derrotada que Beatrix reconhecia muito bem. E disse algumas palavras incoerentes.

Christopher foi se ajoelhar ao lado do amigo e passou o braço forte pelas costas dele.

– Me escute, Mark. Você não está sozinho. Está com amigos. Maldição, Bennett... venha para casa conosco. Me conte tudo pelo que passou. Eu ouvirei. E então vamos encontrar um jeito de você conseguir viver com isso. Não pude ajudá-lo naquele momento. Mas deixe-me tentar ajudá-lo agora.

~

Eles levaram Bennett para a Phelan House, onde ele sucumbiu à exaustão, à fome e à tensão nervosa. Antes mesmo que Christopher pudesse começar a dizer à Sra. Clocker o que era preciso fazer, ela já tomara as rédeas da situação e colocara os criados em ação. Aquela era uma casa bem acostumada à doença e às necessidades de um inválido. Um banho e um quarto foram preparados, e uma bandeja com comidas leves e nutritivas foi rapidamente arrumada. Quando Bennett estava pronto, a Sra. Clocker lhe ministrou um tônico e uma dose de láudano.

Christopher parou na beira da cama de Bennett e observou as feições quase irreconhecíveis do velho amigo. O sofrimento o modificara, por dentro e por fora. Mas ele se recuperaria. Christopher cuidaria disso.

E com essa esperança e senso de propósito, ele se deu conta de uma sensação nova e tênue de absolvição. Bennett não estava morto. Com todos os pecados que carregava na consciência, ao menos desse ele podia se livrar.

Bennett levantou os olhos pare ele, com uma expressão sonolenta, os olhos escuros que já haviam sido tão vibrantes, agora mortiços, apagados.

– Você vai ficar conosco até melhorar – disse Christopher. – Não vai tentar partir, não é?

– Não tenho mais para onde ir – murmurou Bennett, e adormeceu.

Christopher deixou o quarto, fechou a porta com cuidado e caminhou lentamente em direção à outra ala da casa.

Medusa, o ouriço, estava passeando tranquilamente pelo corredor e fez uma pausa quando Christopher se aproximou. Um leve sorriso curvou os lábios dele, que se inclinou para pegá-la no colo do modo como Beatrix o havia ensinado, passando as mãos por baixo dela. Os espinhos do ouriço se abaixaram naturalmente quando ela levantou os olhos para ele. Tranquila e curiosa, Medusa o encarou com o sorriso permanente dos ouriços.

– Medusa – Christopher disse baixinho. – Eu não a aconselharia a deixar seu cercadinho à noite. Uma das criadas pode encontrá-la e como vai ser? Você pode acabar sendo levada para a cozinha e usada para escovar uma panela. – Ele a levou para a sala íntima no andar de cima e a colocou de volta no cercado.

Enquanto seguia para o quarto de Beatrix, Christopher meditava que a esposa via Bennett como mais uma criatura ferida. Ela não hesitara por um segundo sequer antes de recebê-lo na casa deles. E ninguém esperaria menos de Beatrix.

Ele entrou no quarto silenciosamente e viu a esposa na penteadeira, limpando com cuidado as patas restantes de Lucky. O gato a olhava com uma expressão entediada, a cauda balançando preguiçosamente.

– ... você precisa ficar longe das almofadas do canapé – ela o estava repreendendo –, ou a Sra. Clocker acabará pedindo a sua cabeça e a minha.

O olhar de Christopher passeou pelas linhas esguias e elegantes do corpo da esposa, a silhueta revelada pela luz do lampião que brilhava através da camisola de musselina.

Ao perceber a presença de Christopher, Beatrix se levantou e foi até ele com uma graça natural.

– Sua cabeça está doendo? – perguntou ela, preocupada, estendendo a mão para tocar o pequeno curativo na têmpora do marido. Com toda a comoção de trazer Bennett para a Phelan House, ainda não haviam tido a oportunidade de conversarem a sós.

Christopher se inclinou e deu um beijo rápido nos lábios dela.

– Não, com uma cabeça dura como a minha, a bala só ricocheteou.

Beatrix deixou a mão pousada numa das faces dele.

– O que aconteceu quando você conversou com o coronel Fenwick? Ele também tentou atirar em você?

Christopher balançou a cabeça.

– Só os meus amigos fazem isso.

Beatrix deu um sorriso leve, mas logo voltou a ficar séria.

– O tenente Bennett não está louco, você sabe, não é? Ele ficará bem de novo, com tempo e repouso.

– Espero que sim.

Os olhos dela buscaram os dele.

– Você se culpa, não é?

Christopher assentiu.

– Tomei a melhor decisão possível naquele momento. Mas saber disso não torna mais fácil suportar as consequências.

Beatrix ficou imóvel por um instante, e parecia estar considerando alguma ideia. Então se afastou dele e foi até a penteadeira.

– Tenho algo para você. – Ela procurou em uma pequena gaveta na frente do móvel até encontrar uma folha de papel dobrada. – É uma carta.

Ele a encarou com um olhar cálido, mas confuso.

– É sua?

Beatrix balançou a cabeça, negando.

– É de John. – Ela entregou a carta ao marido. – Ele a escreveu antes de morrer. Audrey estava relutante em entregá-la a você. Mas acho que está na hora de lê-la.

Christopher não fez menção de pegar o papel, apenas esticou o braço e puxou a esposa mais para perto. Ele segurou uma mecha dos cabelos castanhos dela e roçou-os levemente no rosto.

– Leia para mim.

Juntos, eles se sentaram na cama. Christopher manteve os olhos fixos no perfil de Beatrix enquanto ela desdobrava a carta e começava a ler.

Querido Christopher,

Parece que tenho menos tempo do que esperava ter. Confesso que me pego surpreso ao me dar conta de quão curta esta vida foi. Quando olho para trás, vejo que passei tempo demais insistindo em coisas erradas e pouco tempo com as que realmente importavam. Mas também vejo que fui muito mais abençoado que outros homens. Não preciso lhe pedir que tome conta de Audrey e de mamãe, sei que fará isso até onde elas permitirem.

Se estiver lendo esta carta, isso quer dizer que voltou da guerra e está encarando responsabilidades para as quais jamais foi preparado. Deixe-me lhe oferecer algumas palavras de conselho. Eu o observei por toda a vida... sua natureza inquieta, sua insatisfação com tudo. Você coloca as pessoas que ama em pedestais e, inevitavelmente, se decepciona com elas. E faz o mesmo consigo. Meu querido irmão, você próprio é o seu pior inimigo. Se puder aprender a parar de esperar uma perfeição impossível em si mesmo e nos outros, pode acabar encontrando a felicidade que sempre lhe escapou.

Perdoe-me por não conseguir sobreviver... e perdoe a si mesmo por sobreviver.

Esta é a vida que você foi destinado a ter. Nem um único dia deve ser desperdiçado.

John

Christopher permaneceu em silêncio por um longo tempo, sentindo o peito apertado. Parecia mesmo com o irmão... aquele tom amável e levemente reprovador.

– Como sinto falta dele – sussurrou por fim. – John me conhecia bem.

– Ele o via como você era – disse Beatrix. – Mas acho que você mudou. Não espera mais perfeição. Caso contrário, como explicar a atração que sente por mim?

Christopher segurou o rosto dela com carinho entre as mãos.

– Você é o meu ideal de perfeição, Beatrix Heloise.

Ela se inclinou para a frente até tocar o nariz de Christopher com o seu.

– Você se perdoou? – perguntou baixinho. – Por sobreviver?

– Estou tentando.

A proximidade do corpo quente e praticamente desnudo da esposa era demais para ele resistir. Christopher passou a mão pela nuca de Beatrix e beijou o pescoço dela. Um ligeiro tremor percorreu sua pele. Ele a despiu com cuidado, esforçando-se para conter um desejo que ameaçava fugir do controle. Christopher foi gentil em cada gesto, enquanto seu corpo doía com o ímpeto violento de possuí-la. As mãos dele deslizaram pelo corpo da esposa, mapeando os contornos físicos do que as palavras já haviam expressado. Fazer amor, criar o amor, deixar a sensação envolver os dois. A emoção se tornou movimento. O movimento se tornou prazer.

Christopher deixou a língua explorar a boca de Beatrix, ao mesmo tempo que a penetrava e enfiava as mãos na seda escura dos cabelos dela. Beatrix tentou se mover, mas ele a manteve onde estava, enchendo-a de prazer, cada vez mais, até que cada respiração dela saía como um gemido, e ela começou a tremer sem parar.

Ela cravou os calcanhares no lençol e as unhas nas costas dele. Christopher suportou a pontada de dor, adorando a expressão perdida no rosto da esposa. Os ritmos do corpo de Beatrix ganharam ímpeto, e um leve rubor se espalhou por sua pele delicada. Mas Christopher não queria terminar com aquilo ainda, apesar de seu desejo desesperado. Com um esforço monumental, ele se forçou a ficar imóvel dentro dela.

Beatrix gritou e ergueu os quadris contra o peso dele.

– Christopher, por favor...

– Psssiu... – Ele pressionou o corpo dela para baixo, beijou seu pescoço e demorou-se nos seios. Então sugou um mamilo, acariciou-o com os dedos e com a língua, deixando-o úmido e quente. Beatrix deixava escapar suspiros abafados de desejo e seus músculos internos o apertavam num ritmo descompassado. Christopher começou a seguir aquele ritmo, arremetendo e permitindo que ela o prendesse a cada estocada. – Olhe para mim – sussurrou ele, e as pálpebras dela se ergueram para revelar as profundezas de sua alma.

Christopher segurou-a pela nuca e fundiu os lábios aos dela, enquanto a penetrava ainda mais profundamente do que antes. Beatrix o recebeu sequiosa, envolvendo o corpo dele com os braços e com as pernas, prendendo-o com o corpo inteiro. Christopher deixou o ritmo acelerar, e eles passaram a fazer amor de um modo selvagem e sem freios, enquanto ele arremetia cada vez mais rápido, seguindo o movimento insaciável dos quadris dela. Beatrix arqueou o corpo para cima, dominada por convulsões violentas, a carne prendendo a dele com força e arrancando um orgasmo violento.

Os dois estavam demasiado bêbados de amor para se mexerem por algum tempo. Absorto na sensação de estar aberto, sem guarda, Christopher deixou a mão passear pelo corpo dela, não de modo sexual, mas com reverência. Beatrix esticou o corpo e se moveu até prender as pernas dele sob a coxa esguia, o braço passado por cima do peito dele. Ela subiu em cima do marido e roçou levemente a boca e o nariz nos pelos do peito dele. Christopher ficou quieto sob o corpo quente dela, deixando que a esposa o explorasse quanto quisesse.

Quando os dois finalmente deixaram a cama, estavam zonzos. Christopher resolveu banhar Beatrix, secá-la e até pentear seus cabelos. Ela pegou o roupão dele e sentou-se ao lado da banheira enquanto ele se banhava também. De vez em quando, se inclinava e roubava um beijo. Eles inventaram apelidos carinhosos um para o outro. Pequenas intimidades conjugais que não significavam nada, mas ao mesmo tempo eram tudo. Estavam colecionando esses apelidos, assim como colecionavam palavras e lembranças, todas com um significado especial para ambos.

Beatrix apagou os lampiões, à exceção do que estava sobre a mesa de cabeceira.

– Hora de dormir – murmurou.

Christopher ficou parado no batente da porta, observando a esposa deslizar para baixo das cobertas, os cabelos presos em uma trança frouxa que pendia de um dos ombros. Ela o encarou com o olhar que àquela altura já se tornara familiar... um encorajamento cheio de paciência. O olhar de Beatrix.

Apenas uma vida com uma mulher como aquela não seria o bastante.

Christopher respirou fundo e tomou uma decisão.

– Quero o lado esquerdo – disse, e apagou o último lampião.

Então se deitou ao lado da esposa e tomou-a nos braços.

E, juntos, os dois dormiram até de manhã.

EPÍLOGO

26 de junho de 1857
Hyde Park, Londres

Christopher aguardou com a Brigada de Rifles num espaço grande no lado norte do Hyde Park, com 800 metros de largura e 1.200 metros de comprimento, reservado para novecentos homens de todas as armas. Havia Fuzileiros, Dragões, Rifles, Hussardos, Guarda Real, Highlanders e mais, todos cintilando sob o sol forte. A manhã estava quente e sem brisa, prometendo muito calor para as cem mil pessoas que haviam comparecido à primeira cerimônia de entrega da Cruz Vitória.

Os soldados, que usavam seus uniformes completos, sentiam-se arrasados – uns de calor, outros de inveja.

– Temos os uniformes mais horrorosos do Império – murmurou um dos Rifles, relanceando o olhar para a esplêndida vestimenta de um hussardo que estava próximo. – Detesto esse verde-escuro sombrio.

– Você seria um belo alvo, rastejando em direção às linhas de frente de batalhas em vermelho cintilante e dourado – retrucou outro Rifle num tom zombeteiro. – Não demoraria a levar um tiro na bunda.

– Não me importo. As mulheres gostam de casacos vermelhos.

– Você preferiria uma mulher a não levar um tiro na bunda?

– Você não?

O silêncio do outro homem selou a questão.

Um leve sorriso se insinuou nos lábios de Christopher. Ele voltou os olhos para a área cercada perto das galerias de Grosvenor Gate onde estavam sentadas as setecentas pessoas que tinham ingresso para a cerimônia. Beatrix e o restante dos Hathaways estavam ali, assim como o avô dele, Audrey e vários primos. Depois que aquela apresentação elaborada e indesejada acabasse, Christopher, a família dele e a da esposa iriam voltar ao Rutledge Hotel. Haveria uma recepção privada, com um banquete e muita animação, e Harry Rutledge dera pistas a respeito de um entretenimento especial. Conhecendo Rutledge, poderia ser qualquer coisa, de um trio de cantores de ópera a um bando de macacos performáticos. Apenas duas coisas eram certas: os Hathaways estavam em Londres, e a diversão estava garantida.

Outro convidado compareceria ao banquete de família no Rutledge: Mark Bennett, que vendera sua patente no Exército e estava se preparando para assumir o controle dos negócios da família no transporte marítimo. Bennett levara meses para se recuperar do trauma das experiências vividas durante a guerra e o processo ainda estava longe de terminar. No entanto, uma longa estada na casa dos Phelans lhe fizera muito bem. Pouco a pouco, ele vinha recuperando o equilíbrio psicológico, em uma luta penosa, mas necessária. Com o apoio de amigos compreensivos, Bennett lentamente voltava a ser ele mesmo.

Agora, cada vez mais, ele lembrava o malandro elegante e inteligente que fora um dia. Durante as longas e vigorosas cavalgadas pelo campo, ganhara vitalidade, e sua pele já não exibia mais a palidez de antes. E também recuperara a musculatura perdida. Mesmo depois de voltar para a propriedade da família em Gloucestershire, Bennett sempre visitava Christopher e Beatrix em Riverton. Por acaso, em uma dessas visitas, ele conhecera Audrey, que fora passar duas semanas com eles.

A reação de Audrey ao ex-soldado alto, de cabelos escuros foi além de uma breve perplexidade. Christopher não compreendera por que sua cunhada normalmente tão confiante ficava tão tímida e desajeitada sempre que Bennett estava por perto.

– É porque ele é um tigre – Beatrix explicara quando estava a sós com o marido –, e Audrey é um cisne. E tigres sempre deixam os cisnes nervosos. Ela o acha muito atraente, mas não acredita que o Sr. Bennett seja o tipo de cavalheiro que deveria lhe fazer companhia.

Bennett, de sua parte, parecia completamente encantado por Audrey, mas toda vez que faziam um avanço cauteloso, ela recuava.

Então, com surpreendente rapidez, os dois pareceram se tornar muito amigos. Saíam juntos para cavalgar e caminhar e se correspondiam com frequência durante o tempo em que estavam longe. Quando ambos estavam em Londres, eram sempre vistos na companhia um do outro.

Perplexo com a mudança na relação antes tão formal e contida entre os dois, Christopher perguntou a Bennett o que acontecera para alterá-la.

– Disse a ela que fiquei impotente por causa dos ferimentos de guerra – declarou Bennett. – Isso a acalmou consideravelmente.

Tomado de surpresa, Christopher mal conseguiu perguntar:

– Você ficou impotente?

– *Céus, não*! – foi a resposta indignada de Bennett. – Só falei isso porque ela ficava arisca demais sempre que estava perto de mim. E funcionou.

Christopher encarou o amigo com um olhar zombeteiro.

– E você pretende contar a verdade a Audrey algum dia?

Um sorriso travesso brincou nos lábios de Bennett.

– Posso deixar que ela me cure, em pouco tempo – admitiu ele. Ao ver a expressão de Christopher, apressou-se a acrescentar que suas intenções eram inteiramente honrosas.

Os dois formavam um bom casal. E, na opinião de Christopher, o irmão teria aprovado.

A artilharia pesada disparou os tiros da Saudação Real. O hino nacional foi tocado e então começou a inspeção dos batalhões, toda a força abaixando as bandeiras em deferência e apresentando as armas. Lentamente, a comitiva real cavalgou diante das fileiras. Após passar as tropas em revista, a rainha, seus acompanhantes e um destacamento da Guarda Montada Real seguiram até o centro das galerias, posicionando-se entre o corpo legislativo e o diplomático.

Houve uma pequena comoção quando a rainha, em vez de descer no centro do tablado como planejado, permaneceu em sua montaria. Ao que parecia, ela pretendia entregar as Cruzes Vitória no lombo de seu cavalo, com o príncipe consorte à sua esquerda.

As caixas com as medalhas, 62 ao todo, foram levadas até o tablado. Como muitos outros homens, Christopher estava vestido em roupas civis, pois deixara o batalhão ao fim da guerra. Ao contrário dos demais, ele segurava uma guia. Presa à coleira de um cão. Por razões que não haviam sido explicadas, haviam pedido que Christopher levasse Albert ao evento. Os outros Rifles sussurraram palavras de encorajamento enquanto Albert caminhava obedientemente ao lado de Christopher.

– Esse é um bom garoto!

– Faça cara de inteligente, companheiro!

– Nada de acidentes na frente da rainha!

– E isso vale para você também, Albert! – alguém acrescentou, fazendo muitos serem obrigados a abafar o riso.

Christopher dirigiu um olhar ameaçador aos amigos, o que só os divertiu ainda mais, e levou Albert para encontrar a rainha.

Sua Majestade era ainda mais baixa e robusta do que ele imaginara, o nariz adunco, o queixo inexistente, os olhos penetrantes. Ela usava um casaco de montaria escarlate, uma faixa de general sobre um dos ombros e uma pluma de general, feita de penas vermelhas e brancas no chapéu. Uma faixa de crepe negro, símbolo de luto militar, fora amarrada ao redor de um dos braços roliços. Sobre o lombo do cavalo, ao lado do tablado, ela ficava quase da mesma altura dos que iriam receber as medalhas.

Christopher ficou satisfeito com a maneira impecável como a rainha conduziu a cerimônia. Os homens se enfileiraram para passar por ela, então cada um parava para ser apresentado, e logo a rainha prendia a cruz de bronze com a fita vermelha ao peito do homenageado, que era afastado com eficiência. Naquele ritmo, todo o processo não levaria mais de quinze minutos.

Assim que Christopher subiu com Albert no tablado, ficou desconcertado ao ouvir aplausos vindos da multidão e se espalhando até virar um barulho ensurdecedor. Ele não achava certo receber mais aclamação do que os outros soldados – eles mereciam exatamente o mesmo reconhecimento por sua coragem e bravura. Mas até os batalhões estavam aplaudindo, o que o deixou completamente mortificado. Albert levantou os olhos para o dono e ficou bem perto dele.

– Calma, rapaz – murmurou Christopher.

A rainha olhou para os dois com curiosidade quando eles pararam diante dela.

– Capitão Phelan – disse ela. – O entusiasmo de nossos cidadãos lhe faz justiça.

Christopher respondeu com cautela.

– A honra pertence a todos os soldados que lutaram a serviço de Sua Majestade... e a todas as famílias que esperaram por seu retorno.

– Suas palavras mostram sabedoria e modéstia, capitão. – As rugas nos cantos dos olhos dela se aprofundaram levemente. – Aproxime-se.

Quando ele obedeceu, a rainha se inclinou do cavalo para prender a cruz de bronze com a fita carmesim no paletó dele. Christopher fez menção de se retirar, mas ela o deteve com um gesto e uma palavra.

– Espere.

A atenção da rainha, então, se voltou para Albert, que estava sentado sobre o tablado, com a cabeça inclinada, olhando-a com curiosidade.

– Qual é o nome do seu companheiro?

– Albert, Sua Majestade.

Ela torceu os lábios como se sentisse tentada a sorrir. E relanceou brevemente o olhar para a esquerda, na direção do príncipe consorte.

– Fomos informados de que ele lutou ao seu lado em Inkerman e Sebastopol.

– Sim, Sua Majestade. Ele cumpriu tarefas difíceis e perigosas para manter os homens a salvo. Esta cruz pertence em parte a Albert... ele ajudou a recuperar um oficial ferido sob fogo inimigo.

O general encarregado de entregar as medalhas à rainha se aproximou e colocou um curioso objeto nas mãos dela. Parecia... uma coleira?

– Aproxime-se, Albert – disse ela.

Albert obedeceu prontamente e se sentou próximo à beira do tablado. A rainha estendeu a mão e prendeu a coleira ao redor do pescoço dele com uma habilidade que revelava alguma experiência com o procedimento. Christopher se lembrou de ter ouvido dizer que a rainha tinha vários cães e uma queda especial por collies.

– Esta coleira – disse ela a Albert, como se ele pudesse compreendê-la – tem gravada distinções do regimento e honra em batalha. Acrescentamos um fecho de prata para honrar a coragem e a devoção que mostrou a nosso serviço.

Albert esperou pacientemente até a coleira estar presa, então lambeu o pulso dela.

– Impertinente – ela o repreendeu e deu um tapinha carinhoso em sua cabeça. A rainha deu um sorriso breve e discreto para Christopher, enquanto os dois eram acompanhados para fora do tablado, para dar lugar ao próximo contemplado.

～

– Albert, amigo da realeza – comentou Beatrix, mais tarde, no Rutledge Hotel, rindo ao se sentar no chão da suíte deles para examinar a coleira nova. – Espero que não fique arrogante, cheio de si.

– Com sua família por perto, ele não ficará – disse Christopher, despindo o paletó, o colete e soltando o nó da gravata. Ele se sentou no canapé, satisfeito com o frescor do quarto. Albert foi até sua tigela de água e bebeu em goles barulhentos.

Beatrix se aproximou de Christopher, deitou-se sobre o marido e passou os braços pelo peito dele.

– Fiquei tão orgulhosa de você, hoje – disse ela, sorrindo. – Talvez até um pouquinho convencida por saber que com todas aquelas mulheres desmaiando e suspirando por sua causa, foi comigo que você veio para casa.

Christopher arqueou uma sobrancelha e perguntou:

– Só um pouquinho?

– Ah, está bem. *Imensamente* convencida. – Ela começou a brincar com os cabelos dele. – Agora que toda essa história de medalha acabou, tenho algo a discutir com você.

Christopher fechou os olhos aproveitando a sensação dos dedos dela em sua cabeça.

– O que é?

– O que você diria de acrescentarmos um novo membro à família?

Aquela não era uma pergunta incomum. Desde que haviam se mudado para Riverton, Beatrix aumentara o tamanho de seu jardim zoológico, e estava sempre ocupada com instituições de caridade relacionadas a animais e eventos que fossem pelo interesse dos bichos. Também apresentara um trabalho para a recém-estabelecida sociedade de história natural de Londres. Estranhamente, não fora nada difícil convencer o grupo de entomologistas, ornitologistas e outros naturalistas de idade avançada a incluir uma jovem e bela mulher entre eles. Principalmente quando se tornou claro que Beatrix era capaz de falar por horas sobre padrões de migração, ciclos de plantas e outras questões relacionadas ao habitat e ao comportamento dos animais. Havia até mesmo uma conversa sobre Beatrix se juntar ao conselho diretor que pretendia formar um novo museu de história natural, para garantir a perspectiva de uma dama sobre vários aspectos do projeto.

Christopher manteve os olhos fechados e abriu um sorriso preguiçoso.

– Pelos, penas ou escamas? – perguntou ele em resposta à pergunta dela.

– Nenhum desses.

– Santo Deus. Algo exótico. Muito bem, de onde virá essa criatura? Teremos que ir à Austrália pegá-la? Islândia? Brasil?

O corpo dela tremeu com uma risada.

– Na verdade, ele já está aqui. Mas você não vai conseguir vê-lo por... uns oito meses.

Os olhos de Christopher se abriram rapidamente. Beatrix estava sorrindo para ele, parecendo tímida, ansiosa e muito satisfeita consigo mesma.

– *Beatrix.* – Ele virou o corpo da esposa com cuidado, até que ela ficasse sob o dele. E levou a mão à lateral do rosto dela. – Tem certeza?

Beatrix assentiu.

Comovido, Christopher a beijou com intensidade.

– Meu amor... minha menina preciosa...

– Era o que você queria, então? – perguntou ela entre beijos, já sabendo a resposta.

Christopher fitou Beatrix com um brilho tão intenso de alegria nos olhos que tudo parecia embaçado e radiante.

– Mais do que jamais sonhei. E com certeza mais do que mereço.

Beatrix passou os braços ao redor do pescoço do marido.

– Vou lhe mostrar o que você merece – avisou e puxou a cabeça dele para junto da dela novamente.

CONHEÇA OUTROS LIVROS DA SÉRIE OS HATHAWAYS

Desejo à meia-noite

Após sofrer uma decepção amorosa, Amelia Hathaway perdeu as esperanças de se casar. Desde a morte dos pais, ela se dedica exclusivamente a cuidar dos quatro irmãos – uma tarefa nada fácil, sobretudo porque Leo, o mais velho, anda desperdiçando dinheiro com mulheres, jogos e bebida.

Certa noite, quando sai em busca de Leo pelos redutos boêmios de Londres, Amelia conhece Cam Rohan. Meio cigano, meio irlandês, Rohan é um homem difícil de se definir e, embora tenha ficado muito rico, nunca se acostumou com a vida na sociedade londrina.

Apesar de não conseguirem esconder a imediata atração que sentem, Rohan e Amelia ficam aliviados com a perspectiva de nunca mais se encontrarem. Mas parece que o destino já traçou outros planos.

Quando se muda com a família para a propriedade recém-herdada em Hampshire, Amelia acredita que esse pode ser o início de uma vida melhor para os Hathaways. Mas não faz ideia de quantas dificuldades estão a sua espera.

E a maior delas é o reencontro com o sedutor Rohan, que parece determinado a ajudá-la a resolver seus problemas. Agora a independente Amelia se verá dividida entre o orgulho e seus sentimentos.

Será que Rohan, um cigano que preza sua liberdade acima de tudo, estará disposto a abrir mão de suas raízes e se curvar à maior instituição de todos os tempos: o casamento?

Sedução ao amanhecer

O cigano Kev Merripen é apaixonado pela bela e bem-educada Win Hathaway desde que a família dela o salvou da morte e o acolheu, quando era apenas um menino. Com o tempo, Kev se tornou um homem forte e atraente, mas ainda se recusa a assumir seus sentimentos por medo de que sua origem obscura e seus instintos selvagens prejudiquem a delicada Win.

Ela tem a saúde fragilizada desde que contraiu escarlatina, num surto que varreu a cidade. Sua única chance de recuperação é ir à França, para um tratamento com o famoso e bem-sucedido Dr. Harrow.

Enquanto Win está fora, Kev se dedica a coordenar os trabalhos de reconstrução da propriedade da família, em Hampshire, transformando-se num respeitável administrador, mas também num homem ainda mais contido e severo.

Anos depois, Win retorna, restabelecida, mais bonita do que nunca... e acompanhada por seu médico, um cavalheiro sedutor que demonstra um óbvio interesse por ela e desperta o ciúme arrebatado de Kev.

Será que Win conseguirá enxergar por baixo da couraça de Kev o homem que um dia conheceu e tanto admirou? E será que o teimoso cigano terá coragem de confrontar um perigoso segredo do passado para não perder a mulher da sua vida?

CONHEÇA OS LIVROS DE LISA KLEYPAS

De repente uma noite de paixão
Mais uma vez, o amor
Onde nascem os sonhos
Um estranho nos meus braços

Os Hathaways
Desejo à meia-noite
Sedução ao amanhecer
Tentação ao pôr do sol
Manhã de núpcias
Paixão ao entardecer
Casamento Hathaway (e-book)

As Quatro Estações do Amor
Segredos de uma noite de verão
Era uma vez no outono
Pecados no inverno
Escândalos na primavera
Uma noite inesquecível

Os Ravenels
Um sedutor sem coração
Uma noiva para Winterborne
Um acordo pecaminoso
Um estranho irresistível
Uma herdeira apaixonada
Pelo amor de Cassandra
Uma tentação perigosa

Os Mistérios de Bow Street
Cortesã por uma noite
Amante por uma tarde
Prometida por um dia

Clube de apostas Craven's
Até que conheci você
Sonhando com você

editoraarqueiro.com.br